人は歌い人は哭く
大旗の前
漢詩の毛沢東時代

人歌人哭大旗前

毛泽东时代的旧体诗

［日］木山英雄 著
赵京华 译

HITO WA UTAI HITO WA NAKU TAIKI NO MAE: KANSHI NO MO TAKUTO JIDAI
by Hideo Kiyama © 2005 by Hideo Kiyama
First published 2005 by Iwanami Shoten, Publishers, Tokyo.
This simplified Chinese edition published 2016
by SDX Joint Publishing Co., Ltd., Beijing
by arrangement with the proprietor c/o Iwanami Shoten, Publishers, Tokyo

Simplified Chinese Copyright © 2016 by SDX Joint Publishing Company.
All Rights Reserved.
本作品中文简体版权由生活·读书·新知三联书店所有。
未经许可，不得翻印。

图书在版编目（CIP）数据

人歌人哭大旗前：毛泽东时代的旧体诗／（日）木山英雄著；赵京华译．—北京：生活·读书·新知三联书店，2016.1 （2024.4 重印）
ISBN 978-7-108-05604-7

Ⅰ．①人… Ⅱ．①木… ②赵… Ⅲ．①古体诗－诗歌研究－中国－当代 Ⅳ．①I207.22

中国版本图书馆 CIP 数据核字（2015）第 300572 号

责任编辑	叶　彤
装帧设计	朱丽娜　张　红
责任印制	董　欢
出版发行	生活·讀書·新知三联书店
	（北京市东城区美术馆东街22号 100010）
网　　址	www.sdxjpc.com
经　　销	新华书店
排版制作	北京红方众文科技咨询有限责任公司
印　　刷	河北鹏润印刷有限公司
版　　次	2016年1月北京第1版
	2024年4月北京第4次印刷
开　　本	880毫米×1230毫米 1/32 印张9.25
字　　数	189千字
印　　数	11,001-14,000册
定　　价	46.00元

（印装查询：01064002715；邮购查询：01084010542）

目 录

致中国读者   I
代　序   5
附　记   II

一　狂放的丈夫气 —— 杨宪益   001
二　"打油"三昧 —— 黄苗子   019
三　讽刺的使命 —— 荒芜   041
四　生老病死的戏谑 —— 启功   061
五　老托洛茨基派的狱中吟 —— 郑超麟   085
六　庐山真面目 —— 李锐   107
七　冤案连环记 —— 扬帆，附潘汉年   127
八　《沁园春·雪》的故事 —— 诗之毛泽东现象，附柳亚子   153
九　孤绝中的唱和 —— 胡风、聂绀弩   173
十　斜阳红一点 —— 沈祖棻   199

附录一　旧诗之缘 —— 聂绀弩与胡风、舒芜   229
附录二　当代中国旧体诗词问题 —— 以日本为角度   255

后　记   274
译后记   277

致中国读者

当接到译者赵京华君的信,说本书的中译已经过半,三联书店也决定要出版的时候,我多少有些慌张了。因为,我记得确实听他说过已着手全书的翻译,而我并没有表示反对,他则以为便是作者的正式同意了,这也并非没有道理。可是在我,于正式同意之前所需要的精神准备还没有做好呢。将此书翻译成中文,因为下面的原因,是需要认真地下决心的。我在自己的第一部中文版论文集(《文学复古与文学革命》,北京大学出版社,2004)的跋语中也曾记道:自己所写的东西,多是通过把读书经验语言化这样一些极平凡的方式产生的,那么其汉译则近于将解读汉文的日文又翻译成汉文,其意义何在呢? 而那本论文集所选收的本书中的两章(关于启功和李锐的),正可谓最恰当地印证了这一状况。难道不是如此吗? 本书原本是经日本人之手专门为日本人而做的有关中国诗的解读,要将此翻译成中文,需要相应的理由,作者要做出同意的决定也需要相应的考虑。

以上说法,或许难免有玩弄形式逻辑的嫌疑,不过还是可以用来说

I

明这本译书的特殊性格和我禁不住踌躇的原因。与此相关联，在赵君寄来的为三联书店所作"作者及内容简介"文字的结尾，有"不但有益于学术界的参考，也适合一般广大读者的阅读"一句。这里所说有益于"学术界"，我只能说不敢当，因为前不久上海复旦大学的刘志荣先生惠赠了《潜在写作1949—1976》（复旦大学出版社，2007）这部巨作，使我得知以胡风事件中的"骨干分子"、已故贾植芳教授的弟子为中心，他们从中国现代文学史的"多样性"进而从更为广阔的"历史记忆"角度，提出了"潜在写作"的概念，并围绕此概念尽可能正确的定义以及与定义相关的严密的文本批评方法等展开讨论，甚至也有尝试重新估定与我这本书内容有所重叠的旧体诗地位问题的议论。我与刘先生没见过面，大概是为了几年前由他的同学张新颖先生主持，在一本文学期刊（《当代作家评论》）上曾译载过本书中的另外两个章节（关于郑超麟、扬帆及潘汉年的）的缘故，而认为我们之间有共同的关心吧。这样，懒散怠慢的我几年来断续写就的一系列文章终于汇集成一书出版，而在此前后，对这种材料在中国本国已经从个别的关注发展到集体研究的重要题目之一部分，进而经由同门弟子之手，资料的整理也有扎实进展（陈思和主编《潜在写作文丛》，武汉大学出版社，2006）。那么，如此盛况之下，本书之前学术的初级性，也就很明显了。

其次是有关"一般读者"的问题。本来嘛，专门学术性和一般普及性的关系也并非简单的问题，何况前者的不足并不就意味着后者的有余，因而我对此亦没有自信。不过，若就我本人的写作动机而言，的确是始终有着清醒的面对"一般读者"的意识的。有关本书作者如何与那一系列特殊材料相遇,又是怎样引起兴趣并如何做出处理的,已经在书里的各章及附录和前言后记中一一作了说明,这里就不再重复了。要之,我是将原本与政治和文学之二元论无缘的旧诗传统作为绝好的一条便道,试图由此进入与革命建国以来种种运动和事件相关的,而且我一直关注却无从看清楚的、涉及具体个人的细微部分,以重新思考其中的意义。这对我来说,乃是先于学术专业的、与同时代人之关怀直接联系在一起的工作。而这时我心目中的读者,亦主要是以下这一类人,即还不至于完全忘记自古以来就成为日本文学素养之一部分的古典汉文"训读"法(详见本书《代序》)所特有的文体和对毛泽东革命的深刻印象的,也便是如我自己一样即将走向消灭的那一代同胞。我意识到并非为以中国文学为专业的那种一般读者而进行写作,这无疑明显地左右了本书的性格。话虽如此,本书是否果真适合中国"一般读者"的阅读,也还是另一个问题。平心想来,本书中的诗人和诗友几乎已经全部去世,而我则以于当时在北京还能见到面的一部分人之直接交流为契机,用顺藤摸瓜式的办法收集材料,这一特色作为今日中国的普通读物,或者有可取之处也未可知。再者,我为了撰写本书,重新研习了一点儿中国当代史,特别是对形式内容上都十分特殊的诗及其解读,我着实费了不少脑筋。这不外是如刚才所说的那种长期满足不了的作为同时代人之关怀,因碰上再也难得的材料,于大感兴趣之余忽视了种种学术框框而直接揣摩的结果。这种初级性,也未必不能反而产生出一种效果。不用说,从而也难免有其错误和偏颇的,但这在中国本国被盲目信从的忧虑当会少得多……

言归正传，作为实际的问题，我如今实在没有将译者的劳动归于徒劳的权利，也没有确凿的根据。于是，为了对译者翻译介绍本书于中国表示正式同意，我勉强挤出上述仅有的一点儿理由，希望能够报偿他的善意，并向绝不会"广大的"、特殊的中国读者表示我消极中的热烈期待。

木山英雄
2014 年 3 月
于日中两国政府间关系极度恶化之际

代序

本书以那些在中国革命建国过程中经历了各种日本人难以想象之磨难的人们的诗及生涯为主题。关注诗乃至诗人生涯虽然显得有些陈腐,但这里所列举的诗原本就依据了古老的格式,即所谓"旧体诗词"或简称"旧诗",而对生涯的咏叹也与其诗一起属于传统延长线上的行为。同样是作为这个延长线上的事实,在本书中现身的人们也非近现代文学中一般意义上的专业诗人。这十人的职业,从革命者、政治家到教授、编辑、作家、翻译家、评论家等各不相同。他们中间,虽有身处文学运动的前沿而于现代诗方面留下名字的人物,但即便如此,本书所讨论的诗则是诗人完全丧失了公开表达之阵地后所创作的作品。我之所以关注这样的诗,原因已经在书中有所透露。总之,对从中国近现代文学公认的标准来看只能说是处于文学圈外的这一系列诗作,通过自己的阐释和评价,我试图重新思考直到后来才见到其终结的同时代史的意义。而作为文学固有的问题,如与诗相关的领域本身亦有值得思考的地方,这也在书中有所涉及。不过,这些特殊问题，仍属于"亚洲在上世纪经历了怎样的经验"这种一般性的探寻范围之内。

本书的主要部分以"汉诗之国的汉诗炼狱篇"的总题连载于《文学》杂志（**东京岩波书店出版。——译者**）。具体而言，最早的一篇是《杨宪益及其〈银翘集〉》，曾投稿给与"教养"有关的特辑（《文学》季刊 1996 年秋季号）。那时，我到由日本国际交流基金援建而附设在北京外国语大学的"日本学研究中心"任职一年，中途回日本联络事情的时候被编辑抓到，要我一定给他们投稿。现今，"教养"又成了新的话题，理由也不难理解，但我可不是理所当然地要扛这杆大旗的人，我只是碰巧在北京刚刚结识了杨老，而他的旧体诗又正好和"教养"有关，于是便写了那篇介绍性的文章。以此为发端，编辑劝我继续写，我也便有了写作的意愿。还因为，恰好那时一连串的人物和诗集接二连三地浮出地表来。

就这样，我回国后不久便开始着手撰写连载文章，接下来的一篇是有关黄苗子的（载《文学》季刊 1998 年冬季号），直到写胡风、聂绀弩之间的唱和（载《文学》双月刊 2002 年 1、2 月号），五年间总共断续地写了八篇，其中还加上了一篇有关毛泽东的。毛泽东有时候甚至直接影响过这些人的命运，同时他本身又强有力地参与了这一时代的旧体诗词写作。我没想到连载会持续这么长的时间，原因在于这期间《文学》杂志由大型季刊改为小型双月刊，而登载像我这种不常见的文章的版面就显得吃紧了，我自己也渐渐慵懒起来。然而，这样不紧不慢的也不行，于是在写完最初刺激起我这种关切的聂绀弩及其诗的文章之后，便结束了这个连载。我曾想，谈诗也缺不了女作家，但从较早阶段就计划好了的关于沈祖棻的那篇却没能及时写出来，直到要把连载文章汇集成书时，我才于去年（2004年）终于在别的杂志上发表了相关的文章(见《九叶读诗会》创刊号,2004年4月）。

到此，计划的内容基本上齐了，而很早以前漫谈过聂绀弩诗集的《旧诗之缘——聂绀弩与胡风、舒芜》(载《中国——社会与文化》第9号, 1994年6月，东京）实际上乃是这一系列连载文章的第一篇，且其中具体讲到我对此领域发生兴趣的前后经过，所以将此文附录于书后。此外，人们恐怕还会希望有一些关于旧体诗词在近现代文学中的位置及其相关问题的内容，于是，我将去年秋天应邀赴北京大学给中文系研究生讲的《当代中国旧体诗问题——以日本为视角》，作为"附录二"收录书中。一般的关心和专门的研究本来就是两回事，虽说这难以胜任的题目竟让我这个外国人做了，但说到最初的起因，该题目也是源于这个谈旧体诗的连载计划的。

另外，最早关于杨宪益的那篇，我不仅改了题目，而且扩充了篇幅，使之更像系列连载文章中的一篇。虽说是按照连载的格式写就的，可是一来二去经过了近十年的光景，其时间差也不可忽视，为了保持一本书时间上的连贯性而不至于造成混乱，我在该篇的"补注"中做了必要的订正和注释。接下来的各篇中，一样将超出了单纯的订正和推敲范围的补充说明，都放到了"补注"里。实际上，我是在相关的历史脉络中探索着自己陌生的领域，有时还要考虑到书中登场人物的立场，就这样断断续续地写下来，这不足十年的时间也一样是一段历史了。要想在这种充满政治性的诗论中找到一些不变的东西，那也只能到超越了此变动不居的历史的某些地方去寻找了。这是不怎么巧妙的道理，但也不光光是道理。

下面，再就本书的标题等做些说明。连载时的总题和本书的副题里都有"汉诗"二字，这是一个有些麻烦的称呼。在中国，这立刻成了汉代的诗的意思，而最近的当代诗歌圈子中也有特意标榜此二字的，仿佛要在"汉语"这一母语中寻求诗之同一性似的。在日本，针对"和歌"而有"唐歌"一词，指日本造的汉诗以外的中国本土诗，可这亦是在日本人用日本式的即汉文训读的方法来阅读的默契下指称的。另一方面，如书中出现的"旧体诗词"或"旧诗"等按中国方式称呼者，也并非一般书籍的书名所常见的熟语。在此，我用了"汉诗之国的汉诗"或"汉诗之毛泽东时代"这样的词语组合方式，来避免词语意义的混同。这种情况与日本的汉字、汉语及汉诗文的特殊借用乃至接受史有深刻的关联，因此，不管有意还是无意，总难以避免出现某种扭曲的词语用法。比如说，我们想想看"中国的汉诗"这种说法，有多么奇妙。

以上是有关诗体名称的麻烦之处，而众所周知，同样麻烦的还有诗的翻译问题。这里，我大略交代一下有关翻译和表示上的类似凡例的方针。从把中国文学作为外国文学来研究的立场和如今日本语文的一般认识出发，我一直注意尽可能用口语来翻译古典，包括文章中引用的古典诗文，但这次却毫不犹豫地采用了训读方法。理由在于，书中所列举的诗本身都采用了模拟古典的形式，而且比起旧诗爱好者来，这里的诗人们大致都持有一种自觉的"模拟"意识。然而，也有不少诗人从这种"模拟"意识进而走到游戏乃至越轨的境地，所以我有时也得故意打破训读的规矩，为表达汉字特有的文字游戏性，而有些粗暴地利用可以保存原有文字的训读式的便利。说到填词，其断句和押韵法比诗还要复杂，又加上感染了近世以来俗语文字的感觉而不适合采用训读的方法，翻译起来尤为困难。又因为书中的三四个喜欢作词的人，其风格常常极端地不同，所以我亦不再坚持始终一贯的固定方式。总而言之，比起翻译来我更把重点放在训诂的方面而采用训读式，有时偶尔也穿插着非训读的方法。这正所谓左右为难的选择，反正不会有要学习本书中的汉文训读法的青年人吧。

此外，汉字字体和译文的假名用法，我没有神经过敏似的过分考虑，干脆就按照日本的常用汉字和现代假名的用法。说到所涉及的诗集，香港出版的为繁体字，大陆出版的则原则上是简体字，偶尔也有繁体字的。标点等符号的用法更是复杂多样，断句只用空格来表示，逗号、句号之外还可以采用冒号、分号、感叹号、问号等，特别是词的形式复杂多样，应该有不同的处理方法。但是，从以训诂为主的立场考虑，上面的诗词原文每一句都换行排列，下面的译文也尽可能以同样的方法排列，这样也足以显示出意义的脉络，因此，原文和译文我都不再使用标点符号（**译者按：中译时恢复了所引诗文的标点符号**）。

连载时的总题为"炼狱篇"，并似乎预示了阶段性的转世再生。我之所以这样做，是考虑到"汉诗之国的汉诗"如有未来，这些可谓"教养"的诗作，以及几乎是身怀旧诗教养的最后一代的书中主角们对20世纪亲身体验的诗化表现，作为诗歌本身的问题，也同样意义重大。总之，我觉得是应该如此的。谈不上什么预测或者意见,或许多有乐观和偏袒也说不定。

最后,关于书名中的七言绝句,或者您已经注意到了,乃采自杜牧下面一联诗句中的"人歌人哭"四字:

鸟去鸟来山色里,
人歌人哭水声中。

(七律《题宣州开元寺水阁》)

正如诗题后"阁下宛溪,夹溪居人"一句说明的那样,此联下一句歌咏的是环绕山寺的溪流边那乡里人活生生的哭与笑。而在这清爽至极的"水声"中换上政治的大旗,这实在是我个人的粗俗做法。用如此粗俗的做法,也可以顺手对出这样的句子:"势杀势生情理外,人歌人哭大旗前。"或者有人要问,书中哪有歌声,难道不都是"哭泣"嘛?而我却并不这样认为。他们绝大多数曾从心底讴歌过自己流血流汗构筑的革命建国的壮举。如果不怕日本味太重而用"赤旗"代替"大旗"也无妨,既是书面语又合辙押韵。然而,我还是不想再失敬,而采用了胡风狱中诗里再三出现的"大"字。这"大"字里镶嵌着作为中国共产党坚定的同路人却因顽强的独立思考而遭祸、为建国后的"反革命"冤罪而备尝艰辛的胡风,其献身的悲剧性。

作者谨记

附记

本书提到的诗集版本如下：

杨宪益 《银翘集》，香港天地图书有限公司，1995。

黄苗子 《牛油集》，广州花城出版社，1989。

《无腔集》，广州教育出版社，1996。

荒　芜 《纸壁斋集》，黑龙江人民出版社，1981。

《纸壁斋续集》，湖南人民出版社，1987。

启　功 《启功韵语》，北京师范大学出版社，1989。

《启功絮语》，北京师范大学出版社，1994。

《启功絮语（注释本）》，北京师范大学出版社，2004。

郑超麟 《玉尹残集》，湖南人民出版社，1989。

《诗词近作》（《史实与回忆 — 郑超麟晚年文选》第三卷），香港天地图书有限公司，1998。

李　锐　《龙胆紫集》，湖南人民出版社，1980。

　　　　《龙胆紫集（新编）》，广东人民出版社，1995。

扬　帆　《鹤泪集》，群众出版社，1989。

潘汉年　《潘汉年未发表旧体诗五十六首》，

　　　　载1992年《新文学史料》第4期。

毛泽东　《毛主席诗词十八首》，载1957年《诗刊》创刊号。

　　　　《毛泽东诗词集》，中央文献出版社，1996。

柳亚子　《诗词》（《柳亚子选集》下册），人民出版社，1989。

聂绀弩　《聂绀弩诗全编》，学林出版社，1992。

　　　　《聂绀弩旧体诗全编》，侯井天自费印制。

胡　风　《胡风诗全编》，浙江文艺出版社，1992。

沈祖棻　《沈祖棻诗词集》，江苏古籍出版社，1994。

一 狂放的丈夫气——杨宪益

近来，我对现今的中国传统定型诗（"旧体诗词"，简称"旧诗"）产生了兴趣。这种兴趣，正如我三年前（1993）从北京回到日本度暑假时写就的一篇小文（见本书附录《旧诗之缘——聂绀弩与胡风、舒芜》）所述的那样，起因于聂绀弩这位左翼作家在革命成功后的惨淡境遇中所创作的旧诗，我感觉它们仿佛是通过这位有旧诗趣味的强硬批判者之手而重新绽放在战争与革命百年现代史边沿上的"惨白色小花"（鲁迅：《〈野草〉英译本序》）一般。从而我的旧诗谭也只能结合这种革命的背景来进行。

这次为了工作而长期滞留北京，同时关注到旧体诗的情况，有机会遇到以往不曾留意的诗集乃至诗作者本人，让我的兴致越发高涨起来。谁会想到，在我下榻的酒店（友谊宾馆）中供长期居住者使用的同一栋楼里，居然住着一位诗人！我所关心的那类诗集都是这一二十年中悄悄问世的，不用说书店了，就是图书馆等也甚少收藏这类东西的。于是，我便到舒芜老先生那里去拜借。舒芜先生服膺聂绀弩的诗及有关诗的想法，甚至觉得既然无法超越聂绀弩，则如今还来弄旧诗就没有意义，因此他事实上早已放弃了旧诗写作。在舒芜那里，我见到了刚刚于香港出版的杨宪益的《银翘集》（天地图书）。而且，我此前曾读到邵燕祥的《读杨诗》一文，于是向舒芜先生表示我有兴趣。不料他说，"这人，和您住同一个宾馆呀，直接见他要一本好了"，便给我写了一封介绍信。

邵燕祥原本是搞新诗的，在乱象丛生的现今依然坚持写鲁迅式的批判性杂文。最近，他还出版了一本要留给子孙后代的书（《破船》），记录了自己1958年为响应国家针对苏联对斯大林的批判带来的冲击而实施的自由化政策，创作了马雅可夫斯基式批判官僚主义的诗，结果成为"右派分子"而二十五岁便"死去"的经历。书中详细刻画了被打上"阶级敌人"烙印后，那些以此为前提所组织的"自我批判"之"援助"等千篇一律、异口同声的批斗的令人毛骨悚然的无聊。《银翘集》中同时附录了邵燕祥的诗人论和黄苗子的《说杨诗——〈银翘集〉小序》。据舒芜先生讲，近日还将出版一本三人诗合集。传闻晚年移居香港早已"死掉"的黄苗子[补注一]，是娶了郁达夫侄女、画家郁风为妻，本人亦诗书画造诣甚高的才人，还是聂绀弩的诗友之一。黄苗子不仅给《银翘集》写了序，还设计了潇洒的封面装帧，可见他们的亲密关系。比舒芜年高、已过八十岁的杨宪益,与小二十来岁的邵燕祥之间有旧诗的交往,这还真是不常见的事情。

几天后我拜访了杨先生,他给我留下的是神清气爽的印象。人们常常用酒来评价他的诗和人,结果仿佛开玩笑似的从他打开橱柜展示给我看的数十瓶白酒得到了证实,不过与其酒仙的马马虎虎形象相比,倒是他那笔挺的修长身姿给我留下了更深的印象,这乃是一位豁达的老书生。此前几次见过坐轮椅的西洋老妇人,至此才知道就是他汉名叫戴乃迭(Gladys Tayler)的英国籍太太,同时他居住于此外国人村(即"专家楼")的理由,也就明白了。我们见面后,他便首先对我名字的汉字读法表示出兴趣,这在和中国人接触的时候很是少见,倒也符合他多年在外文出版社工作并同太太一起英译鲁迅、《儒林外史》、《红楼梦》等古典文学的翻译家性格。下面,我将一边解读如愿讨来的《银翘集》中的诗,一边素描这人的一生。可参考的所有资料,便是诗集中的自序和一部分自注、卷末所附编者如水的诗人介绍,以及黄、邵两家友情洋溢的鉴赏文字。据说,他用英文所著的自传在意大利有译本刊行,但中文版还未出版[补注二]。

如今,说到对旧诗感兴趣的人,恐怕要从其作诗的经历谈起吧,而像杨宪益这一辈的长者,可能还要追溯到其开始读书的时候。杨氏生于中国天津一个新兴的精英阶层中的银行行长之家,时间与中华民国的小学教育相并行,他还通过家中延聘的老先生接受了旧式私塾教育。"天"对"地"、"雨"对"风"、"大陆"对"长空",如此按规矩练习词义和平仄"对对子",写出过一联"乳燕剪残红杏雨／流莺啼断绿杨烟"，据说让老师高兴不已，赞其为"神童"。这是从十二三岁的时候做起的，与日本不同，那时应该是彻底摈弃旧形式的新文学运动已充分波及天津的时候了。但这座租界城市，乃是通晓西方文化同时又热情倾倒于固有文化的守旧派的老巢，高中的时候杨宪益曾受到被鲁迅等视为恶劣敌人的学衡派的"旧瓶装新酒"主张的激励而认真做起了旧诗，还得到过该派成员吴宓（雨僧）的夸奖。

杨宪益高中毕业后便立刻赴英国留学，在牛津大学读希腊文、拉丁文和英国文学。这期间，他曾英译《楚辞》并结识了如今的太太，开始了一生的翻译生涯。《银翘集》中留下了几首那时的诗作，如莎士比亚和萨勃的部分旧体诗式翻译，此外还有两首古体长诗《雪》与《死》。雪的清冽和对老庄式的生死之达观的憧憬，似乎和最近散漫放纵的诗及其伦理性的两面相通。他赴英的六年正与抗日战争的时期相重叠，忧国情怀的激发使他参与到留学生的抗战活动中，硕士毕业后未参加学位授予仪式便回到抗战首都重庆。之后，他一边做英文教师或在国立编译馆从事《资治通鉴》的翻译，一边时常与友人唱和律诗，包括如今一心一意所做的"打油诗"等，在报纸上发表。但据说，这些都没有保留下来。翻看与《银翘集》一起送给我的学术随笔《译余偶拾》（1983），让人感到其以西方文史考证为主的旁征博引的本领以及"译余"的丰饶。经过抗战和内战，不少资产阶级家庭出身的爱国学者加入到"民革"的行列，杨宪益还成为共产党地下活动的支持者。一般所谓的"民革"，即国民党内的亲共派组织"国民党革命委员会"。

一九五七年四月

入春三月尚冬寒，
晓雾迷漫雪里看。
应是东风吹未透，
鸟鸣花放总艰难。

> 当时正值号召整风，鼓励大家鸣放。予作为民主党派代表，亦是积极分子，不料有引蛇出洞之意，导致反右运动，第三句原作"应是人间阴气重"，改为今句。

新中国成立之初，曾在南京当过政治协商会议副秘书长的杨宪益，被分配到北京的外文出版社，这好像是出于他本人已对只存虚名的"政协"的繁忙空洞的政治生活感到倦怠了的要求。诗题的年月，正是使年轻的邵燕祥大为兴奋的那年春天。如自注所言，久已搁笔后的此诗的创作伴随着政治上的热情之恢复。然而，自注亦讲到，鉴于自"斯大林批判"以来东欧社会主义的动摇，中国共产党试图通过"百花齐放，百花争鸣"的"整风"以防止危机的爆发，开始督促党内外人士自由发言。可是不久，仿佛"引蛇出洞"的手段一般，转而开展了激烈的"反右派斗争"。杨宪益自身好歹躲过了被划为"右派"的厄运，却因这么一首小诗不意间被同事作为怀有二心的证据遭到出卖，结果经历了"漏网之鱼"的艰苦岁月，到了"文化大革命"中则进而因"外国特务"之罪，体验了四年的监狱生活。

狂言

兴来纵酒发狂言,
历尽风霜锷未残。
大跃进中亦翘尾,
桃花源里可耕田。
老夫不怕重回狱,
诸子何忧再变天。
好乘东风策群力,
匪帮余孽要全歼。

这是1976年的作品。那一年毛泽东去世后,以其夫人江青为首的"四人帮"遭逮捕,长达十年的"文革"宣告结束。毛泽东时代的诗词状况是:由于毛本人的诗词得到全国性的宣传,虚弱的新诗仿佛断了血脉,但作为旧文人式的嗜好或习性的旧诗,原则上依然是要克服的对象。正如黄苗子在自己的诗集《牛油集》后记中所言:"(毛泽东可以)我们不可以——自觉地认为自己不可以,就是吃了豹子胆,谁敢于向着'四旧'上碰呀!"因难以排遣忧郁和无聊而弄诗的例子当然不少,但诗作的精气神依然因为要倾诉对"文革"和"四人帮"的忧愤才顷刻复活,这样的倾向清晰可见。此诗为七言律诗,首联表现的是比一般人精神头更为旺盛的此人特有的强劲风格。颔联则是对毛泽东语言的重组。"翘尾(巴)"

是由狗的得意忘形姿态暗指自高自大的心态，毛泽东为了贯彻作为"文革"序曲的"大跃进路线"，表面上以此来劝诫盲动主义，但实际上是在将东方的后进性反转为先进性的语境中，不断以煽动的口吻来讲的。"桃花源里"直接引自毛泽东的《登庐山》末句"陶令不知何处去，桃花源里可耕田"（陶令是庐山附近抛弃县令官职而隐居的晋代诗人陶渊明，"桃花源"为陶所描写的乌托邦），该诗作于路线斗争的高潮期即将彭德怀等持现实主义路线的干部打成"反革命集团"的"庐山会议"（1959年，参见本书第6章）之前，借名山庐山的风光而展露了自己的气势。这一联的意义如果只按道理讲，恐怕也说不通，而贯穿于整首诗"狂言"式的精气神之间，不经意地投射了谁都清楚记得的革命化的极端精神，这大概是其得意之处吧。那一代人对毛泽东的感情，不管是指向如何都深刻而复杂，诗人杨宪益则仿佛喜欢在几乎无意义（nonsense）的"打油"中，表现出那样一种满怀郁闷和忧愤的放浪形骸的姿态似的。而这种姿态乃是借日常的偶然机会而发出的感慨，这一点尤为明显。

　　无题

　　早起翻书看不清，
　　眼球充血又何惊。
　　此身久被洪炉炼，
　　火眼金睛是老孙。

　　这种豪言壮语当然与自嘲互为表里，自嘲亦毫无疑问是杨诗的拿手活儿。而比起低回自嘲更倾向于玩世不恭者流的脱逸，则是令人愉快的。"火眼金睛"指反复修炼而成就的、有识别妖魔鬼怪眼力的孙悟空的眼睛。

戏答谢严文井见送蛤蚧酒

早知蛤蚧壮元阳，
妻老敦伦事久忘。
偶见红颜尤崛起，
自惭白发尚能狂。
久经考验金刚体，
何用催情玉女方。
圣世而今斥异化，
莫谈污染守纲常。

严文井是同代的作家，"蛤蚧"为类于青蛙和蜥蜴之间的爬行动物，以此泡制的药酒各处都有贩卖。"元阳"是根本的阳刚之气。"敦伦"如字面所示，意思是敦化人之道。自注说："少时读清人笔记谓某理学家每作日记必书某夜与夫人敦伦几次。某新诗人常言新诗界的第几次崛起，故戏用此词，并非如此色迷心窍也。"所谓"清人笔记"，是袁枚的《子不语》(卷二十一"敦伦")。"新诗界的第几次崛起"，乃是在"文革"后急遽复苏的现代诗之反抗与实验的潮流中，年轻的当事人称第几第几次的新诗之"崛起"而自豪的表现。接下来的诗之大意自然也就明白了。关于第五句的"久经",自注进而说:"久经考验者,酒精考验也。"汉语的"久经"与"酒精"正是同音。"玉女"即美女或仙女,"催情"的处方中往往有这样的修饰语。尾联的"异化",是在日本译为"疏外"的黑格尔、马克思的用语。社会主义之下亦存在人的异化,这种党内自我批判者的少数意见遭到了排斥,随着改革开放而来的自由民主乃至色情淫靡的资本主义"精神污染"被坚决杜绝。"莫谈"则是旧时代茶馆墙壁上常常张贴的表示"勿言政治"的"莫谈国是",作为庶民反抗的表达乃是众所周知的套语。"纲常"是基于儒教的三纲五常,为道德的别称。

这样的诗作,多以高级干部的腐败或市场经济高速增长中产生的怪现象为材料,被如今过着隐居式生活的诗人仿佛每日的功课一样渐渐积累下来,记在小本子上,正如"有酒有烟吾愿足,无官无党一身轻"(《无题》,1990年3月作)所言,它们与诗人近年来的境况与心情多有关系。散见于诗中的是揶揄政协、民革或作家协会等机关的集会的诗句。党和毛泽东仍是这些人最大的关心所在,这一事实也同样重大而复杂。据说"文革"结束之后党将知识分子大量吸收进来,例如,同样是诗友的剧作家吴祖光以前访问日本的时候,就曾讲到被党吸收之后又遭到了退党劝告而"一身轻"的状况。杨宪益也有同样的经历,入党之后又因某个特殊时期的言论而退党。诗集的编者如水谈到此事,这样写道:

> 他追求共产党数十年,改革开放后才得入党,没几年又退出来了。这件事,他也是习惯于先检讨自己:"我什么事都

要讲话，纪律性不够强，所以看起来我不够一个党员的资格。"有人给他出主意说："你说你是喝酒后说的胡话，认个错儿，不就过关了吗？"杨宪益说："说这些话是上午，我上午一向不喝酒的。我今天还是这样的看法。"在圆滑取巧这一点上，杨宪益七十八岁了还没有开窍，恐怕永远也不会开窍了。

这种记述方法，似乎急于要把主人公当作古代名士言行录《世说新语》中的人物来描写一样，对于我们不了解如今共产党政权下入党退党的实质意义的人们来说，总觉得不够充分。其实，阅读与本人经历有关联的那些诗，同样会使我们有这种感觉。说到吸收，首先要有入党的手续吧，这在杨宪益仿佛不容易得到批准，例如，在祝贺先一步入党的女作家谌容一诗的自注里就有所涉及。这首七律的尾联"从此夫荣妻更贵，将来一定作高官"，虽说对方是一再以杨宪益夫妻为素材的关系亲密的小说家，可自己也在申请入党时的玩笑话，我们实在似懂非懂。同一时期面对不断来自政协和民革的"表态"要求而用诗作的回答中，同样有如此的妙句："作诗入党两无成，只合文坛作散兵。卅载辛勤真译匠，半生漂泊假洋人。"（自注曰"假洋人者，真中国人也"。）进而还有题为《昏夜》而以"昏夜试摩剩此头"起首的七律，在写孙悟空大闹天宫似的不敬之后，有"刘郎已幸除仙籍"一句，怎么看都像是在说退党一事。但当我直接询问的时候，本人却若无其事地说："那是别人随意编辑的诗集，这一首是黄苗子的诗掺和进来了。"该诗的自注不知是谁的手笔，则这样说："昔王参元有贺柳宗元失火书，失火可贺，失籍尤可贺也。"而我也感到出于谁的手笔已经无所谓了，考虑到这些人的时代和生涯，这仿佛是可笑而又远非笑话似的[补注三]。

此外，还有一首引起日本人注意的题为《神社》的诗，根本无法读懂，也顺便请教了杨老。如题《赠人两首》所示共两篇，这里只引其中的第二首：

> 一笑相倾国便亡，
> 屈尊神社事荒唐。
> 小怜玉体横陈夜，
> 尤赖仙山秘戏方。
> 金屋藏娇空有愿，
> 银翘解毒苦初尝。
> 而今莫道当年勇，
> 好好收心学党章。

此诗的一、三句完全借用于唐李商隐的七律《北齐》。《北齐》为咏史之作："一笑相倾国便亡，何劳荆棘始堪伤。小怜玉体横陈夜，已报周师入晋阳。"说的是正如自古相传所谓"倾国美女"一笑足以迷惑男人而致使亡国那样，也无须等到国王轻信奸臣的谗言弄得王国化为废墟（伍子胥对吴王夫差的批判性预言），北齐的后主（最后的皇帝）在宠爱的妃子冯淑妃陪睡之时，北周武帝的军队已经逼近了城都。不过，以上的史实即使可以明白，对其诗还是有些不得要领。而据作者说，咏的是时任政府文化部副部长的某作家，访日之际到靖国神社去参观，且有行为不轨的事情发生，结果回国后丢了官职一事。因此，两首诗都和神社与女人相关，而第一首中的颔联"神社偶窥谣诼起，天庭震怒诏书来"，说的正是参观神社引起的非议和党的处分。那么，此诗首联的美人倾国和靖国参拜之不搭界的配合，可以解读为是写其牵连到靖国问题和私生活问题的事件本身之怪异的双重荒谬，也可以是如《北齐》诗从美人倾国的史实和将其作为一个典型故事而传承下来的政治文化这两面来看亡国之现实那样，在嘲讽参观靖国神社、于国外有失检点等行为和导致政治道德性"谣诼"（不负责任的中伤）四起的事态之两方面。颔联的仙山秘方，则进一步借用了秦始皇差人赴东海仙山求长生不老药的故事，暗示其人在日本购买壮阳药一类的事。这一联中的人名"小怜"拆开来做副词和动词，以押"尤赖"，叫做"无情对"，是极富游戏性的对句法之一。颈联的语言游戏更进一步，金屋藏娇的成语和北京有名药店（同仁堂）的丸药名相对，以揶揄远非真正的荒淫却遭到苦头的事态。尾联的"当年勇"指的是曾作为人民文学的代表性作家而驰名的过去，"党章"是指党的规章和纲领。

不过，杨老先生虽说向我讲了诗的材料来源，却认真地一再强调"是一时动了肝火，对熟人大加嘲骂，且保留在这本诗集中了，实在不好"。而我一边想起"百年恩怨须臾尽，做个堂堂正正人"（《自勉》，1993年10月作）的诗句，一边将这并非诗人那样固执于诗的人所说的正直话牢记在心里 [补注四]。

下面，再看一首少有的出神入化之作。

无题

蹉跎岁月近黄昏，
恃欲轻言无一能。
呐喊早成强弩末，
离群尤念故人恩。
残躯难见山河改，
大厦将倾狐兔奔。
起应晚年余涕泪，
天涯尚有未招魂。

过去所熟识的党员如南京陈同生、杨永直，北京徐冰、冯雪峰等皆一时俊彦，多不得好死。起应，周扬原名。周晚年谈及往事，每涕泪纵横，悲不自胜。

1993 年 8 月作

首联的"蹉跎"是描写空度岁月的拟态词。"近黄昏"取自象征大唐帝国黄昏的李商隐名句"夕阳无限好，只是近黄昏"（《乐游原》）。"恃欲轻言"指肆无忌惮的言论。颔联的"呐喊"是时代之音，"强弩之末"指虽强大有力却终将衰微，"离群"为独处，"故人恩"说的是与以往伙伴之间的友爱。颈联慨叹自视坚固的社会主义制度显出晚期的症候而难见重生的衰老之躯，嘲骂那些忙乱逃散的坏蛋小东西。尾联的"起应"如自注所示，指的是担任中国作家协会主席兼党中央宣传部副部长等要职、在多次运动中充当旗手的典型的文化意识形态官僚周扬。该人在经历了"文革"的无情"打倒"后，据说包括上述"异化"问题在内，因过于倾向对以往党的指导的自我批判，而被孤立于党的主流之外，所以只好过着以泪洗面的晚年。"招魂"乃是将死者的灵魂召唤回原躯体的一种仪式。就连周扬也搞得如此狼狈，那么1930年代以来的左翼运动中始终与他对立且在建国后吃尽苦头的冯雪峰等，就不过半斤八两了，这些众多"不得好死"的灵魂依然未得招魂呢。

出于我和杨宪益曾有紧邻之谊，这里再引一首歌咏寓居友谊宾馆生活的《迁居》。

> 辞去肮脏百万庄，
> 暂居宾馆览清凉。
> 投林倦鸟随枝歇，
> 漏网游鱼见穴藏。
> 岂敢择邻师孟母，
> 只能拼命作三郎。
> 亲朋疏远音书隔，
> 尤胜逃亡去异邦。

关于首联提到的北京市百万庄外文出版社宿舍周围的环境，诗人在《百万庄路景两首》之一里曾有"垃圾纵横公厕臭，的士猖獭路人疏"的描写。颔联的对句表达的是暂且安居，暗示隐栖的成语"倦鸟投林"以对"漏网右派"。颈联的对句则反手利用慈母为改善孩子教育环境而不断搬家的"孟母三迁"的故事，并配上《水浒传》中好汉石秀的绰号拼命三郎，表现出虽无可奈何隐栖于外人村却随时准备一掷自家身命的姿态。"诗穷而后工"，这是浸润到旧诗韵律里而吟咏出来的不得志和失意。与此相通的一类感怀，也见于伴随着忍耐和调侃的"打油"之处。总之，此处可见这些人共同的对于旧诗之批评意识。近年来，中国各地的诗社如雨后春笋，以此为背景甚至出现了"中华诗词学会"这种有模有样的全国性组织（1987），而杨宪益等则对此基本上是冷眼旁观的。

最后是这本诗集名字的来历。"银翘"二字见于我读过的《赠人两首》之一，而杨宪益在"自序"的结尾，称几年前与黄苗子唱和的七律中只记得一联，披露了将"金屋藏娇"和"银翘解毒"留给自己用的如下对句。而后他这么说道："银翘是草药，功效是清热败火，我的打油诗既然多半是火气发作时写的，用银翘败败火，似乎还合适，因此我想就用《银翘集》作为书名好了。"

久无金屋藏娇念，
幸有银翘解毒丸。

[补注一] 此处在第二章开头已做订正,是我意想不到的误记。

[补注二] 此自传中文版《漏船载酒忆当年》,1999年6月出版(薛鸿时译,北京十月文艺出版社)。书名取自鲁迅著名的《自嘲》诗"漏船载酒泛中流"一句。

[补注三] 有关退党问题,上述自传的末尾有如下淡淡的记录:"以上就是我在1980年代的出国访问活动。但是这种异乎寻常的幸福感是不能持久的。在此之后,我们国家的社会生活发生了很大的变化。在一次全民关注的变故之中,作为一名共产党员,我违反了党的规定,最后,经过正常的组织程序,我退出了中国共产党。这是发生在1990年2月的事。此后,我仍保留着全国政协委员的职位,仍是国民党革命委员会的一名领导成员,我在中国作家协会以及其他机构中的地位也没有变化。我的同事们和朋友们还像以前一样对待我,我在社会上的待遇一点都没有变。"

有关《昏夜》诗,将在下一章的补注二中进一步说明。

[补注四] 据日后了解,这一丑闻乃是话题的主角于1985年率领"中国政治家书法展代表团"访日时发生的事情。其时,由于以下理由归国后受到解除副部长职务、开除党籍的处分:一、无视同志的劝告参观靖国神社并拍纪念照;二、活动中因其傲慢的态度而损害了与日本方面的友好关系;三、访问行程结束后,于酒店内看猥亵录像,到药店购买壮阳药。据说其背后也有当时复杂的党内斗争,而其本人则强调作为对抗日战争抱有深厚兴趣的作家,其主要的问题——参观靖国神社是

为了取材的需要。因此，多次以名誉受损而向法院起诉（败诉）并对党提出申辩，结果十几年之后终于由中央纪律检查委员会经过当面审查而恢复了党籍。杨宪益回味不佳的反省似与此事件不同寻常的背景有关。

二 「打油」三昧——黄苗子

上一节中，我提到了杨宪益、黄苗子、邵燕祥三人的旧体诗合集。后来名为《三家诗》（如水编，广东教育出版社，1996）的诗集问世，而我曾不慎说已"死于香港"的黄苗子，寄来了这本诗集。为了订正我自己的过失，这里要略记事情的前后经过。当我把已用电子邮件寄出的上述文章原稿交给从东京来我下榻之友谊宾馆的年轻同行刘间文俊看时，这位1989年前后就曾与杨、黄两先生有过一段不浅交往的刘间君吓了一跳，马上多方电话打听，弄了一晚上，消息甚至传到了并非在香港而是侨居澳大利亚的黄苗子本人那里，而黄先生却立刻兴奋地讨论起可否以此为材料写点儿什么文章。因为我说过好像是从舒芜那里得到的消息，结果第二天早上舒芜本人打来电话,证实自己没有说过那样的话。过了不一会儿他又电话来,说黄苗子夫妇已从澳大利亚回来了,我也把你介绍给他了,你们可以直接见见面的。于是,我虽然要马上回日本有点儿忙乱,但为了对"误杀"表示谢罪,我拜访了位于北京市东城区边上的团结湖附近某集体宿舍里的黄宅。

据刈间君讲,黄氏夫妇当年于紧张状况中乘机"逃往"澳大利亚,和在那里执教的儿子住在一起,现在则经常到香港教书或举办画展等,也时常回到北京来(如果紧张关系已经缓和到此种程度,那么应该与党的统战部门达成了某种谅解啦,这里暂且不提)。大概是和这位多才多艺的人眼下最拿手的书法艺术相关,他北京家中的客厅墙上挂着北魏郑道昭大字摩崖碑的拓本,房间里也似乎没有无人住的空巢味道。该人在日本,也是因几次访日而于书法方面为人所知。

《三家诗》中黄苗子的部分题为"无腔集",收有写于1976年至1995年间的诗近百首。其中,1988年以前的诗作则大约选了二百余首,收录在1989年出版的《牛油集》中(广州:花城出版社),1988年以后的部分是从《牛油集》所收的二百余首里选录的。

关于诗人的经历,我们先来看从《牛油集》卷首所附"作者自传"中扼要抄出的几段。

> 1913年旧历九月初一以前,还没有我这个人。我呱呱坠地,是在中山(那时叫香山县)石岐的一家读书人家。……
>
> 父亲参加过辛亥革命,坐过牢。我自己也继承了这个光

荣传统——坐过牢。不过,不是为了革命,而是被十年浩劫中的反革命硬指为"反革命"。如果按照"否定之否定"定律,被反革命指为"反革命"就是革命的话,那我一生最革命的,就是这一次。

我的童年多在香港。只念过几年私塾、小学,中学毕业再念一年英文,就结束了我的求学时代——不,1949年我初到北京,参加过华北人民革命大学政治研究院一年多的学习。于是,我每次填写履历,都堂而皇之地写"大学程度"了。

十九岁到上海,在我父亲认识的一位大人物的庇护下,我一半搞漫画和编辑《小说半月刊》(大众出版社出版),一边过着买旧书、上馆子、坐舞厅的小官生活。我不会跳舞、抽烟和打麻雀。但舞厅外面的一种小博具——吃角子老虎,却"吃"了我不少钱。

其后跟着大人物回广东,抗日战争已经开始。除了公务之外,和《救亡日报》的夏公(就是夏衍同志)、叶灵凤、郁达夫等来往,抗战时期文化人生活穷,于是文明路一家马肉米粉店,就多是我付钱,叫做"抛弃龙洋"。

广州被日寇侵占,我曾一度到香港,然后一住重庆八年。除了"躲警报"(敌机侵袭)就是办公。其后回到南京、上海,当了几年不大不小的简任官,简任官已经有特权,可以用计放走几个平日常来往而后来被追踪的文化界朋友。

1949年到了北京,一住至今,恰是四十年整。由于阿英同志的鼓励,我对中国美术史的研究大感兴趣,出版过《美术欣赏》《画家徐悲鸿》《八大山人传》《古美术杂记》以及篇幅较多的《吴道子事辑》等著作,也出版过《货郎集》《敬惜字纸》等散文。少壮不努力,老大"加点"油比"徒悲伤"积极一点。但是合指一算,这四十年间,当运动员至少十五年,当学习员也有四五年,"流光容易把人抛",抛去一半了。

近百年来,国家民族的灾难,知识分子往往首当其冲,这是历史使命。在个人来说,"到火热的斗争中去",正是经受千锤百炼,把自己的人生境界提高的机缘。所以我没有什么尤怨。

经历中的政治面貌,以仿佛如今不用细说的调子写就,不是很清楚。我下面将根据另外的以对本人的访谈为基础而成的李辉《生死两茫茫——文革中的黄苗子、郁风》(收入《风雨中的雕像》)等材料加以补足。"某大人物"是国民党要人、曾做过上海市长和广东省政府主席的吴铁城。由于父亲和参加过同盟会的孙文等国民党元老关系密切,黄苗子首先作为吴的秘书进入官场。所谓"简任官",具体指国民党政府中央银行秘书处副处长兼行政院美援(美国援助)运用委员会秘书处处长及其他。很早就结下亲密交情的夏衍是共产党剧作家、国共合作下抗日统一战线报纸即实际上由共产党执掌的《救亡日报》的主编。曾在此编辑部工作过的画家郁风即现在的黄苗子夫人,其父亲郁华乃是与日本深有渊源的作家郁达夫之兄,被誉为硬骨头的高级法官。从两人结识开始,郁风就是左翼运动活跃的成员之一。1944年,在重庆郭沫若宅由夏衍作证婚人而举行了婚礼之后，黄苗子仍和地下党关系密切，不仅与周恩来夫妇、廖承志、潘汉年等活跃于公开场合的大干部们多有交往，而且还在其他方面暗地里协助过共产党。可是，尽管有这些复杂情况下的危险的合作，但履历上国民党高级官员的职衔在建国后激烈的政治运动中却忽然变成了"右派分子"的标签，与聂绀弩一样，他先被下放到北大荒"劳动改造"，后在"文革"中因"反革命"罪名入狱七年之久。而拥有阶级敌人"右派分子"丈夫却依然精力充沛的郁风，在"文革"中也被打倒（据刘间君讲，此人曾与影星时代的毛泽东夫人江青一起参加过集会、撒传单等活动，因关系过于密切而遭"封口"），而且蒙受到"苗子黑苗、铲除这株毒苗，郁风妖风，扫荡这股歪风"之绝妙的诗化口号的炮轰，同样也进了监狱。

自传中，黄苗子表现出欲把自己政治上被弄得一塌糊涂的一生，向大而言之的"历史使命"和小而言之的"人生境遇"方向加以消化乃至升华的意志，而从回忆文章开头就已然显示出来的浓厚的诙谐口吻，则让人感到他身上所带有的难以称之为意志的另一种与生俱来的东西。这无疑源自以漫画涉足文化界的秉性，而足以成为意志的东西是需要某种自觉才能发挥作用的。一如卷首的自传那样，已然消失了的"怨恨"，却与这种诙谐一起表现在附于卷末的《学诗乎？》一文中。这个题目来自孔子的问子学诗。即，以标题揭示出作为君子修养之正儿八经的诗观。可是，该文的要点却在于：先将同一个《论语》所谓诗之作用的"兴""观"、"群""怨"极其平易地解释为诗可以"振奋人心""观察世态""结人缘""发牢骚",而后说其中的"怨"即牢骚最为重要,正如历代诗人都是到了穷困潦倒或忧患不已的境地才容易产生好诗那样,作为"怨"在诗中足以升华的条件,则必须贯彻下面两种作诗法,一是所谓"锻炼自己的情操气质,深刻体验人生"之精神修养,一是作为愤懑极致的"谐"(幽默)及作为美之要素的"隐"(暗示)。黄苗子强调的是,如果这样的作诗法得以贯彻,那么寄忧愤于玩笑的诗就会接近孔子所概括的诗三百篇的"无邪"二字。精神修养的意义,在卷首的自传里被解释为"提高人生的境界",而在卷末的诗论脉络里则更好理解。从"怨"的角度回顾连绵不断的诗史从而展开的漫谈十分有趣。但更引起我注意的,是黄苗子流露出来的对于聂绀弩诗的"崇拜",即这种"怨"到了近代在鲁迅旧诗里得到传承,而聂诗则于"谐"中更表现出直接承袭鲁迅而来的革命者之"幻灭"。

　　介绍了黄苗子的诗论之后,我们再来看看他的作诗经历。他以自己的诗作为例有如下说明:首先,自私塾开始就接触到诗歌,中学时代因喜欢比亚兹莱的画而于诗中多模仿"诡谲神秘"的李贺,画漫画时代在上海曾加入柳亚子等人的"南社",重庆时代则受到"缠绵诡谲"的李商隐诗风和何其芳象征派新诗的影响,曾尝试"唯美派"风格。以上述的作诗经历为背景、在政治上恢复名誉之后所作的诗,都收录于题为《牛油集》的集子里。黄苗子自己的说法是,这书名来自相传《牛山四十屁》的作者狂诗僧、自己生于丑年以及北京称 butter 为"黄油"而广东则叫"牛油"等,又由于如今自己专门作"打油诗"。在这一点上,他和曾以"学成半瓶醋,诗打一缸油"(《题丁聪漫画像二首》)而让朋友叫绝的杨宪益,为相互称许的当代双璧。

下面选一些诗作来读。先看清晰地表现出《牛油集》主调意识的绝句小诗。

赠侠者

故人曾仗龙泉剑,
踏尽风波只等闲。
盼得花枝明日好,
白头惺眼看燕山。

龙泉剑是古时候的宝剑。第二句的"等闲"指非同一般,这里蹈袭毛泽东的七律《长征》中的"万水千山只等闲",是在回顾壮怀激烈的革命史。"盼得",即殷切的希望有了结果。"惺"同醒。"燕山"则是北京的旧称,当然象征着革命后的建国。"惺"一字乃诗眼所在。这是否为赠给某个特定人物的诗,则不得而知,我们将此理解为是送给同时代一切革命者的,也无妨。而使他于诗于人均心悦诚服的老革命家聂绀弩等,也应属于其中的典型之一吧。

吊绀翁六首之四

赤心炽于火,
锻成千首诗。
诗成荐轩辕,

魑魅乃享之。

第三句，模仿留学日本时代共鸣于排满种族革命的鲁迅在剪掉屈辱烙印之辫发时所作的诗句"我以我血荐轩辕"，黄苗子则以诗奉献给轩辕氏——汉民族神话上之始祖黄帝——这样的运思展开首句的"赤心"。而其奉献之物却为魑魅魍魉所享用，我们可以解读为这是对连那些理解能力都值得怀疑的人等也来赞扬聂诗的愤慨，同时这种极端的隐喻法又让人感到有特定的讽刺对象。这里，如果不论理由而只讲结论的话，有可能是直接针对在聂绀弩诗集卷首作序的人，该人曾任当时的中央宣传部副部长，是毛泽东多年忠实的秘书，邓小平时代得以重返政坛并带头发起对"异化"论的批判和反"精神污染"运动。

过香溪

一溪宛转入长江，
生长明妃水亦香。
溪自清清江自浊，
清流投浊最寻常。

自注云："香溪在秭归，为昭君故里。"前汉时期，元帝的宫女昭君后为避晋文帝司马昭之讳而改称明君，一般称明妃。元帝曾通过画像从众宫女中选拔妃子，而昭君不肯贿赂画师故失掉机会，后作为礼物被送给北方匈奴的王者而寂寞地客死他乡。香溪这个村子，杜甫也曾于诗中咏叹过，其"生长明妃尚有村"（《咏怀古迹》五首之三），乃是黄苗子此诗第二句的前提。诗人于旅行途中看到溪谷的清流汇入长江的浊流，而联想到唐末李振的险恶说辞。这位因科举屡试不第而怀恨朝廷公卿们的李振，曾向诛杀所有大臣而废了唐朝的朱全忠（后为五代梁的太祖）进言："此辈自谓清流，宜投于黄河，永为浊流。"关于清流浊流的观念，可以追溯到后汉末年反抗宦官专权的"清议之士"遭一网打尽之所谓"党锢之祸"，而"反右"和"文化大革命"中知识分子的大量受难之"怨"，则在此种"游记"诗里以与历史中的阴暗恶意相重叠的方式得到了"寻常"化。异常的体验可以在历史中得到寻常化，仅就这一点而言，旧体诗依然有用武之地。浊流的长江，同时与女演员出身而在"文革"中带头迫害知识分子的毛泽东夫人江青的名字相关联，两个女主角的彼此对照也是一般的作诗法之一。

卜算子 初冬遣兴

春气霎时消，
秋肃连天闷。
不似平安旧战场，
剑戟刀枪棍。

人道不堪提，
我说提它甚。
野渡无人舟自横，

> 寂寞鱼龙遁。

"卜算子"是诞生于音曲的中古时代新诗体词(也称词、诗余、长短句)的二百余种曲调名之一(也称词牌、词调),词题之前所标示的词牌是确定的(以下不再一一注释)。毋庸置疑,突然发生的十年"文革"给人们带来的忧愤乃是解禁后诗歌创作的最大主题。与"春气"相对的"秋肃",表达的是秋天的肃杀之气,古往今来涉及律令刑罚之事常与秋天相关联。"平安旧战场"是鲁迅表现"五四"新文化运动在军阀统治下不久陷入退潮状态的诗句(《题〈彷徨〉》),黄苗子则以否定的方式使用"平安",并在下一句中列举出各种武器,追忆"文革"并非文化革命而是直接的暴力横行。诗的后半部分是对眼前之荒芜境况的自问自答。即,与其说不堪讲述,不如说原本就没有什么可讲的。第七句是唐代韦应物的诗句(《滁州西涧》)。结句是多少有些漫画化的对于杜甫《秋兴》八首中"鱼龙寂寞秋江冷"的模仿,而又于异常寂寞的心境中添加了某种机锋。程雪野(罗孚)《燕山诗话》引过此诗,但题为"啼莺",第二句的"闷"为"困",第五句的"提"为"言",第三、四句则为"自在娇莺日尽啼,啼得千山闷",让人感到这诗是在说江青那令人发窘的独角戏。这在总难免有过时无用之慨的一般声讨江青"四人帮"的诗中,可能是最有味道的(以此种形式出现的"闷"字真是妙不可言),这是不是收入诗集的该诗淡化了个人的愤懑,转而注重整体性和抽象性的表达之故?

偶有

偶有凌云志，
谁知不敢飞。
梦萦丧家狗，
魂滞落汤鸡。
帽忆闲中乐，
蛙喧是与非。
老妻怜志短，
劝买太空衣。

诗题"偶有"取自开头的二字，实际上相当于"无题"诗。首联的意思与自传对其全部经历的自我评价亦相符合，"偶有凌云志"似乎要使人们联想到毛泽东的词《水调歌头·重上井冈山》的"久有凌云志"一般。颔联的"丧家狗"语出《史记·孔子世家》，是众所周知的郑人评说孔子的词语，即在郑国未曾遇到可以寄托理想的君主而与弟子们四处奔走孤零零地伫立着的孔子，后来常常用来比喻无所依凭困惑不已的身世处境。顺便一提，杨宪益诗中有"漏网之鱼"，而将"丧家狗"和"漏网之鱼"成对儿使用的例子见于明代小说《金瓶梅词话》。这里的对句"落汤鸡"一般用来形容像老鼠那样全身遭水浸泡的样子，实际上在小说《西游记》等中亦出现过这类语义上的表现。不是落到"水中"而是"汤里"（即日语的热汤），本来也就是狼狈不堪的意思而已，但作为滴酒不沾且如广东人一般喜欢美食、因而苦于痛风、甚至近日于宴席上弄到吐血（详见于诗中）那样的诗人之自嘲，则越发让人感到滑稽。然而这异常秀逸的一联，表达的依然是在建国后事与愿违的狼狈的每一天中，其梦想与魂魄的不得自由。确信天道在我的孔子，据说对郑人的评论可以笑而首肯，而依然坚信天道在于成就革命建国的党和毛泽东，一个时期里只是一味鼓励"自我改造"，结果是诗人只能以"怨"的极致之谐谑来表达情感。从这样的自觉来反观的话，则在"右派""反革命"的"帽子"下反而可能存在着遭排挤的人们才能拥有的自由吧。颈联表达的是，幸福的青蛙之种种议论，不过是喧嚣吵闹而已。尾联以夫人玩笑话似的鼓励结束全诗。像作者那样的夫妇，常常是妻子要遭到与丈夫"划清界线"的沉重压力，而郁风却顽强地挺过了这样的苦境（参见上引李辉文章），就是说，她也在某个时期里，以认真的态度支援过丈夫拼命的"自我改造"吧。不过，劝其身穿太空衣而大胆"飞翔"，这不可能是在无以"飞翔"的"右派"和"反革命"时代所做的回忆。因此这首诗的主题，应该是他在冤罪得以"平反昭雪"，并恢复了在共产党和作为各民主党派之统一战线的政治协商会议等机构中重要地位的时候，对仍要与时俱"飞"的犹豫不决的心境之戏谑吧。那时的坊间，亦有"心有余悸"一词流行。《牛油集》舒芜序言中所引的这首诗，其第二句的"谁知"原为"心寒"，我觉得似乎更好些。

冬日

一二平安九，

幽居了掩扉。
　　好书愁乱叠，
　　恶客爱穷吹。
　　青蚓爬成字，
　　黄油打作诗。
　　遥闻踢死狗，
　　无界限华夷。

　　第一句仿佛顺口的咒文一般，其友人陈迩冬于《牛油集》卷首寄赠的题诗中曾将此句咏为"一二初三九"，所以，这好像是沿袭了自冬至开始的数九习惯，而表达冬天的好日。"掩扉"为关门自闭。"穷吹"是现代常用语，意为说大话。大概是指无论什么状况下都大谈正经理论的人吧。第五句有自注："启老有'蛇来笔底爬成字，油入诗中打作腔'之句，故腹联偷之。""启老"即启功，是同样善于诗书画的朋友之一，关于此人我将另文讨论。"青蚓"有用作比喻香炉之烟的例子，这里则用来比喻字的墨色和线的滑动，试图以这样具体的动词引人发笑。"青蚓"和"黄油"成对儿，而 butter 译语的黄油喻"打油"的戏法亦是达人之作。"踢死狗"一般为"迪斯科"三字，而意思为"将狗踢死"的这个译语，据刘间君说是他的老朋友澳大利亚人的发明。结句如自注所言，蹈袭了明代儒学家陈白沙（献章）的句子"江山无界限华夷"。这恐怕是要用相信天道普遍的儒家言说，来消除当局对"改革开放"后西方大潮一时汹涌而入的自我封闭式的戒备。

旧梦

旧梦依稀四十年，
门前黄桷斗秋妍。
小轩藤榻还依故，
楚雨湘音去渺然。
可以载舟穷百姓，
如狂倾国老三篇。
风骚文采谁评说，
向晚龙桥听杜鹃。

"依稀"是模糊不清的拟态词。"黄桷"为结黄色果实的桷树。"轩"指人家，"榻"是躺椅。第四句作为一般常见的诗句应当是"楚雨湘云"，古时候的楚国版图正好覆盖了诗人建国前的活动范围，而湖南省简称的"湘"与"音"的少见组合，我想是指毛泽东的湖南口音。在天安门上宣告中华人民共和国成立的那个声音，连我们外国人也多次在纪录片和录音中听过，而诗接下来也确实涉及了毛泽东其人（也有朋友说，如果"湘音"是这个意思，那么"楚雨"说不定是指湖北出身的林彪呢）。颈联的对句巧妙地采用了当代的用语。上句来自《荀子·王制》比喻君子为舟百姓为水的"水可载舟，亦可覆舟"，大概是讲毛泽东所谓的"创造历史的动力"之穷苦人民哪里是在"创造"，不过是被没完没了的运动所驱动而已。下句则将作为毛泽东思想或精神主义的代表而特别选出来要反复阅读的《为人民服务》《纪念白求恩》《愚公移山》三篇，与"文化大革命"的失败联系在一起。尾联的"风骚文采"，说的是毛泽东最有名的词《沁园春·雪》（1936）中所言历代帝王最缺乏的"文"之素养和风格。对作出如此大胆"评说"的人（此语当直接沿用了毛的《念奴娇·昆仑》的"千秋功罪，谁人曾与评说"）的"评说"，其用意不外是在追问他与历代统治者究竟有何不同。当时，党中央已经将其功罪定为"三七开"，这种巧妙的表现实际上是公开承认了毛泽东晚年的错误，但将至高无上者以此种方式写入诗中，这样的例子还是很少的。出版过有关《易经》研究著作的前辈朋友告诉我，此诗的结句与独自创立易经学的宋代道学家邵雍的"天津桥上闻杜鹃"有关。此人曾隐居于洛阳城内天津桥附近，某时于桥上听到杜鹃的叫声，致使其脸色阴沉下来。友人问其缘故，邵雍说洛阳原本无杜鹃，杜鹃到来，可知朝廷不久将启用南方之士为宰相，且多招录南人以实施新政，而"地气"由南移北乃乱世之兆，由此，预言了后来所谓的王安石"变法"。以上的说法为邵雍之子伯温所传（《邵氏见闻录》）。有人说，邵雍还是与下面要讲的寒山诗一起受到推重的生活型思想诗的作者（《击壤集》），这应该也是让黄苗子感到亲近的地方。果真如此,此处回顾的当是始于上海之"文革""地气"的北上趋势，而代替"天津桥"出现的"龙桥"是否为居住地附近实有的桥呢？［补注一］

我原本想引用一些黄苗子的"口袋歌"，即三十六韵六十六句的歌行体作品等，不过太长了，只好作罢。这里的"口袋"即所谓"档案袋"，乃是装有依据党的立场详细填写、走到哪里都随人移动的个人记录的口袋。"口袋歌"以充满谐谑的语调代人抒发了对"档案袋"的痛恨。

而为数最多的题画诗中,下面这篇以禅僧偈语似的自由自在来表现漫画般机智的词,则不能放过。

  菩萨蛮　题寒山诗意图

    一池春水干卿底,
    丰乾饶舌何如你。
    该打是寒山,
    抽他一竹竿。

    相怜情狡猾,
    和尚偏明察。
    不做打油诗,
    凡心佛也知。

这是为描写寒山诗意境的画所题之词。第一句,典出"干卿底事"("底"是与"何"同义的俗语)的诗词成语。南唐冯延巳有词"风乍起,吹皱一池春水",皇帝与他开玩笑说:"风吹皱一池春水,干卿何事?"冯答曰:未若陛下某某诗句也。这里,采用此典以表达"多管闲事"之意。丰乾,亦是寒山传说中的禅僧。所谓"丰乾饶舌"一句,乃是禅宗的公案之一,这里则在嘲骂寒山本身的管闲事且多嘴多舌。词的上阕乃是对下阕第一句过于佩服寒山之言的嘲骂。关于此句,黄苗子自注中引了寒山的诗"柳郎八十二,蓝嫂一十八。夫妻共百年,相怜情狡狯"。顺便一提,上面提到的诗集卷末所附《学诗乎?》中也引了此诗,一方面觉得和尚连房事都多嘴实在有趣,一方面嘲笑这种不自然的关系中所可能有的虚伪而引人思考,并视此为"打油诗"的好例子。词的结句似乎在说,这种"打油诗"尽管不是佛主的教义,但也是在佛主亦可谅察的人类理解学之中吧。《牛油集》末尾的七律《自题〈牛油集〉》中,亦有"道同最爱王梵志"一句,明确表达了要与在中国被士大夫读书人的正统诗所淹没的王梵志、寒山等在野的半僧半俗诗之谱系相合流的意向。这也足以让我们思考,强调应贯通诗书画的"人生境地"对黄苗子来说究竟包含着什么意义。

总之,诗始于被政治所播弄的经历,那么以政治性的东西为终结,也算是首尾照应了。《无腔集》中"牛油集"以后所作部分,乃是由1991年至1995年间的六十来首诗组成的。而《牛油集》则是到1988年为止的作品的结集,期间有两年多的空白。这空白,想来大概与1989年的事件有关。后来的诗作也并没有特别突出的变化,但这里发生了特殊的兴趣转变,其理由还是存在的。就是说,《牛油集》那样的诗在一定程度上的盛行,显然与中国1970年代末到1980年代的特殊空气相关,尤其在北京,因此事件和其后社会关心的变化,经历了一个转变的过程。事件之后,此种诗集陡然减少,恐怕难说仅仅是出于作者们年龄的关系。这里,我引一组系列作品中的一首。

咏史六首之一

呐喊如雷大道连，
国门人海沸于天。
陈东伏阙何辞死，
贾相凭轩但欲眠。
宵殿九重窥喜怒，
豪门千手攫金钱。
老夫耄矣应知退，
芳臭由来怵史篇。

该诗作于1992年。小说《水浒传》中曾出现朝廷奸臣蔡京、童贯等所谓"宣和六贼"，而这个陈东便是上书朝廷请求诛杀这些人的宋代贡生。之后，陈东还抗议过朝廷对正义派宰相李纲的罢免，不断实行"率诸生数万伏宣德门上书"等行动，结果被处以死刑。贾相为魏文帝（曹丕）向太尉所荐的贾诩，而魏的前代（曹操）以来的宿敌吴之孙权则笑曰：这样无能的男子也要提拔到三公（太尉是其一）的位置吗？这故事后来就成了用来比喻无以胜任其职的人才。颈联是指那些在民众无法接近的高处仰元勋们鼻息的阿谀奉承者，以及身处当时已蔓延于全社会的"拜金主义"风潮之顶点而不择手段的一帮新贵。第七句的"老夫耄矣"，原本见于《春秋左传》(隐公四年)。复杂的事情在此不表,讲此话的是一边表面谦虚、一边以巧妙而果断的策略成功地清除掉包括自己亲信在内的逆反者而为后世君子称为"大义灭亲"的卫国老政治家。结句的"芳臭"喻后世的评价。即，一般常套的说法为历史的审判，诗则只言于此。观这一系列诗作我不禁感慨，虽说一生的经历被政治弄得一塌糊涂，但此人（们）的政治喜好实在是病入膏肓啊。反复经历了激烈的"幻灭"，其诗的语言与政治仍彼此相连而不肯有所分离，岂止是时而嗅一嗅世间男女事情的寒山之世俗气的程度呢。可是另一方面，这看上去又与喜欢评判政治家的首都老百姓的感觉相通，因此这诗也未必不能成为市井的嘲讽世事的打油诗[补注二]。

[补注一]结句所说的"龙桥"也可能是指北京西郊的青龙桥。因为,在"百花齐放,百家争鸣"号召正响时出任中国民主同盟机关报《光明日报》主编、因批判共产党"党天下"而被列为"反右派斗争"对象的储安平,于作家老舍投太平湖(一说为团结湖)的同一天(1966年8月31日),曾在潮白河的青龙桥试图自杀(未遂,后失踪,十六年后得出死亡结论。参见章诒和《往事并不如烟》注释所引储望华《父亲,你在哪里?》)这一事件,及有关后来民主党派和知识分子的命运,容易让人联想到邵雍的"听杜鹃"故事。

[补注二]我借访问黄苗子宅的机会,曾就前一章涉及的杨宪益《银翘集》中《昏夜》诗是否为黄的作品,直接向他本人确认,而黄苗子深有意味地微笑着并未回答。我左想右想之后重读这首诗,觉得意思应该是这样的。

昏夜

昏夜摩挲刺此头,
再凭斗胆触不周。
穷摸屁股撩狂虎,
大闹天宫共孽猴。
血液吐新仍纳故,
骅骝易放却难收。
刘郎已幸除仙籍,
遥酹黄汤献打油。

昔，柳宗元有贺王参元失火书，失火可贺，失籍亦可贺也，一笑！"刘郎此去通仙籍"为李义山句。

据说，黄苗子本人直到 1989 年为止也曾有相当明显的政治批判言论，而首联可以想见表达的是于党内进行批判的诗中之人的感慨和决心。"不周"为神话中的山名。往昔，共工与颛顼争夺帝位，败而触不周山，结果天地倾，日月星辰按一定方向流去。毛泽东咏游击战的词《渔家傲·反第一次大"围剿"》（1931 年春作）有"不周山下红旗乱"一句，而自注与通常的解释相反，曰共工才是不灭的英雄，这里则为有意识反用其解释。颔联，说的是使"狂虎"发怒或大闹天宫等所向无敌的言行。而将此与该当惩罚的猴子连在一起，可以作为一系列事件联想到上面提到的吴祖光。颈联的"吐新""纳故"，乃是反向利用见于《庄子》的道家养生术之"吐故纳新"，以讽刺党内新陈代谢之恶劣，进而言及好容易吸收到可比之周穆王"八骏"之名马的优秀人才，却眼睁睁地撒手丢掉了。尾联上句的"刘郎""仙籍"，源自往昔刘晨与朋友阮肇一起赴天台山中采药而迷走仙境的传说（《幽明录》），但黄自注中所引李义山诗句可能是原指另一个故事的"玉郎会此通仙籍"（《重过圣女祠》）之误记，今用以暗示脱离党籍。下句的"遥酹"乃是洒酒于地的祭奠仪式，后经历代诗人之手其宗教性已然淡薄，而变为十分风流化的语词，这里则进一步将酒称为"黄汤"（酒的贬义用法），由此强调该打油诗的打油性，以作为来自海外的游戏性的庆贺。

三 讽刺的使命——荒芜

荒芜这个人我完全不了解,是在一群旧诗作者同仁的应酬文字中发现他的名字的,于是想办法搞到了其诗集《纸壁斋集》(黑龙江人民出版社,1981)和《续集》(湖南人民出版社,1987)两册,顺便也收集到诗论集《纸壁斋说诗》(1985)、散文集《麻花堂外集》(1989),都是复印的。从手边的作家辞典摘录其生平要点如下:荒芜原名李乃仁,1916年生于安徽。从1937年于北京大学毕业前后开始,曾创作过小说和戏曲,但不知由于什么关系,抗战后期到了重庆的苏联大使馆教汉语,战争结束后一段时间里又任夏威夷美国陆军学校汉语训练班的教员乃至上海《文汇报》国际通讯部编辑,之后于内战后期的1948年奔赴共产党解放区。建国后亦在国际新闻局和外文出版社做与外国有关的工作,其间,曾翻译出版高尔基的美国论和苏联文艺理论方面的著作。1952年进入中国社会科学院文学研究所后,主要从事美国左翼作家马尔兹的小说戏曲集和惠特曼及黑人诗集等的翻译工作,"文革"后亦翻译了奥尼尔的戏剧等,"尤着力于美国现代文学的介绍"。

这本作家辞典(《中国文学家辞典》,1982)有一种回避详述建国后政治曲折的倾向,尤其是几乎没有谈及荒芜这方面的任何情况。实际上,在进入解放区之前他曾任重庆国民党军事机构的"参议",又有因庇护逃亡的共产党地下党员之同僚家属而被逮捕等惊险的经历(《纸壁斋诗》"后记")。是不是因为有这样的关系在内,他也是作为"右派分子"而于1958年、1959年间被送往北大荒"劳动改造"的人们当中的一个?如果没有这样的经历,那么写诗大概对他原本也就不成为问题了。

占《麻花堂外集》三分之一篇幅的《伐木日记》,是他当时在黑龙江省完达山原始森林从事采伐劳动时期的日记,"文革"中一度遭到没收,后来被友人发现而拿回来,整理成形。荒芜死后,舒芜写有非常有力的介绍文章(《让那伐木者醒来》),黄苗子则一面照例把北大荒比拟为"北京大学"而戏称"我也是当年的北大生",一面献上重新歌咏旧恨的长诗(《长歌行——读舒芜〈让那伐木者醒来〉》)。可以想见,这些日记在同样拥有类似经历的人们当中,是备受欢迎的珍贵记录。不过,孩提时代只在私塾读过两年书的荒芜,自然没有像聂绀弩那样沉浸在作诗当中。对曾亲近闻一多和艾青那充满激情的新诗,并带着惠特曼的诗集来到北大荒的他来说，以"温柔敦厚"和"冠冕堂皇"为能事的旧诗词，是不曾考虑的技艺。但在"文革"中，他与文学研究所的俞平伯、孙楷第、钱锺书、吴世昌、何其芳等杰出的同事一起被关进"牛棚"，每天打扫厕所和参加批斗大会之外，像他这样的"无名小卒"也大得闲暇，而"为消磨时间，认真地写起诗来"。第一篇旧诗是下面这首七律：

牛棚抒怀

危楼高议日纷纷，
太息鱼龙未易分。
莫谓低头非好汉，
可怜扫地尽斯文。
听"猿"实下伤心泪，
斗"鬼"欣闻"滚蛋"声。
灞上荆门儿戏耳，
亚夫原是女将军。

这"牛棚"是文学研究所三层的一个大房间。把那些几乎存在本身就意味着"反动"的书籍全部搬出去后，房间变成了研究人员的收容所。首联的"鱼龙"，即"鱼龙混杂"，好坏人不分的状态，大概要说的是：这运动的目的到底是什么，一向让人不得要领，在权力支配下空洞的议论越多，人们的本性便越发暴露出来[补注]。而其中有两联描写的则是这样的场面：这里关押着国立中央学术研究机构的著名学者，实行革命大串联而来到北京的"红卫兵"少年战士们，一面是稀奇，一面把每个人揪出来强迫其低头认罪，结束的时候则大喝一声"滚蛋"而宣布散会。颔联下句的"扫地尽斯文"妙的是可以有两种读法，一是"扫地斯文尽"（所谓表示学术荒废的成语"斯文扫地"）；一是"扫地尽斯文"（斯文也可以指学术研究的担当者）。颈联的"猿"据说是苦于胃病常常打嗝的可怜老学者的外号，这一句模仿杜甫《秋兴八首》中的"听猿实下三声泪"。而下句的"鬼"则如同上述的"牛鬼蛇神"，"斗鬼"在句中提示其场面，而主要动词是以被批斗一方为主格的"闻"。另外，句末的"声"字没有押韵。尾联采用的是下列典故：汉武帝一面赞叹亚夫（即周勃）为军容整齐的真将军，一面贬斥屯驻于灞上和荆门的另一个大营的军纪混乱，简直"形同儿戏"。"亚夫原是女将军"，说的是当时带着监督他们的任务来到文学所的严厉而令人恐怖的女工宣队员。

正值"文革"当中（1968），以诗来歌咏斗争现场的这种例子实在少见，而且如此大胆，于是迅速引起了"连锁反应"，俞平伯老先生等旧诗高手也纷纷作起诗来，结果被宣传队阻止，并特意召开了"批斗""反动诗"作者的大会。然而，这之后在河南省农村"五七干校"中，此种诗的创作并没有停止，虽然手法和题材改成了歌咏日常生活或朋友间的应酬。以上情况，参见《纸壁斋集》卷首的"代序"。诗集中收录的唯一例子《干校》，也同样是七律：

赠俞平伯先生，同时在河南干校菜园班

> 朝读夕耕夜续麻，
> 灌园抱瓮喜安家。
> 休言老去诗情减，
> 只觉新来饭量加。
> 绕屋已栽元亮柳，
> 隔畦还种召平瓜。
> 座中尽是工农客，
> 话到宵深酒当茶。

首联的第一句，类似于"晴耕雨读"等。第二句的"灌园抱瓮"，也是田园隐居的比喻。颈联的元亮即陶渊明，自称"宅边五柳树"的隐士而作《五柳先生传》，召平乃秦朝灭亡后于长安郊外种瓜以自得于贫乏生活的东陵侯，两个典故并举以隐居拟写"干校"的日常生活。俞平伯是于新诗草创期有贡献而后回归旧体诗词写作的人，对《红楼梦》的现代化研究方面亦留下了巨大的成就，也因此成为追求古典研究的马克思主义化运动所要克服的对象。不过，此时他已然年迈，故也确实有容许其携夫人一起"安家"的事实。虽说特地装作悠闲宁静的咏法本身可能在暗示并不温和的心情，但好像的确如此：与收容斗争对象的设施"牛棚"相比，和工人农民一起生活的"干校"则更为平稳且近于悠闲宁静的状态。"肮脏"的知识分子在"干净"的劳动人民生活中得到洗刷，这是毛泽东基本思想中的一部分，而知识分子将此以隐士的姿态来取悦固然不像话，但其实他们或多或少与毛泽东是共有一个"天民"的传统观念的。即便没有这种观念，像尾联那样，把意识形态的狂热视为与本来无缘的村民生活相接触或交流的机会而作为"文革"中的一种救赎来回忆，这样的例子也不少。结句的"酒当茶"基于三国时期吴国的韦昭因君王的宠爱而特许其在酒席上饮茶的典故，而将"茶当酒"予以反用。本来，与农民们的联欢是好事，但在此种状况下与俞平伯夫妇的结交，甚或要被说成是"右派分子"试图包庇老学者的。

"牛棚"作品的谐谑调和这里"干校"作品的俚俗态，正适合于荒芜自谓的"打油诗"。另一方面，"代序"中指此为"认真地写起诗来"的开始，我想这与其人始终将自己诗作里一本正经的讽刺视为使命有关系。"代序"中的议论大半部分也是有关这个问题的。其动机的切实性，我们从娶华裔作家聂华苓为妻的美国诗人帕勒·安格尔的题为《文化大革命》的小诗对他的推重，亦可有所察知（《安格尔：〈中国的印象〉》，见《纸壁斋说诗》）。荒芜所译安格尔的诗如下：

> 我拾起一块石头，
> 我听见一个声音在里面吼：
> "不要惹我，
> 让我在这里躲一躲。"

倾倒于惠特曼式刚直的批判精神和快活的自由感觉的人，因其萎靡的精神风景被来自美国的诗人道破而不能不敬佩，荒芜从被排斥的立场出发早已比别人更冷静也更愤怒地将这种革命建国的历程烙印在心底，这是不难想象的。从写作第一首诗开始历经十年，他二十年来的"右派分子"冤案终于得到昭雪，而此时所作的下面这首诗，尾联则带有表达决心的意味，无疑他想要在大地终于回春后而得以重新开始的言论活动中使用讽刺的"武器"。

五七年错案得平，感赋

紧箍无咒积怀抒，
臭帽长抛信不虚。
一饭何曾三遗矢，
念年偷读半车书。
回看娇女开新酒，
笑伴童孙画小鱼。
但使片言能活国，
甘心轻掷老头颅。

首联的"紧箍咒"是众所周知的戴在孙悟空头上的紧箍之符咒，"臭帽"则是政治上肮脏的标签。"臭"这一表示感觉上厌恶的俗语，因知识分子被归类为从地主到右派乃至特务等八类"坏分子"之后，故有"臭老九"的称呼，而精英的堡垒北京大学则被贬低为"臭北大"，这样的叫法在"文革"中到处可以听到。颔联的"矢"发音和意义都与"屎"相同,"遗矢"即拉屎的意思。战国时期赵国的名将廉颇身处异国而年迈却仍想效力故国,便在使者面前大量吃下食物以显示身体的健壮,结果期间不得不三次上厕所。这里,以此典故来表达虽然未能允许如此为国效劳,但失意的二十年间却读了半车的书。这并非本意的读书,大概强烈地触动了左翼主义的美国文学研究者身上沉睡的旧文人式的东西。颔联表达的是娇惯的女儿备酒来为自己庆祝平反昭雪,加之抱孙子的喜悦幸福。如果说这是承接着首联而来的,那么尾联则是以接受颔联所言的忧郁和积蓄的形式而述说晚年的抱负。"片言"一词,并非仅限于诗,而事实上此人"文革"后所专心做的事,除翻译以外都集中在诗与批判,或通过诗而进行的批判上。"故人相忆若相问,乐府新传有续编"(《答友人》四首之一)、"自写新诗自打油,十年写下小春秋"(《自嘲》),其中所说的"乐府"和"春秋"都承担着这样的批判。

"纸壁斋"这个戏称的来源如下:1972年从"干校"回来时,"偌大个北京却无立锥之地",故在曾被用作"牛棚"的那个研究所空房子的一角,"以英国贵族圈牧羊地"的样子,在铁制的书架上用报纸贴成墙壁而划出一块自己的领地(《我的书斋》,见《麻花堂外集》)。冠以这种书斋名的集子所收的正续二百来首诗,其中讽刺之作实在很多。特别是占续集四个部分一半篇幅的"鳞爪录""海外杂谈"部分,取材于国内外的新闻报道,可以说显示出了与此人的经历和自觉相符合的特征。只是我这里无法一一举例。若以讽刺的或有诗之唤起力的角度为主来观看的话,正集卷首《牛棚抒怀》之后的《长安杂咏》十七首,专以文艺界怪现象为目标,其第一首大有倾诉忧愤的序章味道。

> 千奇百怪频年事,
> 五角六张数局棋。
> 告密投机新伙伴,
> 昂头变脸老相知。
> 名流陆续成邦鬼,
> 小丑仓皇戴画皮。
> 霹雳天开华岳出,
> 一阳来复我吟诗。

首联开始为对句。"角""张"是二十八星宿中的两个星座,按占星者的说法,(大概是月亮)5日遇角宿和6日逢张宿的时候都会有凶事,因此"五角六张"表示任何事都不顺利。诗表达的恐怕是奇怪的事情年年接连不断,原本定好框架的批判游戏翻来覆去,结果人们的思想也便僵化了。颔联则说你觉得是新朋友的,结果却是告密的投机分子;曾经的好友,会突然翻脸("变脸"原为态度急剧改变、在舞台上以脸色的变化表现内心活动的演技)。颈联的"邦鬼",即与国家相关联的死者。"画皮"是《聊斋志异》里的一篇小说,说的是恶鬼用画笔绘制人皮披在身上以充美女的故事,这里,借以表达丑恶的本性隐藏在美丽的外表之下。尾联的"华岳"是指颇有来历的五岳之西岳华山,这里关联着毛泽东逝世后继承主席职位并一举逮捕了"四人帮"的华国锋,以暗示"文革"的结束。该诗的结句,讲由极端阴晦到终于显出阳气之兆(《易经》中指冬至),其中蕴含的解放感直接联系着作诗的意欲,这与平反昭雪时的作品相同。

接下来的十六首,除了"四人帮"中的人物等之外,还有不少若不了解各种趣闻闲话便无法判明的地方。据"代序"说,1976年逮捕"四人帮"后,《人民日报》作了笼统的报道,当时就有读者对其中的人物做出各种各样的猜测和查询,而"代序"强调的是其超越具体人物而作为典型的意义。具体来说,如第十二首的绝句的确可以做这样的鉴赏:

> 早年立志作鹏鲲,
> 舐痔归来位已尊。
> 白首跪呈劝进表,
> 千秋勋业压刘琨。

"鹏鲲"是《庄子》开头那有名寓言中的大鸟大鱼,比喻至大自在之物。"舐痔"实在是不文雅的词儿,也典出《庄子》而比喻恬不知耻。第三四句如自注所言,用的是晋国刘琨上奏司马睿(东晋元帝)劝其即位的典故。刘琨为晋南渡之际的大功臣,亦是有诗名的历史人物,这里于类似的对照中,进一步强化了对年迈而极力恭维极端权力又贵为高级干部的卑屈的机会主义者之辛辣讽刺。下面的第九首等,也是意义较好懂的例子。

> 金棍狼牙棒共挥，
> 百花凋谢百家歇。
> 六郎肠断莲花落，
> 应悔当年早着绯。

"狼牙"是棒子的一头镶满像枣核状铁钉的武器，《水浒传》中性急的霹雳火秦明用的就是这种棒子。原本有鉴于匈牙利和波兰的官僚社会主义会引起大众的不满，试图慎重再慎重地强调必须以"艺术的"方式对待国内局势的毛泽东，想出了"百花齐放，百家争鸣"的自由化政策，但看到这导致了对党的激烈批判之后，又仿佛此乃"引蛇出洞"的诱饵一般，转而开始了严酷的"反右派斗争"，甚至进一步发展到使包括荒芜本人在内的知识分子大量受难的境地。第一二句，从发展到动用各种武器而并非单纯比喻的"文革"之结果，来总结"百花"和"百家"的命运。第三句如自注所示，用的典故是唐武则天宠信的容貌才艺俱佳的张宗昌，在宫中被称为六郎，甚至有人奉承他"非六郎面似莲花，实莲花似六郎"，"绯"指红色的官服。而"典型"的原型乃是得到毛泽东夫人江青的赏识，年纪轻轻登上高位，结果与江青一道没落的人物（王洪文）。

"长安杂咏"在续集里升格为整个四部分中作品密度相对较高的第一部分的总题，其中有不少取材于"文革"后首都重新启动的文艺界活动。这里所关注的亦是这样一些人等，如打扮成"文革"和"四人帮"的受害者而隐蔽自己的过去，或者声泪俱下地上演声势浩大的自我批判以迎合时代的潮流，即那些若无政治性演技就无法生存下去的人们的群体性的病症。如此，荒芜的讽刺诗最着力的，就是自己亦身在其中的文化界仿佛群鬼图般的活生生的写照。这里，引一两首独具特色的为例。

作协大会花絮九首之七

三天两次画圈圈，
怎奈圈圈画不圆。
我亦咻咻如阿贵，
他妈妈的忒心烦。

作家协会分明是国家的机关。此诗讽刺这种机关以决议配合国家的大政方针。第六首中讲到某传统戏剧评论家自嘲式的唱词"我只为画圈而来"，而接着的这第七首十分出色，用鲁迅小说《阿Q正传》主人公的故事，来状写只投赞成票的难堪。文盲阿Q在公堂审讯之后以画圈代署名，因手抖不曾画得圆而自悔为一生的污点。"他妈妈的"或"他妈的"，鲁迅说如果牡丹为中国的国花，那么这便是"国骂"，也即是这个国家最普通的骂人话。意思好像是咒母子相奸的禁忌，但其词语起源上的由来已无从知晓。"忒"是表示程度之甚的北京俗语。

观骊山兵马俑三首之二

海滨驱石血殷鞭，

北筑长城近塞边。
枉使李斯除逐客，
空教徐福访真仙。
沙丘落日风吟树，
博浪惊魂月堕天。
地下本来无敌国，
何需兵马俑三千。

这是看到巨大且作为一大观光资源而闻名世界的历史遗迹秦始皇陵真人大土俑军团后的感受。首联借秦始皇欲渡海眺望日出而架设桥梁时，神人显现并用鞭子将作为材料的山石驱至海边，由此石上沾满了殷红血迹的传闻，再次慨叹秦统一六国后为防备北方匈奴而大建长城这种古代帝国的不可思议。颔联将讲述两个成对儿的故事，均视为空虚飘渺。即，一个是秦始皇坚信来自各国的游说之士都是为了本国的君主企图扰乱秦国的内政，因而下了逐客令，结果遭到同样是外来"客卿"之一的丞相李斯的反对而撤回的故事；另一个是为求长生不老之术而遣方术家徐福访海上仙山的故事。如唐代杜牧"士林尚难期"所叹（《杜秋娘诗》），这个"逐客令"还是常用于有知识的士人其处境难以确定的典故，或许亦是有国际主义倾向的荒芜对本国主义之封闭性的批评。颈联说的是帝国短命的预兆。"博浪（沙）"乃是因秦始皇灭韩之仇而为张良和力士用铁锤所击打之地。尾联的意思用不着解释，着实漂亮的遗迹遗物的伟大与帝王坚持到死的欲望表现之荒唐无稽，两者构成一个令人恐惧的矛盾,其含义恐怕绝不仅仅限于兵马俑吧。不光是这首诗乃至其他的"读史""咏史"之作,即使是吟咏当前世相的时候,也多用历史上的典故而试图加强联想的丰富性,此乃荒芜有意识的作诗法。这种作诗法是新诗所无法比拟的,换句话说正是旧诗的巨大力量之所在。但另一方面,在中国作为合清浊两流为一个整体的历史里,似乎包含着某种终极的慰藉作用,因此我们可以试想,就是在相当二十世纪式的政治经验上,人们也仍然可以以旧诗为媒介而有所追寻的。

正集"代序"中的讽刺论,一面赞同重"讽谕"的白居易所言,诗应为社会性的"事"而作的观点,一面进而主张为"人",说自己的诗作近九成都是如此,而这"人"自然也包括自己在内。荒芜的诗善于在所有的"事"中嗅出"人"的心性、心术,的确暗藏着一种人学的追求,不用说其核心处也有自己心酸的体验。而直接触及这种体验的诗当然有很多首。比如,有以回忆北大荒时代为内容的"伐木"六首,同时还有一首将追怀过去的自己加以客观化的诗:

感怀十首之三

夜来梦到北山西,
欲说北山梦转迷。
伐木寒宵人喘月,
凿冰鸟道命如鸡。
三年边塞悲猿鹤,

十载青春付土泥。
束带折腰还自笑,
惩羹哆口尚吹齑。

"北山"指前面说到的"伐木日记"的舞台完达山,其西侧大概是他们吃饭的地方吧。强制劳动的体验不断在梦中忆起,而试图思索其意义时,结果连梦也开始混乱起来,这是首联要说的内容。颈联用《世说新语》所见"吴牛喘月"的警句,言南方的水牛不堪其暑,见月而以为是太阳便喘息起来,这里似乎有寒暑颠倒亦造成恐慌心理的联想,不过,见寒月而喘息的意象也可以是直接言其事实,故典故作次要的意义解亦可。"鸟道"是险要细长的山路,"鸡"乃鸟中最常见的与狗并列的微不足道之生命。颈联的"三年"和"十载",指呻吟于遭反右派斗争和"文革"的连续打击的时期,"猿鹤"蹈袭周穆王南征而"一军尽化,君子为猿为鹤,小人为虫为沙"(《抱朴子》)的传说,于山林原野之鸟兽本身的意象中叠加了社会历史的惨剧。只以"猿鹤"亦可说明部分君子小人死于非命的事项,但从申诉反右派斗争"三年"之冤的立场出发,似乎有偏偏正人君子而遭到牺牲之感。尾联的"束带折腰",内含不齿于只为五斗米折腰而脱下官服的陶渊明的故事,在展现拒绝顺从官僚的态度的同时,诉说因令人过度心酸的过去而产生胆小怕事的后遗症。在旧诗之强有力的制作动机中,有咏叹"身世之感"的倾向,这首诗无疑属于此一类型。不过就整体而言,也曾醉心于惠特曼的荒芜还是自觉地与那种哭诉或假装达观的常见调子保持着距离的。然而，在读者一方面确实有一般的先入之见，因此，下面这首诗就曾遭到过攻击。

赠自己

羞赋凌云与子虚，
闲来安步胜华车。
三生有幸能耽酒，
一着骄人不读书。
醉里欣看天远大，
世间难得老空疏。
可怜晁错临东市，
朱色朝衣尚未除。

第一句，"子虚赋"等用以言著名的汉代司马相如之事。"凌云赋"并不存在，但有另外的"大人赋"，让天子感到"飘飘然凌云"而游戏于天地之间的喜悦气氛（《史记》），将两者并举，以鄙视原本为皇帝喜悦而繁荣起来的赋乃至与此类似的御用文学（"凌云""子虚"两词的语义本身亦有宏大虚言的意味）。第二句的"华车"，即高级的车辆。颔联的"三生"原为佛教用语，"三生有幸"则为单纯表示身之幸运。"一着"与日语中表示下棋的词汇基本一样，说的是一着得手而处于优势时生出那样的傲气以至于疏于读书，这与上句的沉湎于酒相配合，拟写性情乖张的信口开河。颈联的"远大""空疏"，亦可解读为进一步表示自弃的连珠炮。尾联用的是下面这个典故：汉景帝时的御史大夫晁错执法严正而成为诸侯的敌人，结果招来了以此诛伐为名目的吴楚七国的叛乱，根据朝廷内部的意见，晁错在东市穿着朝服而被斩首。正集中有自注只说"东市"即"刑场"，但究竟暗示什么不得而知，实际上诗后有少见的写作时间落款"一九七六年五月"，似乎提供了线索，但如果不是读到续集的附录，大概谁也不明白其中的意义吧。据附录所言，此诗到了1979年才终于得以在《读书》杂志上发表，第二年社科院的内部杂志上有同事投稿，质疑"粉碎'四人帮'而人民迎来春天已有三年，可我们的作家为什么依然要发表这种耽酒避世的诗呢"，显然是视其"思想倾向"有问题并进而攻击道：这与诗人转弯抹角表示的"高洁"姿态有关，结论是"荒芜不过是以封建士大夫阶级失意文人的笔触来表达对中国人民所生活的社会主义'现实'的不满而已"。荒芜借晁错身着朝服被斩首的典故来表现社会主义体制下对官的厌恶，这是该同事的解读。荒芜的回答则说，那是"激愤之辞"。作诗的当时"四人帮"依然很有势力，那年5月一度复归中央的邓小平亦被视为第一次天安门事件的幕后黑手而遭到罢免，将此与晁错的冤案连在一起是意在讽刺，诗的前半部分不过铺叙而已，而其"天远大"和"不读书"乃是学杜甫用"山河在"表示什么也没有和以"草木深"言无人气息的手法（宋欧阳修的说法），来写大地上悲惨的荒废状态以及只能欺骗傻瓜的恐怖统治。批判者暴露出很差的素养，而荒芜则以"原文如此"的加注方式，指出此人只是准确地嗅出了诗人对"现实"的不满，但却要以"四人帮"已遭逮捕的事情来圣化"现实"，并自命为代表而气势汹汹地攻击不同意见,这种态势比起人们忽略了诗的时间落款,更让荒芜无法忍受。

荒芜在此及正集的"代序"中明确表示,自己的"打油诗"虽以讽刺为主,但也未必排除歌颂,集子中也确实收录了对邓小平等领导人表示信赖和期待的诗。对他来说,这是对谋求足以改变二十年来难以接受的现实之力量的讽刺乃至歌颂,至少如"文革"后人们为代替毛泽东的刚性而一齐寄希望于柔性偶像的周恩来那样,总之与仰慕刚性的那种歌颂性质不同。顺便一提,根据另一篇批判出版审查制度的名为《删诗偶语》(《麻花堂外集》)的文章讲,续集初稿中有十四首被删掉了。

让人们惊愕且同情不已的是,九十年代后他便失去了对任何事情的兴趣,不再执笔写作,甚至谢绝了一切的交友活动,而于1994年默默辞世。从后来一位荒芜诗的粉丝所写的悼念文章(黄家刚:《哭荒芜》,载《散文与人》第6辑)中介绍的诗人遗孀的纪念短文,可以看到每天凝视天花板而生活着的患抑郁病的老人的形象。文中,引举了他临终时所作的五律、七绝各一首。病里仿佛有与对其当时状况的反应不同的另一个病理存在似的,虽说诗没有因病情而至于混乱,仍然维持着知性的机灵,但无奈这可谓空虚的歌,实在让人悲痛。下面是那首五律:

老病无生趣,
真成木乃伊。
懒吃三顿饭,

怕写一行诗。
世事由他去,
平生只自知。
但求归八宝,
斩断藕千丝。

"八宝(山)"乃北京的公墓,"藕千丝"谓如莲根那细细的纤维状丝条似的无数羁绊。

【补注】文学研究所著名研究员、与荒芜有过同样经历的钱锺书,其评传(刘中国:《钱锺书——20世纪的人文悲歌》)中引用了这首诗。评传作者说,当时"难友"之间有不少告密者,该诗后来成为"斗争"的对象,即是告密的结果。这样看来,此处的"鱼龙未易分"便成为着意表现不知道朋友中谁为告密者的不安了。

四 生老病死的戏谑——启功

说到启功,现在可是了不得的名士。据仿佛弟子一类的人所写的介绍文章(郭英德《启功先生的治学之道》,载 1993 年《文献》第 1 期)说,"1976 年,特别是 1980 年代以后,启功意想不到地成为海内外景仰的名人,被卷进繁忙的社会事务中",而不论退休年龄过了多少也毫无关系似的,除北京师范大学教授的职务外,还有下列兼职:"中国文物工作委员会委员,国家文物鉴定委员会主任委员,国务院古籍整理小组成员,中央文史研究馆副馆长,故宫博物院、中国历史博物馆顾问,中国书法家协会名誉主席,全国政协常务委员兼文化组副组长,北京民族事务委员会副主任,九三学社中央委员、常委等。"虽说我这一系列充满政治的诗歌谭不该对这样阔气的职务地位感到惊异,可在启功,被说成"意想不到地""卷进"等,仿佛也满有道理,而其职位与诗风之间的对照则几近于滑稽。不过,若说为了赏玩这种滑稽,本文开篇的这种写法亦不算失敬的。而且上面说到"名士",指的也不是他的职务地位而首先是与这些职务地位不无关系的在古典文物及书画方面的声望,特别是其书法的受欢迎。北京城里所见的启功那独特秀丽而潇洒的笔迹之多,已经超出了书店招牌和古董街销售品的范围,甚至及于企业大厦墙壁上的烫金文字,至于书籍和杂志上的题字之多则恐怕要超过三位数的吧。这种挥毫泼墨的精神旺盛的劲头儿大有超过郭沫若之势。实际上,人们在把他的书法与郭的才华横溢的书法相比时,连对两人的人品乃至政治德行的看法也放进了其中似的,这也如实地反映了人心的变化。

启功二字乃汉名,他本姓爱新觉罗,应是满族王族的后裔了。1912年这个年份意味着满族从统治者的地位落到了少数弱者的地步,而他正与中华民国同年诞生。启功出生在虽为科举出身但与蓄财少有缘分的学官之家,且幼年丧父,在曾祖父及祖父旧弟子的援助下勉强读完中学。据说从小喜欢绘画而师从本族中的高手,甚至出入于走红的画家齐白石门下,这都与期待将来生活上的方便不无关系吧。然而,由于祖父辈强有力的门生的介绍,他入门成为辅仁大学校长、著名史学家陈垣的弟子后,先是做了附属中学的教员,后来竟至于成为大学的国文教师。据说,这是因为有人暗中讲启功的有关学历及教师资格的闲话激怒了陈校长,故径直提拔到大学的(黄苗子《画坛师友录·启功杂说》)。关于从陈垣所受到的整个传统学问乃至处世之道的熏陶,启功在取题《论语》"夫子循循然善诱耳"的回忆文章中有详细的记载。建国后,辅仁大学合并到北京师范大学,他仍然作为副教授留了下来,1957年通过教授资格的评审,但次年被贴上"右派"的标签,教师资格也被取消了。

这"右派"意味着什么呢?如果从陈垣的关系来看似乎不成问题的。陈垣这位硕学之士即使在日军占领之下仍然躲在德国天主教创办的辅仁大学里,有内涵道义政治微言的史学考证大作(《明季滇黔佛教考》《〈通鉴〉胡注表微》等)遗世,这已经是学术界周知的美谈,而内战结束后率先接受了共产党建国的导师的选择,与作为弟子的启功在"九三学社"及政治协商会议的任职头衔也颇为相衬。因为所谓"九三学社",是以文教、科学技术方面的知识分子为主体,同样参加了共产党领导下的政协的一个党派。可是,他的老师陈垣建国后担任了北京师范大学的校长,还兼有其他要职,1959年以八十岁高龄入党,而就在这前一年弟子启功被打成"右派"。若不是如周围所传的那样乃个人排挤的结果,那么,大概就是因为政治性或政治表现不足使然了?不过,虽然打成了"右派",也没有被逼去"劳动改造",上面提到的郭英德的文章也说因与周围"划清界线"得以获得埋头学问的清闲。接下来"文革"期间又被贴上"封建糟粕"的标签,在所谓保留处分的状态下,他处于大风大浪的边儿上并遭到了摆布。从北京师范大学另一位教授钟敬文的亲属那里,还听到这样一个神乎其神的笑谈:这两位名教授在校内因"反动学术权威"的罪名被"斗争"时,钟敬文说:

"我可能多少有点儿'权威',但说'反动'我怎么也不服。"启功则说:"我'权威'是一点儿也没有的,但说'反动'大概是不错的吧。"中国这个国度至今还是如魏晋时代诸名士评判记《世说新语》那样的喜欢风言风语。

建国后,启功所从事的学术事业多是一些不出头露面而靠以往积累这一类的工作,如《清史稿》《敦煌变文集》等古文献的整理校勘,以及描写清代贵族生活的小说《红楼梦》的注释工作等。而在"文革"以后终于结集出版的著作中,则有关于金石书画的考证题跋(《启功丛稿》)、关于汉字字体史(《古代字体论稿》)和中国诗文声律的综合考察(《诗文声律论考》)、关于古典诗文的语法修辞问题(《汉语现象论》)、以诗论书法(《论书绝句一百首》)乃至诗集书画集等等文章。通而观之,启功仿佛固执于"国文教师"的职分,坚持以经验性的平易比喻,来思考套用印欧语系"文法"难免"手段有余规范不足"的"汉语现象",另一方面则对诗、书、画之艺术乃至相关学问进行彻底追求,而其游戏的态度则又是十分明显的。

多亏一位北京的友人,我才得知他的诗集《启功韵语》出版(北京师范大学出版社,1989)并弄到手。几年前,在北京度暑假偶然间对聂绀弩的诗集发生兴趣时,这位友人告诉我启功也是聂的诗友之一,并将自己敬重的这位老师的诗集送给了我。诗集里还有与杨宪益、黄苗子的应酬诗,不过,为了好友的盛意推荐还是先来看看题为《次韵聂君绀弩一首,绀翁曾被四人帮刑禁多年》的七律。此和诗在应酬之中亦有"后日自知销后患,先生初计已先非"

一联（颈联），就是说你的冤罪实在只是先将讨厌的人预防拘留（日本战前多用于"思想犯"的刑罚之一，为防止犯人继续犯罪，在其服刑期满释放后仍拘留一段时间。——译者）式地封住了，等到后来才知道原是这么回事，你从开始就想错了。这可以说是很直率的回答，但仍是在针对聂绀弩的经历的和诗中讲的，实际上从正面触及这些问题的诗很少。而在实属少见的下面这首绝句中，好像也讲到了"很少触及"的原因。这是观书法史上著名的焦山"瘗鹤铭"及怀想附近的扬州昔日繁华等一连串纪行诗中的一首：

南游杂诗五首之一

非关胡马践江干，
大破天荒是自残。
待写扬州十年记，
游魂血污笔头干。

"江干"即"江岸"，"扬州十年记"乃将记录清兵攻至长江岸边肆意杀戮掠夺之事的明清之际的野史《扬州十日记》，改换为"文革""十年"的记录。意思是，想写那场空前的自杀性运动，而无法成佛的死者之血痕凝固了笔端，无以动笔。另一首虽题为咏史，然而在作者的观念中，历史终归只是令人恐怖的野心家和冤恨者之间冲突的场，这里看不见对历史寓以政治性"讽喻"那样的充满希望的执着。

贺新郎 咏史

古史从头看。

几千年，

兴亡成败，

眼花缭乱。

多少王侯多少贼，

早已全都完蛋。

尽成了，

灰尘一片。

大本糊涂流水账，

电子机，

难得从头算。

竟自有，

若干卷。

书中人物千千万。

细分来，

寿终天命，

少于一半。

试问其余哪里去？

脖子被人切断。

还使劲，

龂龂争辩。

檐下飞蚊生自灭,

不曾知,

何故团团转。

谁参透,

这公案。

　　《启功韵语》,只有卷一的二十七首为1948年即建国前的诗作。据"自序"讲,"文革"前曾整理过十几岁以来的诗作,结果都烧掉了。二十七首中的数首有诗题为"社课"的,留下了曾在诗社里勤奋题咏的痕迹。综合其他一些遗迹怀古和题画诗等观之,可见情趣的浓郁及词藻的洗炼,另一方面也很早就有了一些咏自己戒酒、肥胖、打瞌睡等癖性的诙谐长诗。中间隔了十余年,由1975年以后的少量作品及"文革"后的众多作品所构成的卷二以下,则诙谐性的诗风几乎笼罩各卷且愈发强烈。上面这首"咏史"亦是在《贺新郎》这样的长篇词调中镶嵌了一贯到底的口语化叙事,在这一点上仿佛正是此种技艺的范本。这些诗作中选取了自嘲、疾病、不眠等更为个人化的诗之材料,而自然随意地施展了独特的游戏性格。几近天真的思慕亡妻之作也具有诗歌作法上的郑重特征。另外,集子中还有论诗、论画、题画等有关文人艺术的自我体认、相互欣赏等方面的作品,为文具、手杖等身边日用品所作的"铭"亦多有收录,因而自称实在不成诗集故只称之为"韵语"。关于这一点,"自序"则指出:这些"顺口""顺手"的话语与其说是诗,不如说更近于"胡人""胡说",虽然在"某种条件下"为"解决某种需要","不韵"(即不风流)也是没有关系的,但对音乐意义上的"韵"亦不能不关心。不过,将古来韵书上所规定的生硬的"韵"与北京人所谓"合辙押韵"(北方民间的音曲十三韵类谓"辙")相通融,这实乃来自《诗文声律论考》作者自觉的刻苦锤炼,且一一有注释记载。下面从几个方面来看这个诗集的明显特征。

沁园春 自叙

检点平生,

往日全非,

百事无聊。

计幼时孤露,

中年坎坷,

如今渐老,

幻想俱抛。

半世生涯,

教书卖画,

不过闲吹乞食箫。

谁似我,

真有名无实,

饭桶脓包。

偶然弄些蹊跷,

像博学多闻见解超。

笑左翻右找,

东拼西凑,

繁繁琐琐,

絮絮叨叨。

这样文章,

人人会作,

惭愧篇篇稿费高。

从此后,

定收摊歇业,

不再胡抄。

自注说,最后三句原为"收拾起,一孤堆拉杂,敬待摧烧",当初大概是咏叹"文革"中经自己和他人之手无情烧毁作品和藏书的,而定稿时终于没有采用。虽说如此,现在这首词的最后三句无论要落实到哪里,其竭力丑化自己这一点则还是一样,这从包含了其学问精华的《启功丛稿》"前言"中举此首为"自赞"来看,便可以明白的。同样是收在《韵语》中的《自撰墓志铭》,亦有"中学生,副教授。博不精,专不透。……瘫趋左,派曾右"云云,这种妨碍自己成就硕学教授般学术大业的内外两面种种令人遗憾的理由,实际上可能充满其一生,也很难说这与曲折的自尊心及明哲保身式的样态没有关系。不过,《韵语》中明显的自嘲调子还有一些更奇特的地方。最近一段时间,与启功很亲近、长年做教师和编辑工作的张中行老人,出版了许多有关著名文人学者的回忆，乃至对失掉的旧文人趣味、素养抱以乡愁式怀念的著作，其中有举这首《沁园春》为范例，称其为"入骨"之自嘲的说法（《负暄续话·自嘲》）。据说，这并非隐含着某种自负的谦虚或不平，只是一种自我讽刺式的幽默，以少见的"大智慧"之力"跳到身外"而"由深刻的自知升华为自嘲"。这是一种同病相怜式的理解，引笑话集《笑林广记》"腐流"之部对永远抬不起头来的不第秀才的揶揄，把它看作是只会编这种笑话集的落第读书人的自我讽刺，也很有意思。不过似乎亦有不打自招之嫌。话虽如此，启功给张中行《负暄续话》所写的《读后代序》也盛赞其为"大智大悲""既哲又痴的完人"，那么，我们也无话可说了。不过，要引经据典找出榜样，也可以将纵情沉湎于艺文之后留下沉痛的自作墓志铭的明末徐渭及张岱一并拿出来的吧？甚至也可以推想是在用这样那样的自嘲传统，戏仿众多知识分子在革命政权下的历次思想改造运动中不断书写的自我检查那种刻板的文章。总之，升华也好，下沉也好，这里有"跳出"此种意义上的时代话语之处，因而即使是文人自嘲的旧套也有一种非同一般的爽快。

　　失眠 其二

"十年人海小沧桑"，
万幻全从坐后忘。
身似沐猴冠愈丑，
心同枯蝶死前忙。
蛇来笔下爬成字，

> 油入诗中打作腔。
> 自愧才庸无善恶，
> 兢兢岂为计流芳。

黄苗子曾在自作诗自注中说他"偷"了这首诗的颈联。失眠，在启功手里是仅次于疾病的好诗题，很多失眠之时涌上心头的感怀得到吟咏。第一句的引用不知出自何处[补注]，说的是与"沧海桑田"相类似，十年之间曾有一场大动荡。"十年"照例是指"文革"。第二句"坐后忘"，让人想起《庄子》的称无心境界为"坐忘"，表现的是历经各种体验后丢掉全部幻想的心境。颔联的"沐猴冠"，是以沐猴冠衣的滑稽来比喻"文革"后想不到的名声和职衔，极言其羞愧，进而叩问梦里成蝴蝶的自己是不是也成了蝴蝶梦。在表达了《庄子》中寓言性的幻灭感的同时，他还嘲笑自己以即将枯死的心拼命为社会挥毫题字作贡献。关于题字挥毫一事有各种各样的风言风语，如书籍的题字一类要礼金但若是企业等则大收报酬，等等。张中行还证明说，启功以"十几万美金"的书画收入设立了冠以先师别号的"励耘奖学金"（《负暄三话·启功》）。作为对"忙"字的解释，我要特别一提这题字挥毫一事，还因为有心脏病的启功曾作"写字行成身后债,卧床聊试死前休"（《心脏病发，住进北大医院，口占四首》）的诗句。关于将死后安息的一般认识反转为"死前休"的这一诗句，自注引"举世尽从忙里过，何人肯向死前休"的"昔人"诗句，或者是韩愈揶揄穷忙的僧侣"汝既出家还扰扰，何人更得死前休"（《和归工部送僧约》），也说不定。颈联，则是有关书法与诗的,甚至使人想"偷"亦合情合理的滑稽性精巧对句。尾联的上句,即使平淡地解读为缺乏迎合人世间善恶的才智,但如果从革命的政治第一主义在儒教的道德主义传统下才发挥了凶猛的威力这一点来看,那么,这个"无善恶"的意义是相当深远的。与传美名于世间的欲望"流芳"无关的"兢兢",虽容易训读成《诗经》中列举的各种训读上的"精勤",不过也与"小心""谨慎""恐惧"等连在一起。如此这般,其热衷的对象还是这个"无善恶"一事了。

贺新郎 癖嗜

癖嗜生来坏、
却无关。
虫鱼好玩,
衣冠穿戴。
历代法书金石刻,
哪怕单篇碎块。
我看着。
全都可爱。
一片模糊残点画,
读成文、
拍案连称快。
自己觉,
还不赖。

西陲写本零头在。

更如同、

精金美玉,

心房脑盖。

黄白麻笺分软硬,

魏晋隋唐时代。

笔法有、

方圆流派。

烟墨浆沾满手,

揭还粘,

躁性偏多耐。

这件事,

真奇怪!

上一首所说"无善恶"的深层里有这个"癖嗜"存在。这"癖嗜"就学问来说,乃是关于文字书法的考据工作,成为作家之前的鲁迅也曾有过一个在这种工作中排遣其深沉郁闷的时期,但启功的"癖嗜"则并不是为排遣郁闷,而是来自个人的秉性,而且使他得以成为书画鉴定大家的,亦在于有充分的时间去专注于物之表情和触感。不过,这里还有一本名叫《兰亭论辩》(文物出版社,1973)的书。俨然书法圣典的王羲之的《兰亭序》,因真迹为唐太宗带到阴间,世间流传了多种摹本,清代以来便有对摹本与王羲之时代的碑刻书法风格相乖离及以"序"之文言的难解而质疑其真伪的意见,到了郭沫若那里则予以了偶像破坏式的全面否定。此书便围绕这个问题综合了各家的议论。其中有一篇启功题为《〈兰亭序〉的迷信应该破除》的文章,对自己以碑刻和文字用途的不同为理由否定清代怀疑说的旧观点进行自我批判,并强调这是"受到郭沫若同志的启发"。问题在于,"文革"初期所组织起来的这种仿佛与政治没有任何关系的讨论(1965年于《文物》杂志上展开),到了一般的出版工作都停止下来的"文革"末期,又以"辩论"为题而实际上以否定说为正统,特地出版了单行本,就这一事件本身而言,可以想象到的一个理由大概是郭沫若四篇文章中的一篇里引用了康生的否定说。康生病死于1975年,逃过了对"文革"责任的追究,是被称为"中国的贝利亚"的内务管理的铁腕人物,他喜爱书画古董的癖性广为人知。而启功在《文丛》及《论书绝句百首》中采取了再次肯定自己旧说的态度,上面的那篇文章没有收到任何文集中。这里,我并不是要用旧文去揭露他的矛盾。背负"右派"标签者拼命学仿左派的言行,这样的例子是有的,而且一般也总不止于这种程度的。我只是想说,虽然这只是玩物丧志的"癖嗜",也仍然未能避免自己卷入学问这一制度性的事业中而遭到很委婉的权力游戏的动员。就是说,这大概也是《文丛》"前言"中加上了那样一篇"自叙"的远因吧。

"癖嗜"常常被比喻为老病,而启功这人仿佛真的有病了,也会像"癖嗜"似的,集子中实际上专咏疾病的就有二十首。病的种类丰富多彩,有美尼尔氏综合症、心脏病、肺病、支气管障碍、颈椎赫尼尔症等等。若说反复吟咏这些病症有些奇怪,也确实是奇怪的。

心脏病发,住进北大医院,口占四首之三

衣钵全空夜半时,
凡夫一样命悬丝。
心荒难觅安无着,
眼小频遮放已迟。
窗外参差楼作怪,
门边淅沥水吟诗。
咬牙不吃催眠药,
为怕希夷处士嗤。

首联的"衣钵"即袈裟和铁钵,乃禅宗师弟传法的法器,也可以比喻僧侣的衣食器具,故两句合起来说的是临终之际的夜半想到所能依靠之物已全部失掉了的凡夫之不安。颔联看似莫名其妙,其实十分简练地用"心荒""觅心""安心""眼小""遮眼""放眼"等禅宗爱用的问答用语,巧妙地构成其诗句。颈联的"参差"乃高低不等之意,"淅沥"为滴水之声,是源自耳与目的有关夜的童话。尾联中的"希夷"即陈抟道士,五代末期,陈抟在汴梁城算卦时曾预言赵匡胤(宋太祖)将成皇帝,太祖即位后召其入宫而未应。而启功诗中将此唐突地配合于催眠药,则出自元杂剧《陈抟高卧》

这一戏名。这首诗与其说咏的是疾病本身，不如说更像一首不眠时的诗，当然心脏和心绪的不安恐慌也是疾病的缘故了。然而，《启功韵语》病中吟之更具特色的是下面一首。

沁园春（中东辙）
美尼尔氏综合症

夜梦初回，

地转天旋，

两眼难睁。

忽翻肠搅肚，

连呕带泻，

头沉向下，

脚软飘空。

耳里蝉嘶，

渐如牛吼，

最后悬锤撞大钟。

真要命，

似这般滋味，

不易形容。

明朝去找医生。

服"苯海拉明""乘晕宁"。

说脑中血管，

老年硬化，

发生阻碍，

失去平衡。

此症称为，

美尼尔氏，

不是寻常暑气蒸。

稍可惜，

现药无特效，

且待公薨。

"苯海拉明"乃舶来药物，"乘晕宁"是国产的晕车药。词牌后的"中东辙"，如"自序"所言，乃悠缓的十三辙之韵部名。这里所刻画的惨状，倒让人想起《庄子》中常常出现的作为豁达自在之人的异型者的奇技舞似的姿态。总之，其滑稽游戏归结到比起"癖嗜"更接近于"无善恶"的佛法所谓的"生老病死"，那样的境界恐怕有其历史的现实之理由吧。在另一首咏叹令人想起战后不久的东京公共汽车似的北京公共汽车之拥挤不堪的作品中，也有与此种意义相通的地方。

鹧鸪天八首之四 乘公共交通车

铁打车厢肉作身，

上班开会最艰辛。

有穷弹力无穷挤，

一寸空间一寸金。
头屡动,
手频伸,
可怜无补费精神。
当时我是孙行者,
变个驴皮影戏人。

结尾两句将"皮影戏"之用兽皮和纸剪成的人物图形似的压扁了的状态比拟为孙悟空的变身术。

虽经苦难而不曾毁坏夫妻纽带关系之美,最突出的例子要数"反革命"事件的主角胡风及其夫人梅志了,而《启功韵语》里也到处可见殷切追怀"文革"未结束便故去的年长两岁的妻子之诗话。死别五周年、九周年的纪念诗中反复吟咏遗镜的七律(《见镜》《镜尘》各一首)等,包含了不少得心应手的佳句。这里,我想引用死别前后所作、词语搭配和情谊表达都一如平日和睦生活的杂体组诗,应当能合乎诗人的心意的。

痛心篇二十首

今日你先死,
此事坏亦好。
免得我死时,
把你急坏了。

(第五首)

君今撒手一身轻，
剩我拖泥带水行。
不管灵魂有无有，
此心终不负双星。

（第十二首）

"把你折腾瘦了，
看你实在可怜。
快去好好休息，
又愿在我身边。"（病中屡作此语）

（第十八首）

"双星"指七夕传说中的牛郎织女。

后来，北京的友人又寄来了大32开修订本的《启功韵语》第二版（1996）和同样版式的手写影印本（两版均系北京师范大学出版社1994年出版）。对这种诗集而言，如此考究的版式通常是不敢奢望的幸运，能如此，大概在于启功书画的名望吧。《絮语》相当于《韵语》的续篇，不过在题为"启功年周八十"的自序中他解释说，比起多用俚语入诗的《韵语》，《絮语》的风格进一步通俗化了，以至于几乎成了"数来宝"一类，如还敢称其为《韵语》的续篇则有冒世间议论的风险，故单取啰哩啰嗦之意的"絮语"为题。最能代表"俗化"倾向的《赌赢歌》，其内容是这样的：对与坚持说自己死后会有新老伴儿来照顾的生前妻子的"打赌"，不要说再婚了

(虽有人提起过这个话题),就连大小便都不能自理而深卧病床的作者,终于彻悟到自己"赌赢"了。而形式上确实是以数来宝式的长短句构成的滑稽歌,倒不失为"俗化"冒险的一个顶峰。在《启功韵语》"论诗绝句二十五首"的开篇一首中,便强烈地意识到旧诗已近黄昏,而极言"元明以下全凭仿"。末尾一首进而推重"子弟书"(清末流行于北京的通俗词曲。歌词以七字句为主,一般视此为八旗子弟所创始)为"清诗应首子弟书"(第二十一),并盛赞"子弟书"作者之一、姓爱新觉罗的春澎斋为"试问才人谁胆大,看吾宗老澎斋翁",可以说启功是带着自己独特的诗史观而冒这样的风险的。他这种包含了北京古老游戏艺术的积累,乃是从小经伺候祖父的落魄旗人之弹唱的熏染而获得的。包括上面说的玩物癖,它们共存于在三百年的统治中消化了汉族文化而成就的所谓北京趣味之生活艺术即"八旗子弟""没落王孙"所特有的市井生活感受里。《韵语》"自序"所谓"胡人""胡说",并不见得含有政治上种族意识的意义。果真如此的话,那么又不见得是单纯的合辙上口了,"胡人""胡说"当与这种生活感受的自觉有关系。另外,《韵语》卷末所收"族人作书画,犹以姓氏相矜,征书同展,拈此辞之。二首",则拒绝与至今仍固执于爱新觉罗姓氏之来源的态度唱同调。

在《赌赢歌》题下有"补录1989年冬作"的附注,而《絮语》在实际内容上增加了许多正统派题画、纪念、应酬一类的诗。作为《韵语》自序所谓"解决某种需要",或《絮语》自序所谓"俗化"的实践之作,我感到1980年代的那册《韵语》已基本上达成了作者的意愿。这里,最后从《絮语》"古诗二十首,蓬莱(即日本)

旅舍作"中,引三首人生哲理式的述怀,作为对《韵语》中诗的注脚。

老子说大患,
患在吾有身。
斯言哀且痛,
五千奚再论。
佛陀徒止欲,
孔孟枉教仁。
荀卿主性恶,
坦率岂无因。

(第八首)

吾爱诸动物,
尤爱大耳兔。
驯弱仁所钟,
伶俐智所赋。
猫鼬突然来,
性命付之去。
善美两全时,
能御能无惧。

(第十首)

宇宙一车轮，

社会一戏台。

乘车观戏剧，

时乐亦时哀。

车轮无停辙，

所载不复回。

场中有酒鬼，

笑口时一开。

(第十三首)

所谓"五千"，是说老子《道德经》五千言的主旨就在于"大患"之说，"荀卿"即主张性恶说的荀子。

[补注] 最近,启功的学生赵仁珪所编《启功韵语集(注释本)》(北京师范大学出版社,2004)中,称此为"清末诗人盛昱的诗句"。盛昱的姓也是爱新觉罗。

五 老托洛茨基派的狱中吟——郑超麟

1997年春邓小平逝世，电视中连日播放的纪念节目中，出现了一个意想不到的人物。在有关邓的传记片中，一个过了九十岁高龄的老革命家接受采访，讲述主人公的年轻时代，当我听到这老人的名字郑超麟时，一时慨叹不已。因为，此前不久我得到了此人的诗集《玉尹残集》（湖南人民出版社，1989）的复印件，又刚刚在书店里偶然找到了他的回忆录《怀旧集》。

仅凭托派的残党这一身份，郑超麟也可算是少数中的少数了，而其经历更非同一般。建国后的第三年即1952年，在托派残党一齐被检举时作为"主犯"遭到逮捕以后，他因不改初衷而坐牢二十七年，出狱后恢复了公民权且成为上海市政协委员，但作为被捕入狱理由的"反革命"罪名,虽经本人的再三申诉,最终依然没能改正,直至1998年8月以九十八岁高龄逝世为止。据了解中国托派情况、又给我提供了很多资料的长堀祐造君介绍,1979年的获释乃是因伴随着邓小平体制的确立而得到了上级指示,进入政协亦仿佛出于邓小平的裁量。但另一方面,足以反映各时期中共党史正式意见的《毛泽东选集》的注释,在1991年的时候,有关毛泽东称抗日战争期间的托派分子为"汉奸"的问题,曾作出了如下说明:这是根据当时在共产国际内部将他们视为日本帝国主义间谍的"错误论断"而下的结论。然而,有关"反革命"问题却没有任何的更正。就是说,中国共产党对已然失去政治上之意义的案件中未判决的犯人(不知何故,唯独属于"主犯"的郑超麟和尹宽两人没有判决)采取了个别处理的办法,而对彻底排斥托派分子这一左翼反对派的那段历史并没有公开地彻底清算。这种暧昧性以及暧昧的局限我们暂且不论,获释后的郑超麟在一度连他的名字都不知道的知识分子中间产生了震惊且得到了尊敬,对专门从事中共党史研究的机关和研究者来说,他是少见的活证人,而他本人也似乎得以享受公开讲述其拿大半生所换取且坚守至今的思想和运动宗旨的自由。即便是有关东欧和苏联社会主义的剧变,他也认为那不过是斯大林式的"一国社会主义的破产而已"(《怀旧集·九十自述》),自己不曾动摇过。对于本国"文革"的情形,他恐怕也会这样认为的。

《怀旧集》就是记录郑超麟获释后一些言论的集子,书上虽标有"内部发行"的字样,却在书店中可以随便买到。1945年所作的没有任何改动且作为"反革命"证据之一的《郑超麟回忆录》(由长堀祐造所译的日文版即将出版【补注一】)也成了珍贵的党史资料,同样以"内部发行"的方式于1986年出版,甚至还有了香港版。首先,我们根据这些材料来看看他的经历。

郑超麟1901年出生于福建一个旧读书人家庭,中学毕业后受统治当地的国民党系统军阀陈炯明之命,随当时"勤工俭学运动"的潮流赴法国留学。在渡轮上他初次接触到"'五四'新文化运动"的思潮,虽反感于后来同样成为"托派"而一起活动的陈独秀那过激的对传统的批判,但这终归成了他留学西欧的思想准备。在法国,他致力于实实在在的"勤工俭学",又因为参与了主要推动这一运动的早期无政府主义者和新兴共产主义者学生之间的争论,结果于1922年在巴黎与周恩来等人一起策划了旅欧中国少年共产党的成立,也因此于第二年赴莫斯科东方劳动者共产主义大学留学,并成为正式的共产党员,后于1924年回国。此后,他先后在陈独秀和瞿秋白手下的党的宣传部门工作,亲身经历了国共两党合作发起的北伐国民革命及其分裂,以及分裂后围绕共产党暴动和失败所导致的内部争斗等政治斗争过程。

在这个过程中,共产国际于指导上负有重大的责任。有关中国的情况,他们先是期待着国民党的胜利,命令共产党到国民党当中去活动;蒋介石反共政变之后,他们又拒不承认革命的退潮而发出极"左"的暴力斗争的指令。结果,中国支部的领导者陈独秀不得不背负起追随国民党而使北伐革命失败的责任,被瞿秋白等莫斯科派排斥下台。这期间,信赖于陈独秀及其人格,又不习惯于组织内某些同志思维方式的郑超麟,不久便从以世界革命的观点而告别斯大林一国社会主义的托洛茨基的中国革命论中,发现了历年积累下来的解决疑问的办法,成为介乎直接受到托洛茨基影响而归国的年轻左翼反对派和陈独秀之间的媒介。站在此种立场上,郑超麟最终加入到举起托派大旗的五人中央委员中,于1929年被党开除。可是此后直至中日战争爆发的几年中,他几乎都是在南京的中央军事监狱中度过的,即使最终获得了自由,但第二次国共合作下的抗日战争期间,也已经没有了托派的出头之日。这样,加上后来共产党时代的二十七年,实际上他在监狱中度过了整整三十三年,这在世界上也可谓凤毛麟角了。总之,作为革命家,此人仿佛一生都笼罩在烟霞云雾中而缺少现实的尘世感,这也是无可如何的。这恐怕也和他下面这样的性格人品有关:他拙于言辞不喜欢出风头,认为宣传领域的"出版和翻译"才是自己得心应手的工作,因此在同志之间有"教授"的绰号,本人和同事们都承认他没有组织上的野心。

诗集《玉尹残集》是长期生活的产物。诗人的经历和我们前面讲述的以"右派分子"为主的那些人,几乎没有什么交集(例如,连杨宪益也几乎不了解此人的事情),然而诗集问世的过程中又好像并非完全无缘似的。收纳了此诗集的"骆驼丛书"这一小小的书系中,也包括荒芜的《纸壁斋诗集》和黄苗子的文集等,这套丛书的抱定了明确的编辑方针的负责人,乃是最早注释过聂绀弩诗的朱正。朱正在《玉尹残集》中加入了一篇介绍诗人及其诗的编者后记,强调郑超麟受到监禁而信念不改的事实在其诗词中也是显而易见的。而在另外一篇纪念老党员作家楼适夷九十岁生日的文章（《祈祷"老顽童"长命百岁》）中，朱正还讲述了这样的经过：在于1920年代党的夜校中听过郑的课、1930年代于南京监狱中再会后得到德文翻译上之指导的楼适夷的家中，他看到了这部诗集的手稿，于是计划早日公开出版，但又担心那时因明显的倾向性已引起注意的这套丛书再收入托派的作品，会有危险，于是请楼老写了一篇"排除障碍"的序言。

诗集卷首的"自序"回忆道：在狱中他决心要研究与政治最远的音韵学和语法（这让我想起曾在国民党监狱中专心于文字学的陈独秀），为此阅读了各种古典诗词集，在此过程中不禁"技痒"起来，于是开始作词。1959年至1961年间作品最多，共计四百余首诗词，加上德国诗人艾兴多尔夫（J.F.Eichendorff，1788—1857）的诗选全译和其他译诗，合为《玉尹集》（"玉尹"音通"狱吟"）共八卷。但包括有关政治和音韵学的著述以及西方中长篇小说和学术著作的翻译在内的全部十几册狱中作品，都在"文革"中烧掉了。其后数年间，渐渐回忆起来八十四首的"残余"，加上出狱后的十几首而定名为《残集》。"自序"结尾的诗论实在简洁，他表示："我是个'形式主义者'，首先注重格律和声韵，然后讲究内容，内容虽好，但格律和声韵不合，这种诗词，我不会录存的。我也以此标准看待别人所作的诗词。"这里有意识到斯大林主义用"形式主义"的标签对艺术加以限制的老套子的讽刺幽默，但视格律为旧诗词的生命这种意见恐怕也是很认真的。"楼序"所引郑超麟书简里的这样一段："'五四'文字革新，散文成功了，现在没有人再写古文，但诗失败了……我未见中国有一首诗受人广泛传诵，如鲁迅的旧诗者。所以我严肃对待旧诗词，不敢打油。"这也算是上述思考的延续。这里，原文中的"严肃"相当于在日本所谓的"classic（音乐）"或"纯（文学）"吧，而以此态度且忌惮"打油"的正统感觉，如何影响到其20世纪式的政治犯之狱中吟的？这实在是深有意味的问题。

所幸，现在保留下来一首以狱中吟作为主题的诗，即题为《诗人行——六十自寿》的七五杂言古体十一韵。诗的篇幅很长，这里只做简单的介绍：少年时代憧憬着当诗人，故作深刻状（"无病呻吟"，即被"'五四'文学革命"所责难的旧文学弊端之一）而一味歌咏"愁思"；后来为"现实"这个"严师"所促动，告别了"浪漫女神"，一心追究"是非"而"斗争了十几年"，在狱中得以保全性命而当吟诗之际"不觉旧技发痒，轻弄笔头写惆怅"，结果，由于"少时每恨愁无多，如今愁大如天样"这种诗与"愁思"的因缘际会正与年龄的一个甲子重合，而"少年雅志今得酬"；而代替祝花甲之酒的所谓"自寿"，实在具有应酬诗的趣向；然而，精通多种外语而翻译过艾兴多尔夫、施托姆、黑塞、陀思妥耶夫斯基、梅勒日科夫斯基、福楼拜、纪德等作家的作品，并作为绝不自视为文学者的革命家的诗作，其"愁思"也绝不是没有来历的，尤其是所谓"惆怅"，与为友人伸冤而遭杀害的嵇康之狱中诗《忧愤诗》所言"虽曰义直，神辱志沮"相似。全诗以下面这样的两句作结：

> 诗成无人赏，
> 留与秋坟听鬼唱！

结句取自唐代李贺的"秋坟鬼唱鲍家诗,恨血千年土中碧"(《秋来》)。"鲍家诗"据说指六朝宋的鲍照之葬礼歌《代蒿里行》,但若理解为是对李贺咏叹烈士之血三年后化为碧玉的故事那首诗后一句的执着,可能更符合此处的联想。20世纪第一年出生的诗人,其花甲之年应该是1961年。

下面,是《玉尹残集》开卷的第一首词。

齐天乐

重门不锁凌霄梦,
清宵独游天际。
一月含情,
众星眨眼,
唤我同来游戏。
浮云远避,
觉两腋风生,
四围浪起。
恣意翱翔,
穿梭星月似鲂鲤。

时时回顾大地,
但朦胧一片,
陵陆沧水。
扬子长江,

希麻拉雅，

衣带枕函而已。

他州类是，

笑蛮触相争，

血流千里。

接续高飞，

远方星更美。

"齐天乐"为词牌（下面的词均只有词牌而无题）。"穿梭"摹写织机的梭子在丝线之间来回移动的样子。"衣带枕函"用身边的衣带和枕头比喻长江和喜马拉雅，强调看上去极小极小。"蛮触相争"，即《庄子》中把无益的战争比喻为蜗牛左上角之国（触氏）与右上角之国（蛮氏）间小气之争战的寓言。开头的"重门"暗示虽身在狱中，但却似站在天界上眺望，视线中交叠着国际主义者的感怀。除此之外，似乎还有来自传统"游仙诗"的风格，而在集子的编辑上，它当与接下来具有现实性的第二首词构成一对。

绛都春

生涯何似？

似生圹砌就，

盘旋圹里，

一息尚存，

渴饮饥餐离人世。

此身本有千丝系，
剑斩断血淋心碎。
有情翻羡，
山中块石，
不知年岁。

憔悴，
鬓皤腰瘦，
幸方寸未乱，
是非能理。
两耳尚堪，
透过重墙闻歌戏。
寂寥尚有心园憩，
任采撷仇花恨蕊。
词成付与秋坟，
赚谁落泪？

"生圹"是生前造的坟墓，"砌"乃为此而堆积砖瓦。在对死后地下生活深有关心的文化圈里，"营造生圹"是一点也不奇怪的风俗。如果是敌人可能会嘲笑其自掘坟墓，诗人则以下面的"一息"之贴近生存的感受来承受。"有情"源自晋人感叹流亡落魄的名言，即所谓"苟未免有情，亦复谁能派遣此"（《世说新语·言语篇》），用以客观看待大半生狱中生涯的感受和为了革命而舍弃种种牵挂所带来的心灵伤痛。山中的石头,原本是最无情的东西,而古人亦曾吟咏过"山中无历日"。下阕的"心园"指空想中的庭园,在此诗人如采摘"仇""恨"之花一样,写出了狱中之诗。最后两句,则是前引《诗人行》结尾的变形。

蓦山溪

婆心苦口,
劝我随声和。
委屈愿求全,
奈鸿沟未容越过。
毫厘千里,
一念判人禽。
辞苦盏,
就甜杯,
父母徒生我。

鸿沟纵越,
心计依然左。
不见旧相知,
竟低头,
然然可可。
徒劳争取,
照样十三年。

抬望眼,

企天鹅,

何处来宽大?

"婆心"即禅宗所谓的老婆心切,俗语中则以"苦口婆心"来形容啰啰嗦嗦的关照,这里用以表现执意强迫他屈服的压力。然而,即使"委曲求全",勉强妥协以求息事宁人,也终究无法弥合立场的差异,总之不能屈就于一时的动摇和苟安而落入禽兽之道。下阕,举出同志们一个一个地叛变结果还是枉然的例子。"然然可可"见于郑超麟似乎很喜欢的宋代辛弃疾的词中,与"唯唯诺诺"意思相同。接下来的徒劳争取好条件,"照样十三年",大概说的是到建国后一直与自己一起留在托派领导部门而被判处无期徒刑的何资深等,他们中不断有人以承认自己为国民党特务的形式而谋求妥协,但直到作此词的当时共十三年间,依然被监禁着。顺便一提,郑超麟称何资深为马基雅维利主义者,两人以前就有争执,而这次何的妥协使郑与他彻底绝交了(《怀旧集·记何资深》)。"天鹅"就是白鸟,俗语中有"癞蛤蟆想吃天鹅肉"的说法,这个鸟名与高山之巅的花,意象相同。

贺新郎

潮退江河下。

痛年来,

工农处处,

血花飘洒。
果实累累收获近,
大盗突临深夜,
强占取田园庐舍。
痛定追思沉痛处,
觉原先指向生偏岔:
认寇盗,
作姻娅。

一场争辩分朝野。
有宏音,
重申遗教,
列宁恩马:
革命连绵无绝处,
直至落成新厦。
纵异曲同工华夏,
茅塞顿开眸乍展,
但高歌不管相和寡。
三十载,
一朝也。

这宛然是中国托派运动史的写照。第一句,讲的是国共两党第一次合作所发动的北伐国民革命的退潮。上面已约略谈及,郑超麟强调需要承认合作的失败和革命的退潮，在超越国界的无产阶级世界联合之下，重新构想已资本主义化而成为现代世界体系之组成部分的中国革命。正因为是站在这种立场上的回顾，因此，在革命高潮中盗取革命成果的盗贼蒋介石乃至所率领的国民党反动派，不仅并非亲戚，反而只能算不应该与之合作的阶级敌人。下阕第一句的"分朝野"，指发生在共产国际大本营苏联的托洛茨基因与斯大林决裂而下野的事件，第二句的"宏音"指托洛茨基的堂堂议论，即宏大声音。郑超麟强调，这才是对马克思、恩格斯、列宁教诲的真正继承，是强调直到新大厦落成的无产阶级取得世界性胜利为止继续战斗和不断革命的理论。而包含"异曲同工"成语的一句，则主张中国革命在原则上也不能例外。"茅塞"用人无法通行的山路被杂草覆盖来比喻人的心智失聪，与"顿开"放在一起为常用的成语。郑在《回忆录》中亦谈到，托洛茨基主义扫清了党内纠纷给自己带来的困惑而决定了自己的一生，"仿佛有什么电光闪过我的头脑"。

丁字碑

朔风猎猎白雪飘，
道旁层楼百丈高。
楼顶红旗褪颜色，
地道人出势如潮。
幽魂躯体烟飘渺，
顽固未化花岗脑。

鲜花在手踏雪行，
逢人问讯丰碑道。
忆昔来游正少年，
弹痕尚见学宫前。
楼低街窄称简陋，
人物风流胜神仙。
昔穷今富文易白，
大树遮阴果可摘。
不见种树当时人，
树下藏血斑斑碧。
行行渐次见丰碑，
碑身洁白如凝脂。
鲜艳花枝碑前置，
碑上试寻黄金字。
累累名姓有若无，
纵行横行尽丁字。

有些类似于文字谜的这首古体长诗，后面附了一篇出狱后说明原委的小文。据该文讲，事情源自1956年苏联共产党总书记赫鲁晓夫发表了历史性的斯大林批判，其后又提议在莫斯科建立恐怖政治牺牲者的纪念碑，而此时托派的国际组织"第四国际"则发电报要求在纪念碑上必须用"金字"刻上托洛茨基的名字。具有讽刺意味的是，在两年后中苏发生相互攻讦对方为"现代托洛茨基主义"的新闻报道中,郑超麟才第一次知道了这件事,并为"第四国际"仍在活动而感动不已。同时,他想象着自己可能随时被执行死刑并成为幽魂而径直去莫斯科的纪念碑献花,但在诗中又无法明说,便用"丁字碑"代替"T字碑"。余下的诗句,简单注释一下就可以了吧。"花岗(岩)"是毛泽东用来比喻死脑筋的一个词儿。在狱中曾认真阅读过毛泽东著作的郑超麟(可惜他所作的大量笔记都丢失了),当然会意识到这一层意思,但在这里该词还用于表达不同于顽固不化的对主义和运动的坚定信念。"学宫"乃是学校的旧称,这一句说的大概是对曾留学过的东方劳动者共产主义大学附近十月革命时街垒战遗迹的回忆。"风流",如毛泽东最为流行的词《沁园春·雪》(参见本书第8章)中的用例那样,指政治上和人格上的杰出品性。若说这首诗意在表白用自己的一生作代价的政治思想,那也只能是以诗的形式表白之,这的确是很悲惨的。但若说这亦是一种救赎,大概也无妨。

梦江南

年少日,
豪气欲凌云。
曾学狙公驯养术,
亦曾随众作狙群,
茅果四三分。
身名隐,
佳句爱沉吟,

"青史故人多故友,
传中事实半非真。"
此意共谁论!

"狙公"指驯养猴子之事,其"驯养术"则为"朝三暮四"那个寓言(《庄子》):说"茅果"早上给三个晚上给四个,猴子们一齐大怒,而说早上给四个晚上给三个吧,则群猴都满意了。诗人说,自己学得与此类似的政治权术,同时充分扮演了被操弄的角色,这实在是一种直率的述怀。下阕中的"佳句",我觉得并非初次见到,但也说不上来它的出处[补注二]。总之,这是针对从胜利者立场出发所写就的共产主义运动史而言的,正如对历史人物的生前多有了解的人,大概会认为他们的传记有一半为谎言一样,不过,结合上阕来读,你会感到郑超麟的思考已经超越了失败者对党派怨恨的领域,而更倾向于对运动史乃至一般历史的关照。关于上面所言何资深的"马基雅维利主义"也是如此,是作为何资深一人(毛泽东亦然)乃至湖南人、"全国人、全人类"共有的事情来谈论的。

安公子

大地生机转,
坚冰融化空场畔。
一齿动摇妨咀嚼,
赴狱中医院。
一冬来蛰处心凄婉,

结芳邻只有高年伴。
更剩目残肢,
曲背弯腰愁惨。

候诊厅满堂,
众中忽见少年犯。
两两三三相戏谑,
似书场宾馆。
又瞥见捧心颦黛纤腰软,
杜丽娘病态添娇艳。
觉一颗冰心,
宛被春风吹暖。

虽说诗人的经历非常特别,但只列举他与政治信念有关的作品来谈论,却并非我的本意。实际上歌咏狱中的日常生活以及作为老同志在狱外不断支援丈夫和运动的妻子刘静贞的诗也不在少数。所以,我这里引了一首写狱中诊所小景的诗。下阕中的"捧心颦黛"是指春秋战国时代的美女西施因患有心痛病而总是捧着胸皱着眉的样子,"杜丽娘病态"为明汤显祖《牡丹亭还魂记》中曾一度死去而又复生的女主人公憔悴的风姿。"冰心"如"一片冰心在玉壶"(王昌龄)那样,经常用来比喻清澈的心境。然而,这里当然是表达此种潇洒和自我陶醉的唱和。这里有的,如字面所示是以冰冷之心注视着年轻男女囚徒的,却是那带着诙谐眼神的深深温情。

八十自寿

劫余生命岂祯祥？
惹得纷纷议论扬。
山上雪人留足迹，
圹中莲实发清香。
水杉婀娜庭园际，
斑达凄惶竞技场。
何若无声诸化石，
不言亦足话沧桑。

首联的"劫余"指灾难之后，"祯祥"与"吉祥"同义，说的是出狱后有关托派的评价依然纷纷不绝而不得平反昭雪。所议论者，主要是围绕对陈独秀的再评价而展开的，对于通过质疑陈的托派信仰而试图为其恢复名誉的意见，郑超麟尤其显示出强烈的拒绝性的反应（《怀旧集》）。颔联，说的是高山雪地上发现了什么"野人"似的足迹，或古坟里挖出莲藕的种子且发芽开花等一时满城风雨的新闻。颈联，指被视为世界稀有之物的落叶大乔木的绝代风姿，以及众人关注的珍贵兽类大熊猫惊慌失措的表情。这两组对句有重复之嫌，但我觉得可以解读为，诗人是通过在过去时代的遗物和珍奇传闻中自然存在着的差异和对比的可笑，来表达被弃于人间之外而与时代脱节的困惑和焦虑。尾联表现的是，同为遗物，自己若化为客观地显示自然变动的痕迹（沧海桑田）的化石，成为保持沉默的历史物证，那样可能更好。即使可以将革命的过程和否定性的结果全部归结为斯大林式一国社会主义和毛泽东的农民战争主义（《回忆录》在承认毛领导的湖南农民运动为脱离莫斯科指导的唯一称得上"革命"的斗争的同时，又责难其以农民式红军为主的路线之"土匪"性的"堕落"，甚至在题为《送灶歌》的三十一韵长诗中激烈地嘲讽人民公社运动的权威主义盲目性），但如今斯大林、毛泽东式的现实或托洛茨基的理念均已成为以往革命时代的一枚铜币的两面，而活到现时代的郑超麟是祸是福呢？我难以断定。但是不管怎样，在仿佛接触到外面空气的"遗物"那样骤然溃败的气氛里，有着以往的狱中吟不曾发散过的某种类型的自嘲，而少有的"打油"味诗风亦当然与此有关。回头再来看这本诗集，我感到郑超麟的狱中吟始终以近于"刚毅木讷"之仁（《论语》）的秉性，得以拒绝走向"愁思"的文人式的颓败的诱惑[补注三]。

[补注一] 长堀祐造、绪形康译《初期中国共产党群像——托派郑超麟回忆录》(平凡社东洋文库,东京)。

[补注二] 读到此一章的上海友人告诉我,这是清末考据学家俞樾《小蓬莱谣》二百首中的一首,即下面的七绝:

> 累朝事迹总如新,
> 唐宋元明阅历身。
> 青史古人多故友,
> 传中事实半非真。

《小蓬莱谣》二百首是以唐宋小说类作品为依据,假设体验到以往不死之道同时隐栖于当今的俗世这样一种"地仙"的境界,而试做的一系列新"游仙诗"。大意为:亲身经历了仿佛昨日一般的唐宋元明,将历史上的古人皆视为旧友,彻底洞察到他们的传记所述的事迹等多半为虚妄。

[补注三] 1998年,在郑超麟逝世之后不久,香港出版了《史实与回忆——郑超麟晚年文选》全三卷(天地图书有限公司),我是在过了很长一段时间后才得到此书的。这套文选收录了他晚年的所有著述,由大陆的范用(北京三联书店总经理、《读书》杂志创始人之一)整理编辑,并得到与聂绀弩深有关系的香港罗孚的帮助,而得以刊行的(参见第三卷附录二:罗孚《郑超麟老人临终书信》)。在此,从第三卷所收《玉尹残集》之后的《诗词近作》约二十首中,选取最后一首,加以补充介绍。

百岁预寿

"百年坎坷一身留",
谁料残生遇转头。
名姓长期遭禁忌,
如今屏幕屡遨游。
多年冤案难昭雪,
仗义呼冤遍九州。
陋巷栖身将廿载,
旧书新报积如丘。
决心改换新环境,
还往元龙百尺楼。
"有产者群"陪末座,
未能免俗细装修。
平生不喜图安逸,
安逸只因便追求。
哪怕半盲兼半聋,
此身犹在战未休。
但愿我——
伴随坎坷登百岁,
直至此身也不留。

自注中说,第一句引自自作《临江仙》一词,中间的"有产者群"的说法源自以下往事：国民党政权曾于出版物上禁止使用"阶级"一语，故"无产阶级"由"无产者群"代之。而且，这里的"产"字，还有"房产"的意思。

这首咏叹迁居之感慨的诗，大意是很清楚的。据访问过这所新居的长堀祐造先生介绍，我也曾看过的那部邓小平电视传记片引起了当局对郑的同情和关心，作为改善措施而将上海郊外赤峰路新建住宅的一个单元（与孙女一家同住）分配给他。"元龙百尺楼"，来自下列典故：后汉末年刘备遇许汜之际，许汜讽陈登（字元龙）这个人物，说以前自己到陈登家，其主人无客主之意，久不相与语，自上大床卧而使客卧下床。对此，刘备答曰："此因今日下大乱，登望君忧国忘家，而君求田问舍，言无可采，是元龙所讳也。若我，则欲卧百尺楼上，卧君于地，何但上下床之间邪？"（《三国志·魏志》）即所谓"元龙高卧"或"元龙豪气"的典故。百岁之前备尝"坎坷"而一味追求阶级斗争的斗士，却苦笑着住进了不肯给予自己彻底平反的当局所准备的全新高层公寓，依然抖擞精神奔向奋斗到底后的干净的空无，这难道不是值得珍爱的心境甚或诗境吗？

六 庐山真面目——李锐

李锐这个广为人知的政治人物也有一本狱中诗集。

李锐曾是当时唯一一部有关毛泽东传记的专著《毛泽东同志的早期革命活动》（1957）的作者，我从学生时代起便对他的名字有印象。可是，直到那本他以关于自己身处漩涡之中的经历的详细笔记为基础、生动再现了后来成为走向"文革"之重大转折点的1959年夏那次党之会议的《庐山会议实录》（1992）出版时，我几乎忘掉了这个名字。至于对此人发生兴趣，则是因为后来读到其诗集。实际上，诗集是较《实录》早几年出版的。李锐的著作除上述之外，还有几本关于党、毛泽东、水利电力事业等的回忆与时势政论等，不过，要了解与诗关系密切的个人经历，在《实录》

之外再加上《李锐往事杂忆》(1995)和《"大跃进"亲历记》(1996)两册,也就足够了。

李锐,1917年生于北京,长于故里湖南长沙。他的父亲是留日出身的同盟会会员,民国初年曾当过孙文派的国会议员,1922年病逝。其后,在得到丈夫理解得以从师范学校毕业的母亲身边,李锐体味了生活的艰辛劳苦。他成人后在武汉大学读工科,同时又投身抗日战争前夕的学生运动,不久便开始了作为共产党员的政治生涯。在党内主要从事青年和新闻工作,经过在湖南省等地的政治活动之后被送到延安解放区,由毛泽东的著名秘书胡乔木推荐,到党的机关报《解放日报》作编辑。这期间,从1943年至1944年曾被监禁于"保安处"受到审查,后来在庐山会议上这事件又被提了出来。不过,他本人认为这是一件在客观上和个人感情上都已解决了的事情。事情的发端是这样的:曾有人怀疑李锐的父亲并非病死实乃为共产党所"镇压",李因怀有"杀父之仇"而潜入党内。李本人则说这是康生散布的谣言,而当时康生在延安一手掌管以"抢救"为名进行的粗暴的"干部审查"运动,这也确是事实。提起1920年代的湖南,人们恐怕不会忘记毛泽东的《湖南农民运动考察报告》,以及作为"土豪劣绅"实际上被镇压了的叶德辉(著名藏书家)之例。

战后,李锐在热河主编《冀热辽日报》,并于东北局作为经济通陈云的秘书奉命接收内战胜利后的沈阳,建国后继续担任新闻宣传方面的工作,如《新湖南报》社长及湖南省委宣传部部长等。不过,这期间渐渐对只是筹划安排意识形态的宣传话语这种工作的空洞无味感到厌烦。于是，借1952年伴随五年计划的开始而实行的人事调整之机，李锐强调自己工科出身的学历，终于成功地"转业"到能源部水电局。"转业"的成功全在于一直信赖而慰留他的省委书记兼湖南军区司令黄克诚也在那个时候荣升中央，李的转业因而"消除了障碍"。不过，与这位军事领导者的亲密同乡关系，却也成了后来庐山会议上使李锐遭遇叵测命运的一个因素（黄克诚亦有红军时代被极度猜忌险些成为大清洗对象而被彭德怀所救的经历）。另外，《毛泽东同志的早期革命活动》一书乃是在这次人事变动之际得到一个月的休假时，作为"诀别文笔生涯的纪念"写就的。在这之前，李锐曾涉猎成为共产主义者以前的青年毛泽东在故乡湖南所写的文章，编成《毛主席旧作辑录》一书，油印了五十部以求中央有关方面的认可，却以"有害无益"被驳了回来，据说《毛泽东同志的早期革命活动》一书便是因此事而"发愤"的结果，由此可见从早年开始，此人对毛泽东的关注便非同一般。

在国土开发的实际工作岗位上实现建设社会主义的梦想，这个新任务似乎很合他的性情，他对这一段的回忆神情焕发而洋溢着怀恋之情。可是没想到这坚实的工作干劲得到了毛泽东的青睐，1958年他一面继续担任水利电力部副部长，一面为当毛泽东的"兼职秘书"，亲身参加了围绕"大跃进"运动的强行实施而召开的激烈动荡的历次中央级重要会议。最终，在第二年1959年的庐山会议上，他与国防部长彭德怀、解放军总参谋长黄克诚、外交部长张闻天、湖南省委第一书记周小舟四人一起，受到了毛泽东的点名批判。水电部门也组织起对"李锐反党集团"的批判，同僚一百二十余人卷入其中。他本人则经历了和其他人大致同类型的遭遇：开除党籍，北大荒劳动改造，离婚，于边远地区当教员或小发电所的所长，"文革"中另行囚禁于秦城监狱八年，1979年后恢复名誉和原职。后来，他被逐渐加上了国家能源委员会副主任、党中央组织部青年干部局局长、中央委员、中央顾问委员会委员等职衔，党内的地位明显上升。如《庐山会议实录》序言所说，这样的个人著作也是以审议《关于建国以来党的若干历史问题的决议》草案之际所作的长篇发言为发端，在胡乔木等人的督促下写成的，其中当然有上述的身份地位作背景。而现在从党务工作上退下来后，他依然不断发表各种言论，甚至在一些知识分子群中也仿佛很受欢迎。

诗集《龙胆紫集》在李锐的回忆文章中也常常有所引用而广为人知，然而却意外地不好弄到手，结果让北京的友人费心一番。寄到我手里的该书复印件上印有南京图书馆的图章，从版权页上得知，出版社为湖南人民出版社，1980年初版印行六千册，1981年再版七千册。后来，广东人民出版社又刊行了"新编"（1995年初版，一千册）。湖南人民出版社亦是包括《玉尹残集》在内的"骆驼丛书"的出版者，编辑朱正的名字也见于《龙胆紫集》卷末的"后记"。朱正和曾热心出版过如周作人那样的问题作家著作的钟叔河一起，为诗集的修改出版尽了力量。

书名的"龙胆紫"俗称"紫药水"，如日本的红药水一样，是家家都有的涂抹药。卷首的"小序"解释说，在狱中擦破手时用来涂抹的装在小瓶里的紫药水，曾被他当作墨水把随作随忘的诗写在入狱五年后才允许带进狱中的书籍余白上。诗集扉页上印有《剩余价值学说史》《列宁文集》的书影，其中夹着插写进去的诗句。为防万一，他曾将觉得有问题的句子有时用别的字句来代替，有时夹进去一些"（毛泽东）语录歌"，不过，还是有一次被看守发现没收了。"小序"将诗的内容分为"讴歌革命"与"回忆平生"两类，并指出其不同的动机，前者是作为共产党员自然而然应做的事情，后者则是要对成人后的独生女儿证明作父亲的洁白无瑕。细观旧版的目录，有对共产主义运动的先师、领袖和同志的"景仰与怀念"，读马克思主义经典和新闻记事的"温书读报"，于事物题咏中寄托自己信念的"偶成"，还有由出生至建国前后"三十年间"、转业后的"水电八年"、乃至当毛泽东的秘书、最后下台而辗转流离的"地北天南"，以及"文革"中的"狱中吟"。以上三百余首外，另有出狱后所作诗二十余首，前三部分和后四部分确实相当明显地分为"讴歌"与"回忆"两个部分。这样，原来所谓的公私之别，我不知道是不是"作为共产党员自然而然"的分别，不过，"新编"中则连这样的前后顺序也颠倒了过来。

"新编"中这种排列顺序的改变，如从单纯的诗之见地观之是妥当的，因为，谁读这本诗集都会感到值得一读的在于"回忆"那一部分。实际上，长长的《〈资本论〉辞》杂言一百八十余韵，虽在表达对诉诸逻辑与理性的社会主义理论的重新感动，《鲁迅颂》七言九十韵，则可见老早就自认是"鲁迅狂"的积累，不过这些诗也只是与在狱中为"帮助我精神正常，脑力不衰"（小序）而开始作诗的意愿相适合的东西，何况以歌颂丰功伟绩的形式写就的

《毛泽东》十三首，简直令人感到他与毛泽东有特殊的紧张关系是假话，若只是这样的"讴歌"之作，李锐的诗集也不过是离休老干部流行作诗这一特殊现象的略有不同的一例罢了[补注一]。那些"回忆"诗也正如"后记"所言"作者于旧诗词是门外汉，过去连平仄也分不大清楚"，这恐怕不是一般的谦虚吧。不过虽说也有未达到诗之应有的凝重度的情况，但我觉得，在与《大跃进亲历记》《庐山会议实录》等书所传达的现代史上之汹涌波澜相互印证方面，这些诗却发挥了诗的效用。事实上，《亲历记》也好，《实录》也好，恰似旧话本小说的"有诗为证"一样，适当地引用些自作诗其效果是相当不错的。换言之，正是在这里有着诗适得其所的安排，故阅读这本诗集也当然得依靠与其相反的"有实录为证"来作注释了。

三峡三首之一

一电忽传飞邑宁，
事关三峡误三门。
故人为我担忧甚，
成竹藏胸敢直陈。
骋辩当廷虚实显，
上书隔日是非分。
偶逢破格常言事，
祸伏之心且语人。

我们径直进入"水电八年"的秘书选拔那个阶段来解读其诗。1958年，李锐突然收到要他参加正在广西南宁召开的中央工作会议的电报。邑宁是南宁市近郊的县名。第二句，说的是电文将紧急议题的长江上游"三峡"开发问题误印成当时已经开工的黄河"三门峡"。在主张三峡也要修筑三门峡式堤坝、一举解决千百年来洪水祸患的长江水利委员会的林一山，和强调长江的不同条件、提倡注重经济合理性之综合开发的水利电力部李锐之间，早就存在着争论，为了在这次会议上最后做出结论，特传两人到会。因此在李锐看来，电文之误正仿佛象征着林一山的错误。而这次会议，如后来所言乃是"大跃进"的序幕。对于"反右派斗争"以来党内狂热的"共产风"，周恩来和陈云曾于当面或背地里加以阻止而持"反冒进"的立场，对此毛泽东不断加以批判。在此急左转的时候，自延安时期便和毛泽东有推心置腹之交的毛的秘书胡乔木和田家英，就不得不对他持现实主义渐进论的立场大为忧虑了。然而，事关三峡问题早有实地调查，且充分利用了国民党时代美国专家所留下的计划及有留苏经验的李锐，相信成功的把握在自己一边，对林一山鸿篇大论的激辩作了冷静而精当的反驳。颔联，讲的便是这一事情。颈联，则指经过第一天的讨论及各自以文章提出论点后的第三天的讨论，李锐的意见终归胜利。最后，散会之际没想到毛提到提拔秘书一事指着李说："我们就需要你这样的秀才。"尾联，回忆当时自己已觉悟到总需表态回应周围所传如"中了状元"般被破格提拔一事，然而另一方面在毛身边常常有如履薄冰之感的胡与田，则在当日就已不禁吐露了"自投罗网"等等的忧虑不安。或者是由于为难以抵抗的力量所吸引那样一种敬畏之感，诗中特地使用了针对皇帝的用语如"当廷""上书""言事"等，这也不像是单纯的讽刺和自嘲。本来，参加会议的人们便称召唤两人到会是在"御前"决胜负，如此气氛下所发"状元""秀才"之语，皆可视为一个连续而成系统的比拟法。在冷战状态下，为了突破批判斯大林以来的党和社会主义的危机，反以倒退的形式进一步强化了这种文化传统——我们于诗中只能如此来理解这一悲剧。

然而，更奇异的是毛泽东以品评其文风来裁决两人的对立。《三峡三首》最后一首便有"但说文章好，未言经济长。已非涂抹手，斩水劈山忙"的诗句，可见他在"转业"之后又被拉回到对"涂抹手"生涯的迷惘与对实务工作的执着上来了。这样的人物不能投入工作，被关在狱中作诗，也可谓天公不作美的事了，而于狱中反复咀嚼的自我经历，也一定是要告别"笔杆子"成为实际业务专家的故事。实际上，担忧毛不懂经济和工业的田家英曾期望李锐干脆做毛的专职秘书，但李以同样的理由拒绝了田的请求。

戊己诗九首之一

生涯岂可料，
一召上青云。
南海榻边问，
东湖夜话亲。
山风来雨骤，

飞瀑忽雷奔。
每念交心语，
冥顽似负恩。

戊己即1958、1959两年。诗集由此进入"地北天南"这一部分。首联，仿佛在反复回味被提拔为秘书后的叵测命运。颔联，说的是由南宁会议回京数日后，自己被电话叫到中央要人居住的中南海，初次进入毛泽东寓所菊香书屋时的情景，以及1958年4月广州会议之际在东湖宿舍所发生的事情。前一个情景是四周堆满线装古书、躺在卧床上着睡衣的坦率直爽的毛泽东形象，后一个则回忆会议期间一起游珠江小岛时，不识水性的自己刚下水便游回岸边，而毛则跟随从们径直游到遥远的河口对岸的场景，这两个场景中的毛泽东都有一种与敬畏对象不同的另一面。而颈联，则展现了南宁会议之后于成都（3月）、武汉（4月）、广州（同月）各地不断召开会议时所感到的异常紧张的气氛。《亲历记》所展现的会议状况实已包含了"文革"的萌芽，更充满了不亚于《实录》的紧张颤栗。这里只有这样一个毛泽东形象：唯一一个使用哲学诗化的言辞，以胜过任何人的过激姿态攻击和摧毁顽强维护既成的党与国家的官僚们常识性的认识，俨然屹立于风云中的革命教主。他有时甚至使会场发出笑声：毛说，若想"个人崇拜"，那么是崇拜追随莫斯科的王明好呢，还是崇拜毛泽东好呢？而跟着就有对主席应服从到"盲从"地步、信赖到"迷信"程度这样过火的发言与之唱和。尾联的"交心"，指的是毫不隐瞒地说出心里话，而

《亲历记》有称秘书间推心置腹的交谈为"危险的交心"一段,可见其语境已是极其政治性的了。更何况考虑到领袖与秘书之间的关系,我们不得不认为这个"心"与其说是自然表露地坦白,不如说是后者单方面地被迫交出来的。实际上,在会议接近尾声的时候,李锐给毛的信中开头就有这样的一句,"您今天谈到交心的问题",反省自己过于认真诚实,但结果却或有不妥而说走嘴的地方,或反之因担心不妥而有缺乏认真诚实之处。故"交心之语"应是专指毛视李的"交心"有问题。勉强索隐这些问题作为诗的解释当然有些枯燥无味,总之是说,在秘书们之间平常有一些背着毛本人所讲的批评性话语,而这些话语即使是直来直去的心里话,因没有直接说给毛泽东,当然也是不对的,故有最后一句的"冥顽似负恩"。

戊己诗九首之三

毕竟锦城春色浓,
人心更比海棠红。
地球只怨转旋慢,
豪杰能争造化功。
一代欲成千代业,
初更忽响五更钟。
"不知世事"真堪笑,
身在盘涡谷转中。

"锦城"即"锦官城",曾是拥有织锦官署的四川省成都市的旧称,如自注所示,这首诗表现的是"一九五八年三月成都会议"。首联,意在讽喻此次会议上愈演愈烈的"共产风"。当时大讲"一穷二白",视前资本主义社会中国农民的贫穷状态为可以描绘共产主义之美好蓝图的一张白纸,毛泽东这种就连马克思也没有梦想到的思考方法突然喧腾一时成为一股热潮,诗的中间两联便进一步讽刺了这一狂热状态。《亲历记》中还记载了当时毛的另一位秘书、响当当的理论家陈伯达就"大跃进"运动曾大发"一日等于二十年"的豪言壮语。仅此而已的话,放在当时的语境中也可以理解为"大跃进"的赞歌。然而入狱后埋头读《资本论》等经典著作,以这时候李锐的头脑来思考,这只能是欲替神来改变可以比之为自然秩序的历史法则的鲁莽行动了。尾联的"不知世事"打着引号,据《亲历记》讲是为报告分组会议的情况被叫到毛宿舍去时,毛曾对坐在一旁的胡乔木说:"又来了一个不知世事的。"那时,李锐以否定的口气紧急汇报了"信赖到迷信程度""服从到盲从地步"的言论,毛则回答说,"他们是有所指的",而且指着汇报完毕要退出去的李说:"他刚来,你们可不要欺负他呀!"事后,李锐问胡乔木"不知世事"是什么意思,胡透露是毛对国务院的"只求事务主义,抓不住主要矛盾"的情况很不满。这样,毛泽东的战略对象已经及于中南海里边了,对此李自己却浑浑噩噩。而在事后嘲笑自己"不知世事"这一点上,《亲历记》与现在这首诗的境界是一样的。"盘涡谷转"乃古时雅语,指激腾的漩涡如山谷一般凝重地循环旋转的样子。

庐山吟九首之一

借得名山避世哗，
群贤毕至学仙家。
出门总是逐风景，
无日能忘餐晚霞。
慢步随吟古今句，
高谈且饮云雾茶。
林中夜夜闻丝竹，
弥撒堂尖北斗斜。

庐山会议于1959年7月2日至8月16日在江西省名山庐山召开，是中共中央政治局扩大会议和八届八中全会的总称。自注中所说的"上山之初开神仙会"乃是各民主党派在会议之前，为联欢和缓和紧张气氛而召开的惯例性沙龙。然而这一次不同，除上面已提到的之外，还在郑州、上海等地召开了多次会议。在设定好"人民公社"和"大跃进"路线后，到了再次就明显的冒进行动进行讨论的阶段，于是兼有避暑休养之意而选择了庐山。可是，这次会议突然一转成了批判"右倾"的战场，而《实录》则将这之前的半个月称为"神仙会"，全诗歌咏的便是这一片消闲祥和的状态。"云雾茶"乃庐山名茶，"丝竹"指管弦，"弥撒堂"是至今留下别墅（美庐）的蒋介石、宋美龄夫妻曾经用过的教堂。"北斗斜"与"北斗阑干"一起已成为格式化的诗歌表现。较近的例子如鲁迅晚年的七律(《亥年残秋偶作》)诗中"竦听荒鸡偏阒寂,起看星斗正阑干"一句,不论说的是黑暗之深,还是充满了对黎明的期待,总之无疑是包含了时间性的预感的一种说法。不过,毕竟来到了自陶渊明(悠然见南山)、李白(飞流直下三千尺)以来与诗大有因缘的名山,董必武、朱德等老辈自然要大做诗的应酬,途中的毛泽东亦披露了七律《登庐山》,"神仙会"的诗兴因而进一步达到了高潮。在通晓诗词的田家英等人的刺激下,李锐于山中名胜散步归来作了"庐山吟"第二首七律,在这本诗集中则是李锐下狱前所作的唯一的一首。

庐山吟九首之四

登楼再度群言堂,
尚在闲谈新乐章;
都觉畅怀言已尽,
谁知一夜落飙狂。

自注中的"二登楼"乃毛下榻的美庐楼上。注有"初登楼"的第三首诗,说的是同情于会议上遭到急进派攻击的李锐,湖南组的周小舟、周惠加上李锐三人来到毛泽东处畅谈的7月11日晚上的事情。三人畅所欲言,毛亦以茅台酒相款待甚至提议"组织个同乡会怎么样",整个过程始终充满着欢快的谈笑气氛。而这首"之四"讲的是再次登楼,即17日也就是彭德怀13日给毛发出那封后来成为大问题的私信、毛指示将该信作为资料印发给与会者的第二天。这次在上回的三人之外又特意招来了田、胡两位秘书，饮酒用餐的五个小时当中，毛谈了很多很多。"群言堂"是"一言堂"的对句，指允许反对意见而各自可以畅所欲言的政治性新词。虽说这次主要是毛谈了许多，其气氛还是宽松轻快的。第二句的"新乐章"当然是指彭的书信，毛也只是婉转地讲一讲而已，并没有让这五位佩服彭的意见而行动一致的人感到特别的紧张（不过，只有经验最丰富的胡乔木一人觉得这件事不会简单了事的）。就是说，看上去五人还是"闲谈"的对象。所以才有第三句诗，大家还感到可以毫无隔阂地讲自己要讲的话。结尾一句与毛泽东词（《蝶恋花 从汀州向长沙》）中的"国际悲歌歌一曲，狂飙为我从天落"相关，以曲折的形式将1930年代于艰苦战争中期望革命形势高扬的毛泽东的激情转换为庐山上突如其来的狂澜。这次谈话乃是毛要稳住彭身边"秀才"们的周到的一招，李锐省悟到这一点已是在毛猛然反击而将自己卷入其中之后的事了。另一方面，不论是持批判态度的一派还是维护赞扬的一派，众多与会者都到五个秘书这里来执着地打探毛的真意（当然，他们是十分小心缄口不谈的）。

庐山吟九首之六

山中夏夜鬼缠身，
号角鸣金耳不闻；
心事满腔何处诉？
已无缘再让交心。

自注诗为"七月廿三夜"之事。彭德怀那封私信虽然未敢对"人民公社化"和"大跃进"直接唱反调，但一年来"共产风"拖得农民苦劳不堪，在党内向极"左"话语提出异议已变得越发困难，无法忍受这种状态的彭德怀以私信的形式向毛泽东传达了自己批判性的意见和感想。在此，于贫苦农民儿子出身的革命军人的生活感觉之上，还有着如今谁也无法向毛公然进言之际自己必须最后出来谏言的强烈自负或责任感。私信中"小资产阶级狂热"一语，虽说如不畏上天的惊人之语回响于与会者中间，但整体上讲还是引起了赞扬与否定两种不同的反应，数日里依然处在稳健的讨论之中。然而，好像是等着黄克诚、张闻天乃至李锐等具有强烈同感的发言纷纷出来似的，毛泽东在这一天的"讲话"中，突然将彭的言行视为超出了对个别事项的批判，而定性为基于敌对"路线"的策略，甚至大言如果这样的"路线"当道，自己则下农村，解放军不跟着自己走就重新组织红军去"颠覆政府"。这对李锐他们来说，无疑是"一百八十度大转弯""突然晴天一个霹雳"。对于这种冲击感到无地自容的周小舟、周惠、李锐三人当夜来到黄克诚房间聚谈，这便成了"七月廿三日事件"，即所谓"湖南集团反党密谋"。这首诗回忆了当夜李自己的茫然若失，实际上也确实弄得他一塌糊涂，若不是在田家英那里拿来安眠药吃下，几乎不能入眠。"号角鸣金"说的是战场的气势，借指午后的会议上立刻开始的批判"右倾"的攻势。"交心"一语已见上面的解释，李锐这一天也曾想到立即写信向毛解释，但鉴于"讲话"的气势汹汹，他知道毛已经不会再有虚心听取的余地了。

庐山吟九首之八

山雨已来风撼楼，

重温旧事溯源流。

轻看游击蔑边界，

急欲兴师下省州。

延水岸边无舸橹，

太行脊上有山头。

春秋三十匆匆过，

风雨来时不一舟。

自注"记八月一日会议"，咏庐山会议最终的 7 月 31 日及 8 月 1 日连续两天的中央政治局常务委员会会议。不久彭德怀的国防部长职务将要被取代，作为"援军"突然被召唤出来的是"文革"的一个重要角色林彪（后又因反叛毛泽东之罪而没落），毛以批判必须由"事"及"人"的一贯主张，把彭德怀批得体无完肤。我们若以《实录》对这方面的记载来作诗的注脚，实在是太有意思了。第一句，仿唐人（许浑）众所周知的名句"山雨欲来风满楼"，形容疾风骤雨般的会议。"温旧事"，如解释"温故知新"为"温习"往事一样，指的是再次追究过去的错误。颔联可见其一斑，即批判其轻视游击战和边区、倾向于攻占城市的路线（所谓李立三路线）等，以追究彭红军时代的行动并加以批判。毛视彭的农民式军人的"经验主义"为不懂辩证法，看上去是在大谈哲学道理，而实际上乃是在否定自比为三国演义中之张飞的彭德怀。颈联,记的是只有痛哭流涕的抵抗却孤立无援而背负种种不实罪名的彭德怀。"延水"即"延河",作为川名代表革命根据地,这句说的是彭的孤立。"太行"也是革命根据地山西省的太行山。不过,太行山脉古来又是盗贼的胜地,故诗仿佛在记述彭被戴上了"寨主思想"及"山头主义"等等帽子一事,或者在延安和太行山有什么具体的事实,也说不定。尾联,则表达自己在近三十年来革命生涯之末,一旦出错则没有同志给你提供一艘救生船。这既是在继续说彭德怀的命运,也在说自己的境遇。

庐山吟九首之九

山居却不识山容,
妙句禅机事后通。
两眼限于崖障内,
一身常在雾云中。
晚霞正爱仙人洞,
骤雨旋迷五老峰。
岭上风云常易变,
岂能不测怨天公。

这是最后的终结。首联和颈联,以宋苏轼炫耀禅机似的诗为前提,慨叹自己身在漩涡之中却浑浑噩噩什么也不知道。苏轼诗曰:"横看成岭侧成峰,远近高低各不同。不识庐山真面目,只缘身在此山中。"(《题西林壁》)云雾深迷的山，如今因蒋介石、毛泽东的存在而成了弥漫着政治气味的魔之山。随便一提，我登上山顶时见到，这山上特产店里的书籍柜台上摆着很多谈古今谋略的书，着实可爱。另一个题外话，"神仙会"上董必武与朱德的唱和诗亦是以"庐山面目终不识"为首句的，据说董后来鉴于会议的最后结局，未将此诗收入诗集中，这当然不会是什么好笑的话了。颈联对应山中名胜，而转喻风雅神"仙"会突然变成了指名批判"五"人的大会。

以上，是拣诗集中最为紧张的那一部分诗来解读的。从事件性的兴趣来说，虽然还有很多，现在就不提了。最后，我觉得还是那首歌咏水电事业实际工作岗位的诗情深意切，的确是好诗。不论新诗、旧诗，讴歌社会主义建设的有成千上万，然而，李锐这首诗作中从实际工作现场被放逐后所发的诚挚情思，实在少见。整个诗篇是对于为国土大改造而勘探行走之日日夜夜的回忆。

醉于斯

九州无水不相知，
湖泊江河沟洞溪。
最爱长滩洄溜险，
尤怜高峡瀑流奇。
山川顽石看难厌，
日夜涛声听入迷。
从未关心风月事，

却曾八载醉于斯。

"九州"乃指中国全土,"长滩洄溜"为急湍的漩涡,"高峡瀑流"是悬挂在山谷间的瀑布,"风月"乃花鸟风月式的大自然,全诗是对为国土大改造而进行调查的日日夜夜的回忆。

[补注一] 与这种场景符合的诗风,世上称为"老干部体"。而李锐把《龙胆紫集》寄给聂绀弩后,听说聂的批评性感受是"绝句几多难做,他却做了那么多的绝句",而李锐自己说"我的诗是老干部体"(见第二章补注一所引朱正文)。

[补注二] 这个成语的构词法,若按照"一清二楚"(明明白白)、"一清二白"(清廉洁白)等例,则"一穷二白"意在强调穷困之极。实际上这个词经常用于表现建国初期经济文化上的落后,而毛遂将"白"的字意"空白"拉向"纯白"一方,由此强调落后的条件正可以转为有利的条件。但是,与上述两例的"清楚""清白"两字词的强调式不同,"穷白"这个单词是不存在的,而且,在毛以前也没有见过"一穷二白"的用例。因此,这或者是反映毛独特想法的新词,也说不定。

七 冤案连环记
——扬帆，附潘汉年

　　有人说，监狱为"诗的温床"是现代旧体诗固有的"特殊现象"（朱文华《风骚余韵论》，复旦大学出版社，1998）。这是对"文化大革命"怀有强烈意识的一种说法，并且还列举了前面提到的李锐等典型例子。其实，诗与牢狱的渊源由来已久，仅就清末以来一百年间的政治案件来说，究竟造就了多少狱中诗呢？只作想象便不免让人长吁短叹了。而我既然意识到毛泽东革命的前后过程而作本书中有关诗的讨论，则一开始便自然与监狱、准监狱结下了深深的缘分。可是即便如此，一口气举出三部狱中诗集，我不得不惊讶自己的兴趣究竟何在。但其实事情的来龙去脉很简单，一次偶然的机会我弄到一部一直心里惦记着的狱中诗集，并为其与李锐和郑超麟的诗集不同的诗风所深深感动,而之所以心里惦记,不容否定因为它是偏于冤案这一方面。

针对政治的、作为文学自律之敌的"题材决定"论曾遭到责难,而在我这里则更有事件决定一切的浓厚嫌疑了。不过,与有选择的题材不同,事件更属于活生生的现实。在外在于我们(日本人)自身经验的长期且整体的中国革命历史以及革命胜利之后建国事业之压倒一切的政治性面前,只是保持了公开的诗歌文学之主流地位的新诗作为类型(genre)几乎失掉了自律性,那么与此相反,只在"教养"这个多半是个人的领域中保持了与传统之联系的旧诗又怎样呢?当思考这样的问题时,若用纯文学的理念来抹平政治是不对头的,而且事件本身对文学的考验意义也不能忽视。日本近代的短歌和俳句通过病中吟而达到凝视生命的极致,与这种情况相比,中国的狱中吟是否也达到了另外的极致?虽然还没有对更多的实际作品进行考察而难以骤然做出结论,但这样的比较应该是有意义的。

这里的狱中吟诗集的主人是原名为石蕴华的扬帆。实际上,这位不幸的斗士有过两次被投狱的经历,而诗集乃是第一次入狱的产物。第二次入狱一般称之为"潘汉年扬帆事件",而潘汉年不仅远比扬帆有名,而且也与扬的最早事件(也以诗为媒介)有关,因此我将两人放在一起来谈他们有些缠绕的故事。

潘汉年曾任新中国上海市的副市长,作为华东局和上海市委社会部及统战部的领导,活跃在被称为"伏魔殿"的最大的国际化城市之社会主义改造的前线。这位有着传奇色彩的人物在1955

年被怀疑为"特务"而遭到逮捕，与众所周知的文学领域中"胡风集团""反革命"事件同时发生。当时，人们把潘、胡事件仿佛很有关系地放在一起谈论，那是因为两人均为相当于日本国会议员的全国人大代表，逮捕和起诉按照宪法规定是经过人大的批准（1955年7月）而同时公布的。总之，两者一起给刚刚获得"解放"感的知识分子们的冲击绝对是巨大的。然而，前一年的除夕遭秘密逮捕的扬帆与如今被相提并论的潘汉年事件，直到1983年平反昭雪为止，始终充满了谜一样的疑团。

平反昭雪之后，刊发纪念潘汉年文章的杂志特辑和单行本不少，其中还有集其遗作而编成的《潘汉年诗文选》（上海人民出版社，1995）。潘汉年原是一个在左翼文学界留下了一定业绩的人物。他在故乡（江苏省宜兴县）的中学毕业后，曾一边从事小学教师的工作一边有志于文学事业，二十几岁前后于国民党里有过一段经历之后加入了共产党，在此前后于上海参加了所谓第二期创造社。专门从事党务工作后，他依然作为"创造社""太阳社"等无产阶级文学派与鲁迅之间论争的调解人，并负责"左翼作家联盟"的筹备工作，后在"左联"内部担任共产党组织的领导人。"左联"成立大会（1932年5月）上，他是在鲁迅发表著名的《对于左翼作家联盟的意见》讲话后代表党登台演说的人。《诗文选》主要收集了这方面的诗、小说、散文等遗作，但也有一些展示其1920年代后期直属于党的"中央特科"而从事秘密情报工作和统一战线相关任务及解放后领导上海内政时特殊活动家身影的文章。

《诗文选》最前面的"诗歌"部分，除了带有早期习作风格的四首新体诗外,都是旧体诗。这些诗的写作时间集中于两个时期,前五十一首几乎全部为作于1943年共产党"新四军"淮南根据地的作品,后十一首则是被捕后写给夫人董慧的诗。而多集中于淮南根据地的原因,我想与"新四军"军长陈毅热心写诗有关。这位革命军人不仅爱好诗歌,也喜欢文化人,这使得"新四军"虽在军事方面比不上北方的"八路军",却于文化的高涨热情上胜之。当上海和香港纷纷落入日军手中之后,他积极接收投奔抗日地区的知识分子,在根据地内形成了被称为"文化村"的热闹一角。而引导这些文化人士并加以援助保护,就成了潘汉年的特殊任务之一。写于根据地的五十一首诗,是从《新文学史料》首先发表的《诗三首》(1982年第4期)及《潘汉年未发表的旧体诗五十六首》(1992年第4期)共五十九首中选录的。据该刊编辑的说明,除《诗三首》曾刊载于"新四军"发行的《拂晓报》外,其余都是直接根据潘汉年本人誊写在小本(逮捕时在其家中没收而保存于有关部门)上的文字发表的。

这些诗不是同志之间的应酬诗,就是个人的爱情赠答或即兴诗。可能正是出于此种原因,诗中充满了与其神出鬼没之纵横家身世经历不相称的感伤词语。如惆怅、惘然、漂泊、飘零、断魂、断肠、凄清、蹉跎、落魄、落雁、孤鸿、孤影、心酸、憔悴、神伤、缠绵、乡思、离愁、客愁,等等。之所以这样低回徘徊,一个原因是潘汉年和董慧最初在延安相识,后于香港的情报工作当中结下深情,但由于和原配夫人的离婚等问题使董慧犹豫不决。而到了根据地之后他们终于得以同居,却在半个月之后不得不将董慧送至上海。然而,不仅是言私情的诗,就是讲国事的作品中亦有"国破家亡不堪忧,当年好计付东流(大概指当年的文学志向)"(《国破》)、"如梭流光催吾老,蜩螗国事几时了"(《自叹》)等诗句。送带任务出发的同志的诗,也是"沦落天涯彼此同,匆匆欢聚复西东"(《送别一民》)的格调,多有"怀才未遇时"(《中秋寄怀》)"经纶满腹柱销骨"(《自叹》)"英雄气概斗云霞"(《无题》)等不平,简直是怀才不遇的才子成了幕僚而在慨叹其乱世漂泊的境遇。更有甚者,在与新四军军长的应酬中亦有"韬略经纶晋谢(晋朝的风流政治家谢安)风"(《赠陈毅》)等诗句,让人感到实际上也仿佛幕僚一般。的确,诗的定型化原本只有与这种情意的类型性联系在一起才能保证其生命,而战争的状况也确实直接呈现了内忧外患的历史。不过即便如此,在这种过于悲凉的情趣中,也似乎还有与组织内部的政治纠纷相关联的地方。可以窥见一斑的,是与扬帆相关的三首诗。与其他诗相比,这里有一种事件鲜活的刺激性牵制住了漫无边际之感伤。

慰炎于狱中

画壁高歌字字真,
江郎岂肯作狂僧。
无端屈辱无端恨,
巨眼何人识书生?

怀炎

细雨寒风忆楚囚，
相煎何必数恩仇。
无权拆狱空叹息，
咫尺天涯几许愁。

题鹤唳集

同为天涯客，
飘零梦亦空。
楚囚吟鹤唳，
细雨泣寒风。
面壁居囹圄，
杀身何碍忠。
寄余诗一卷，
读罢泪眼红。

附在第三首后面的自序说："某生性疏狂，有才气，近以被诬系于狱，曾录其与众诗作百余首，题为《鹤唳集》呈余，因写一律为之序。"我暂且视此为三首诗共同的注释。这里的"某生"和上两首诗题中的"炎"，都是指扬帆。第一首中的"面壁高歌"，借达摩大师的"面壁九年"而指扬帆的狱中作诗。"江郎"是南朝梁的江淹，而"难道像江郎那样的才子应该模仿狂僧枯守方丈吗？"

则是潘对扬帆之冤狱的同情之理解。两个"无端",即同时否定了冤罪本身和因想不通而滋生的抗拒心理这两者的根源,以促使扬帆冷静下来。"巨眼"乃敏锐的识别能力,接下来的五字,扬帆的记忆似乎是"谁复识英雄",不过以疑问的形式来表达对平反昭雪的期待,意思是一样的。第二首的"楚囚",源自春秋时代楚的钟仪在晋的狱中依然戴楚国之冠的典故,意指被囚异域之身乃至一般的囚徒。"相煎"意思是一点一点地使之受苦,这一句表达的是一旦产生嫌疑,同志之间曾经有过的"恩仇"(此乃所谓狭义复词,可作"恩"来理解)等都不复存在,实际上说的是组织内部斗争之残酷无情。"拆狱"应该是"折狱"的讹说,不过即使勉强照字面解释也不是解释不通的,总之,这一句是作者在懊悔无权断案。"咫尺天涯",意为虽在眼前却仿佛天涯海角一般遥远。这一首正因为并非应酬之作,故与其他两首相比,或许更多地隐含了潘汉年自身的抑郁。第三首的"鹤唳",即鹤鸣。晋之文人陆机赴刑场之际曾慨叹不再听得到"华亭鹤鸣",这典故常常比喻诗文中凄恻哀婉的情调(扬帆本人在拟定集名时,如果也意识到秦国苻坚把"风声鹤唳"错以为晋军来袭而于混乱中自灭的典故,那么其中就应该含有对过分猜忌的讽刺吧,不过我也无法断定)。颈联则表示对扬帆的信任:即使你就这样失去了生命,而你的忠诚并不会因此而蒙上阴影。

有关扬帆这位历史人物,我仅读过引用了其一首狱中诗(见下文的《无罪》)的邵燕祥的一篇短文(《狱中诗》),而直到接触了潘汉年问题的资料(《回忆潘汉年》《潘汉年在上海》等所收)为止,几乎一无所知。他与潘汉年的关系,我只大概了解到平反昭雪后依然健在的扬帆本人所作的追悼潘的文章（《乌云散尽忠魂现》）等，而详细了解该事件和诗的邵燕祥亦没有见到的《鹤唳集》，我则始终以为不曾公开出版过呢。所幸，"上海通"的同行坂井洋史君的藏书中（这藏书帮了我许多忙）有一册《扬帆自述》（群众出版社，1989），其中收录了《鹤唳集》。这本不怎么起眼的书的卷首口述笔记"扬帆自述"中附有一份建国前的轶文，这无疑是现今有关扬帆的唯一的第一手材料。

潘汉年诗中吟咏的扬帆之狱，原属同时期李锐也在延安遇到的、由"抢救运动"而发生的"干部审查"等一系列事件。在此之前的1939年春，扬帆作为"慰劳三战区将士演剧团"的副团长兼党组负责人，离开日军占领的上海并于历访国共两党抗日军队后，实际上是完成了吸收上海文化界人才的党的任务后，而和多数团员一起留在安徽省南部的"新四军"根据地的。后来，这个根据地由于遭国民党的攻击而溃灭（即1941年的皖南事变，军长叶挺被扣押，政治委员项英阵亡），而扬帆则冒死突破敌人的封锁线，在代理军长陈毅率领的苏北根据地与组织会合。"新四军"里有太多的演剧界人才，而他则因精明强干受到瞩目，在出任军法处保安科科长、地区行政署保安处处长这一统领军队和地方保安工作职务的同时，还在苏北兼任陈毅要求设立的"文化村"的"村长"。就是这个扬帆，在1943年10月接到通知，要他到受日军压力被迫将主力转移的淮南根据地去参加"紧急会议"，结果报到的时候被解除了武装并遭逮捕，受到长达十个月的"审查"。反特工的人竟然被当成特务拘捕了。后来才知道被捕的原因仅在于：延安有个被怀疑为奸细的人,为了证明清白而举出自己在南京戏剧学校当学生时,由教员石蕴华(扬帆)介绍参加过地下"救国会"。

"新四军"的政治委员华东局代理书记饶漱石、华东局城市工作部长刘长胜和情报部部长潘汉年,三人担任此案的审理。但据说,对扬帆进行"审查"是来自延安(直接来自康生)的指示,潘汉年则如诗中所言并没有直接下结论的权限。其实,这个案子还有一个前提,即在淮南根据地等地展开的整风运动中,尤其是在擅长搞山村游击战的红军内,由于曾担任全国总工会党组书记、驻莫斯科红色劳动者国际工人协会的中国代表等职而不能充分扩大其影响的饶漱石,当时就叫嚣说军长陈毅有"自由主义、反毛泽东、反中央、反政治委员制度"等"十大罪状"。饶由于依仗延安方面要在军队系统内贯彻党的政治领导的强大意志为后盾,竟把陈毅排挤出去了。正当此刻,一封以毛泽东名义发出的召唤书,让陈毅离开了和毛据守井冈山以来他一手培养起来的部队,长途跋涉奔赴延安(黄花塘事件)。关于这一内部纠纷,陈毅在送交延安的报告中有"在漱石、汉年和我三人之间"一类的字眼(袁德金《毛泽东和陈毅》);更具体的还有潘因在高级干部中为陈毅辩解而受到"自由主义""小广播"等攻击的证言(赵先《潘汉年与董慧》)等。由此观之,潘汉年不仅有着直属中央社会部的特殊身份,还在华东地区党的内部纠纷中处于一方当事者的位置上。根据扬帆本人回忆,他与潘此前不曾谋面,接受其审问也只有在狱中后期的唯一一次。直接指挥把扬帆收监的饶漱石,在审问时一反平日的态度,甚至说扬策划了对陈、饶的"离间"。与饶的态度不同,潘在说服卫兵打开扬帆的手铐之后，认真倾听他的解释，并对其在文化界的经历表示深深的理解。其后，组织上要进一步了解扬帆的虚实，选了一名"犯人"以"汉奸"的罪名送到监狱与扬帆同室居住，这人秘密抄下了扬的数首诗词，潘读了之后，让他带回给扬帆的，就是这第一首慰问诗。

终于可以来谈谈《鹤唳集》了。据《扬帆自述》云，这是在狱中打下"腹稿"而在释放后于疗养期间整理出来的，乃是"郁积心中真实感情的抒发和意志经受考验的写照，也是我在监禁生活中抵御雨雪风寒温暖身心的热源"，包括若干狱外之作，共计诗93首、词55首。作为狱中诗，它们与被捕后就觉悟到将遭枪毙而确信自己为反对派的郑超麟之作不同，也和在崇拜毛泽东与务实合理之间痛苦不已而只能分别将讴歌革命和自身遭遇加以主题化的李锐的诗词有别，执着地吟咏入狱的冤屈乃是其特色所在。我们先来读在主题上表现事件发端与结束的一首：

受禁

冒雨衔寒驰应召，
忽然如梦入重关。
悲凉一室灯无焰，
孤枕三更榻欲翻。
鼠目闲窥人泪竭，
鸡声似惜客衣单。
时非六月霜何降，

拟作长歌意亦阑。

首联,说的是上面所述的逮捕经过。"应召"为响应召唤,"重关"表示几重的隔绝,这里暗示被监禁。中间的两联,将悲愤集于牢中的一夜情景。言监视的"鼠目",比喻卑鄙的目光。尾联取自下列典故:无罪遭逮捕的战国时齐国的邹衍,其喟叹通达上天而于夏日降霜,这六月霜乃意指冤狱。"长歌"是大声歌唱的意思,而这里包含着如杜甫将其与美妙歌声之余韵"绕梁三日"的成语组合在一起来咏叹"长歌激屋梁,泪下流衽席"那样的激情,却又言足以使这种激情枯萎的屈辱。

无罪

一声无罪疑相戏,
整罢行装意转痴。
敞榻曾留千里梦,
小窗常伴五更思。
重视化日凝眸苦,
乍卸沉镣举步迟。
笑问狱中何所得,
斑斑血泪百篇诗。

这是嫌疑得以澄清之后回顾冤狱的几首诗里的一首。据《自述》讲,首联的内容是扬帆被通知无罪后,饶漱石来到牢房一边握手一边尴尬地说:"我没有话讲了,没有话讲了,一句话,组织上错了,你没有错。"整个像一个玩笑似的,扬帆越想越糊涂起来。颔联与前一首的颔、颈两联相通,是对夜夜沉思的回顾。颈联,表现的是长期监禁生活之后身体上的生理反应。而潘汉年通读了尾联所说的"百篇"并赠序,当然是释放后的事情。

下面看看仿佛为应答潘汉年慰问而作的三首中的两首。

殷勤

殷勤寄语问平安,
苦劝幽怀且自宽。
叹我辛劳如梦杳,
任它木石也心寒。
身从白骨堆中出,
腹剖青光镜下看。
不是初衷存一片,
偷生此日料应难。

谢友人问

真真假假费疑猜,
欲辩难言知己哀。
自是奸人离间苦,
谩嗟执事信从衰。
含怨曾洒英雄泪,

湔辱空夸国士才。
幸有寸心如火炽，
凄凉伴我过年来。

　　先看前一首。颔联表现的是这样一种愤慨：对来自同一阵营的使人连战争之艰苦日子也感到梦一般遥远的狠毒行径，无论怎样麻痹的心都会感到颤栗。颈联与"白骨"成对的"青光"，指的是镜子里丝毫不迷糊的光。这里，强调的是作者数次超越死亡线的自身的清白。尾联，说的是仅靠革命当初的志向而活着的每一天。再看后一首。首联的"真真假假"大致与虚虚实实的意思相同，上面提到的将伪装成"囚犯"的人送进监狱一事，也算是其中的一例吧。总之，表现的是使应该精通此虚虚实实之道的自己亦不能不感到焦急的诬告冤案，和初次遇到怜悯自己的"知己"。颔联的"执事"为直接的执行者，如饶漱石。这些同志不相信自己，而自己在其背后看到了"奸人的离间"。《扬帆自述》的说法与李锐一样，均将"奸人"确定为康生，而做出下面的推测则是在再度入狱并经过"文革"之后：根据原政治委员项英的指示，自己曾将批评上海演员江青品性的报告寄送延安（似乎是关于毛泽东婚姻问题的调查），为此被康生、江青一伙视为敌人。尾联的"寸心"通前一首尾联的"初衷"，而"凄凉"二字大概言自己也不能不感到其忠心的凄惨可怜。这里省略了的另一首也是七律（《读赠诗有感》）。

　　以上这些实实在在纪事的诗作已是如此这般，那么以"书生""狂士"等自称的诗篇就更不用说了，才子式的脱逸习气在这本诗集中的确相当明显，它使屈辱中的"英雄""国士"的慷慨之情变得昂扬起来，或者相反流于厌世乃至玩世的放纵。潘汉年所谓的"性疏狂"，恐怕指的就是这一点吧。一般来说，这种性格经过延安和新中国后不断的"整风"已经被彻底铲除了，但正如"文化村"中熟悉他的人回忆："四十年前的扬帆，在人们的印象里，是一位精明能干的政治工作干部，又是一位很有性格的才子。从表面看，他瘦骨铮铮，衣冠不整，烟不离手，有时还爱喝上点儿酒，遇到不顺眼的人和事，以白眼视之也是有的，颇有点像鲁迅先生笔下的范爱农。"(戈扬《自有清晖千古在——怀汉年、扬帆、恽逸群三同志》)此乃符合中国书生气质类型而人人可以接受的一种性格上的倾向，同时也是其精力旺盛的源泉。作为革命机器的一个齿轮，这确实有失圆滑，而且和源自知识的傲慢或相反的卖弄知识，也不是没有关系。顺便一提，这样的人在诗的构思方面可能常常落入旧套，而经过运动改造反而变得僵化和萎缩，这是一种根深蒂固的文化类型。在日本，以"短歌式叙情"或"俳句式人格"等为题目而不断得到讨论的东西，正与此相通。"性癖"，扬帆本人对此也有充分的自觉。"自述"中，他曾特别写到在地方上（江苏省常熟县）颇有名气的画家曾祖父，还有继承了医生兼数学家的祖父的衣钵而在中学做教员却中途受到挫折、于是落落寡欢以诗酒度日的父亲，而扬帆受到了其父亲那种性格乃至诗歌的熏陶。扬帆自己，接受在上海做银行职员的亲戚的援助得以完成了学业，曾到银行任职，却因席间借醉酒当面抨击行长"榨取"，结果丢掉了工作。经过一番刻苦学习，他终于考入北京大学国文系，不久又投身左翼学生运动和演剧活动。对于这样的经历，他自己似乎也感到了遗传的作用。这与上面讨论的潘汉年之不平与感伤的定型化，在根本上有相同的地方，所以他们能够共鸣。不过，在诗歌的形式和气质的水乳交融上，年轻几岁的扬帆倒似乎更达到了登堂入室的境界；但在诗之直抒胸臆方面，他们似有异曲同工之处。所以，下面我们再看看从不同角度出发所作的诗。

梦仲弘军长

梦中执手悄无言，
热泪如潮涌榻前。
犹忆深宵金石语，
何期往日葛藤嫌。
现身说法楷模在，
刮骨疗疮志气坚。
欲诉沉冤鸡报晓，
含悲依旧抱头眠。

仲弘是陈毅的字。此时陈毅是否已经奔赴延安不太清楚，但总之这是在说无法向他申诉的委屈。颔联的"深宵金石语"，指直到深夜仍在倾听金石般的声音的谈话，"往日葛藤嫌"，大概说的是饶漱石曾怀疑扬帆在自己与陈毅之间制造矛盾。颈联的"现身说法"原指佛主以身说法，这里说的是陈毅自己现身以示范革命家的"楷模"。"刮骨疗疮"，则是众所周知的《三国演义》中关羽因手臂中毒箭而谈笑间接受刮骨治疗的故事。扬帆在进入根据地之初曾得到陈毅的知遇之恩，皖南事变后又于苏北受到其厚待。另一首回忆这些事情的七律（《谒陈公》）中，有"儒将丰姿犹昔健，殷勤垂询劫余身"的句子，与潘汉年的幕僚式客套相似。"儒将"二字语出何方无从知晓，但作为陈毅的美称后来仿佛已成公认的说法。这是在武人未能形成作为统治者的自律和独自风度的国度里，才有的事情。至于更居其上的毛泽东，其美称实为"文人"。

铁镣

铿锵笑尔空传响，
拙劣全无一窍通。
未做神枪寒敌胆，
却依敝屦吻囚踪。
不分曲直心肠冷，
故作低昂体态弱。
世事有朝功罪杳，
凄凉看汝啖西风。

为了鸣胸中之郁积，而嘲笑铁制的脚镣。正如下面的诗所示，虽为监狱，但在根据地内其实不过是农家的一间屋子而已。《自述》中也说道，就是在这样的监狱里为了防止他逃跑，竟然在手铐之外又戴上了脚镣。被视为"整风运动"之过火行径的"抢救运动"，中共也承认了其错误并在决议（1943年8月）中告诫不可搞"逼供信(强逼招供而信为证据)",不可"乱捉、乱打、乱杀",而扬帆一案虽说是纠正后发生在新四军中的一个案例,但被疑为特务,也就难以得到特别宽容的处理了。首联中的"铿锵",是金石等相互碰撞发出的声音。"窍"比喻感官乃至知觉,而表示什么也不明白则曰"一窍不通"。颔联中的"神枪"指百发百中的射手,"敝屣"与"敝履"同,指磨破的鞋子。颈联的下句,大概说的是随犯人的脚步高低起伏却无以飞腾的哀切身姿。尾联的"功罪",可以单纯解释为罪的意思,"唊西风"表示衣食不保,是俗语"喝西北风"的变形。这里在讽刺铁镣:如果世上没有了罪人,可怜的你们也就没饭吃了。

囚居农舍宅主新年驱鬼

清香燃一炷,
供我铁窗前。
病妇行雯礼,
顽童化冥钱。
降灾疑狱鬼,
消怨祷青天。
睹此肝肠裂,
怜人也自怜。

不用说,协助共产党而提供牢房的农民其意识也各式各样,房主唯恐女主人的生病等不幸是来自犯人的怨恨的作祟,故新年一大早便做起了除灾的祷告。颔联中"雯礼"的"雯"是彩云的意思,但这样的祭礼名称实在不曾见过。大概是结合下句的"祷青天"而新造的词儿吧。另有一首为同一个农家所作的七律题为《除夕为农家书春联》,就是说,扬帆还为这一家写了正月所用的对联。对于共产主义者来说此乃具有多重讽刺意味的事情,假如他拒绝像尾联那样定型的咏叹,那么所谓诗的语言和韵律最终会走向哪里呢?这首诗竟令人思考起这样的问题来。同样,"铁镣"诗之极尽诙谐,也不可小觑。

在此,若不谈谈诗集后半部分的五十五首词,恐怕不那么公平吧。其实,扬帆这人的黏液性气质倒是很适合作词的,五十五首词的词调没有重复的,而且词牌之外不加一句题词之类的东西,与诗相比其"即事"性的束缚得以缓解,甚至可以在此看到扬帆要发挥词的特性的意愿。但不容否定,这种意愿与其说导向了比诗更坚固的结晶化或象征化,不如说更倾向于放纵其抑郁的主题性。抗日战争这一国家民族的壮举给现代旧体诗词带来了一个繁盛发展的时期,而作为其原因的民族感情之高昂,在扬帆的作品中则由于其独特的气质和其他条件以相当曲折的方式迸发出来,尤其在字数较多的"慢词"里时而连陈腐的雅言和表象也猛然奔腾起来,这也可以视为大有时代意义的倾向。不过,这个问题我们可以从别的角度来处理,在此不赘。下面只选一首词读一读,这首词在意境上应该是处于上面列举的诗之延长线上的。

河满子

怨瓦不栖乌雀,
空阶竟走鼬鼪。
马汗未干人系狱,
凄凉三字谁明?
铁索琅铛声里,
黄昏忒煞无情。

梦断黄山冷月,
心悬延水繁星。
苦恨戴盆难仰首,
蹉跎岁月堪惊。
珍惜腔中一点,
生涯莫叹伶仃。

  上片的"怨瓦"本身并没有什么意义,但与下一句的"空阶"成对,便将监禁中的气氛叠加到房屋的景象里了。"马汗"比喻激烈的战斗。"三字"是冤狱的代名词,北宋时对金和战的议论中,主和派的宰相秦桧诬陷主战派大将岳飞并将他逮捕入狱,后被人诘问是否果有其实时暧昧地回答的,就是这"莫须有"(也许有)三字。"琅(锒)铛"是铁锁的声音。"忒煞"则表示程度之甚的近世俗文学的用语。下片的"黄山"一句,说的是发生在安徽省名山黄山一带的皖南事变悲剧,以及自身不曾料到的蹉跎经历,"延水"一句暗示对革命的众多英雄豪杰及延安的憧憬,两句成为对子。"戴盆"与"仰首"可以成为苦于势不两立之关系的比喻,这里表达的是遭冤罪而无法堂堂地仰天望日之恨。"腔中一点"指心中唯一的依靠,只要这一点存在,就可以免除一生的孤独。这里指的是扬帆当时的诗文中常常出现的名"薇"的恋人。"薇"是上海电影界中的女性挚友,上述扬帆的关于战地慰问团的全程现场报道《从上海到皖南》就是以写给"薇"的书信形式发送的。而在上海分手之际,他们的关系由于家庭等原因最终以"薇"无法投奔根据地而告终。后来,放弃了对"薇""苦恋"的扬帆选择了从上海来到根据地的劳动者出身的党员李琼,而这个李琼在建国后又被卷入了另一场灾难之中。

诗的解读到此为止。如"大笑三声出狱门……沉冤全解不须温……"(《出狱》二首之一)所示,重振精神出狱的扬帆后来转任华中局敌区工作部部长,负责与投降前的日军"华中派遣军总司令部"(司令官冈村宁次、参谋长今井武夫)之间微妙的周旋。接着,内战期间他作为山东局社会部副部长积累了隐蔽工作的经验,建国后则在陈毅、潘汉年手下,率领上海市公安局直接从事与地下的国民党残余势力斗争的工作。如今看上去他有仿佛铜墙铁壁一般的这种人脉关系,却偏偏发生了"潘汉年、扬帆"事件,无疑和1954年发生的"高岗、饶漱石反党阴谋事件"大有关系。"高饶事件",即中央人民政府副主席兼东北行政委员会主席的高与中央人民政府委员兼华东军政委员会主席、华东局第一书记的饶所发动的篡党夺权阴谋。这一事件至今尚无重新评价的迹象,其真相也不甚清楚,但认为是毛泽东决意要在党内排除高、饶所建立起来的势力,当不会错吧。据说,那时的毛充分考虑到陈毅与饶漱石之间的因缘关系(当年,对含着满腔冤屈被召回延安的陈之申诉,毛泽东不仅未听进去,甚至在党内禁止提及此事),曾动员陈毅直接与高、饶斗争(袁德金《毛泽东和陈毅》)。尽管有这种关系,扬帆还是未能躲过饶漱石的牵连。正如权力斗争的惯例一样,在审查饶漱石罪状的过程中,竟然牵连到华东局领导下的上海公安局的活动。原来,扬帆在建国初期启用过一个名叫胡均鹤的人物,该人有叛变共产党到汪伪政权当特务的前科,而启用这样的人物来揭发国民党特务,是在执行饶漱石"与特务和反革命分子通气且加以庇护"的阴谋,这便是扬帆被捕的理由。实际上,如他周围的人曾模拟孟尝君"食客三千人"的说法而作过"扬公门下三千三,尽是鸡鸣狗盗徒"一类的打油诗那样,扬帆也确曾使用过一些可疑的人来展开复杂的地下工作。正如其《自述》中也坦承的那样,此种"以特务来对付特务"的手法,确实是经饶漱石同意而采纳的。

接下来是逮捕潘汉年。若从扬帆的公安活动直接归潘主管这一点来说,逮捕潘也是必然的事情。但是按照目前的一般说法,逮捕潘的决定性原因却要追溯到抗日战争期间(以下据最详细的尹骐《潘汉年的情报生涯》)。当时,共产党不得不在与原本是敌人的国民党之间的危机四伏的统一战线之下,同从国民党中分离出来且于日本占领下开始建立"和平政权"的汪兆铭一派进行复杂的斗争。而支撑着这最微妙局面的正是潘汉年,他一手在"孤岛"上海构筑起内部称为"潘系统"的情报机关，并在与日本一方"梅机关"的影佐祯昭（陆军省军务课长）、"岩井公馆"的岩井英一（日本驻上海总领事）、汪伪政权警政部长李士群（原共产党员，因仇恨曾用严酷拷问使自己屈服的国民党特务机关"军统"而投靠汪派，后又与周佛海对立，不久被日本宪兵毒杀）等之间，建立起直接交涉的渠道。其后，潘汉年虽撤离上海投身淮南根据地，但1943年为了搜集日军和汪伪政权对共产党根据地"扫荡"作战的情报而再次潜入上海，经李士群手下胡均鹤介绍试图与李会面，结果却被骗到南京，且被要求去参加由对方早已设计好的与汪兆铭的直接会面，潘则经瞬间的决断接受了这个要求。汪伪一方的目的在于，他们要效仿国民党政府"国民参政会"成立全国统一形式的议会，并邀请共产党派代表参加南京版的参政会。潘当然拒绝了汪伪一方的邀请，但知道与汪的会面是任务范围之外的越轨行为，却犹豫着没有及时向饶漱石和中央社会部汇报此事。正好这时是"整风运动"当中，他清楚地知道自己的辩解是如何地难以通过。后来在延安见到毛泽东时，对于饶根据南京流传的风言风语而报告了对自己的怀疑，毛却付之一笑，潘反而又失去了坦白的机会。1955年以高、饶事件以来的肃反运动为主题，潘在北京召开的党的全国代表大会期间，向上海代表团团长陈毅提出了书面报告，终于坦白了直到建国后一直隐瞒的这个秘密。大概是部下扬帆已遭逮捕，又牵连到胡均鹤的事件，潘不得不主动报告的吧。陈一边让潘放心一边找毛泽东商谈,此时的毛却说"这人不可信任"并命令立即审查，结果潘被逮捕了。包括夫人董慧在内,受此事件牵连的不下千人(处于潘领导下的夏衍的统一战线工作的对象黄苗子等也在其中)。从曾经在本人面前否定了谣传的毛泽东一方来说,其愤怒或许也是再自然不过的了。不过,与斯大林不同,毛没有忘记交代一句,不要杀他。而且之后亦有如下讲话:"胡风、潘汉年、饶漱石这样的人不杀……不是没有可杀之罪,而是杀了不利"(1956年,《论十大关系》),"有个潘汉年,此人当过上海市副市长,过去秘密投降了国民党,是一个CC派人物(此派名源自国民党陈果夫、陈立夫兄弟之姓的第一个字母。潘在结成抗日统一战线的时候,和这一派有过交往。——引用者),现在关在班房里头,但我们没有杀他。像潘汉年这样的人,只要杀一个,杀戒一开,类似他的人都得杀。"(1962年,《在扩大的中央工作会议上的讲话》)这都是为展现自己不杀政治犯的一贯主张而随手举的例子,然而,这并没有颠覆这一事实:毛的指示具有最高权威之"定性"意义。《论十大关系》是在"文革"后才公开发表的,据说让潘直接读到这个未公开的文稿时,他知道自己的最终希望被剥夺了(阳光,《潘汉年狱中遗诗》,载1983年《新观察》第15期)。尤其是在七千人大会上毛泽东的点名,促成了审查已有七年且已扣上"国民党特务""日本特务"的罪名但不知为何却一直拖延着的最后判决,第二年由最高人民法院宣告有期徒刑十六年,剥夺政治权利终身。这对潘来说,不是很让人难堪的讽刺吗?接着,对扬帆也宣告了徒刑仅多一年的判决(胡风也是十六年。"文革"中三人同样被再以"反革命"罪判处终身徒刑)。

《扬帆自述》虽说是平反后的回忆,但依然口述了诸多悲惨的情况。如,对冤罪的反抗和坚持党员之"信条"的苦难,自四十二岁被逮捕经过二十五年间完全与外部的隔绝,他不仅认不出释放时来探视的妻子,又因脑肿瘤而几乎失明,精神上完全处于麻木和猜忌的废人状态。可是,有关这第二次入狱后诗歌方面的情况,《自述》却只字未提。前面提到的邵燕祥的文章,在谈到使扬帆无以写出第二次的"血泪"诗之监狱的残酷后,甚至以这样的文字结束全文:"人如草芥,诗文更不足惜。对人的境遇不置一词,偏晓晓于狱中诗的存佚,想来不仅是本末倒置,简直全无心肝。"这可以视为老"右派分子"对扬帆的激烈认同之表白,也可以看作是只有以诗为业的人才能说出的自戒之言。的确,在人的种种事件和境遇中,竟然有让人难以谈论诗的时候。然而,我的诗词谈议竟然闯进了这样的境况里,还能说些什么呢。说到境遇,潘汉年到底不愧为曾身负任务而数度赴汤蹈火且将不少同志送往危险境地的人,曾在劳改所对年轻的"难友"讲"有时也难免被身后友人的枪弹击中",似乎没有扬帆那种反抗的表现。虽说他被社会所遗忘而于"文革"后不久的1977年病死于湖南茶场(享年七十一岁),却还好在"文革"前一段时间和最后两年中得以与妻子一起生活。因"文革"后遗症而坐上了轮椅的董慧曾笑着说:"他劳改的任务就是照顾我。"这位董慧在潘汉年死后,就靠读潘狱中写给自己的遗诗度日,第二年从香港来探望她的弟弟(其父亲为出任香港总商会会长的银行家,同意过女儿和潘汉年的正式结婚,并协助过他们的地下活动)劝其移居海外,她却拒绝了。潘汉年死后第三年,一直期待着丈夫的平反昭雪甚至达到已不大能区别梦境与现实程度的董慧,也于同一个农场追随亡夫而去(阳光,《记董慧同志》,载1983年《新观察》第17期)。对于潘汉年来说,旧诗终归是极其个人性的慰藉而已,这确实无疑。旧诗的那种功能一般是不容争辩的,而从另一面看也可以说境遇归境遇,诗归诗,即使是旧诗也应该这样地分离开来。但总之,我只能说我推察到了:扬帆作诗无论如何是关乎全身心的,那么第二次入狱时倒没有作诗的事实,恐怕也是关乎全身心的某种事情吧。

八 《沁园春·雪》的故事
——诗之毛泽东现象，附柳亚子

在前几篇文章中，已多次谈到背负"右派""反党""反革命"等烙印的那些人的诗与生涯，而毛泽东，我也提到过多次，不过，现在我是要将他作为直接参与了一时代之诗史的当事者来看待。而将毛泽东的革命家行为归因于其诗人气质以理解其两面性，也是一种流行的说法吧。但即使论及毛泽东与冤狱的关系，不管怎样同情于遭冤狱的人，将他们视为单方面的受迫害者也未必正确。因为，一面相继恢复了历次"运动"中受害者的名誉，一面又只能以"功绩是第一位的，错误是第二位的"（《关于建国以来党的若干历史问题的决议》，1981）这一历史评价来看待历次"运动"的发动者毛泽东，而无论是以这种对中国共产党有利的角度还是以自由的眼光来观之,我们都不能不看到,几乎所有的冤狱剧多少都是以毛为顶点之绝大的历史力量与主人公们共同演出的结果。其间虽有败类和小丑钻营一类的因素,然若没有这种共演关系作前提,这样的冤狱剧是难以成立的。在革命的洪流中,冤狱的当事者们不仅接受了对政治组织的绝对忠诚及对领导者救世主式的崇拜,他们有时甚而至于希望如此,因而,这可以说乃是没有办法的事态。这里有支配了本世纪(二十世纪。——译者)全部共产主义运动的法则,或也存在着非西欧世界特别是中国革命所固有的社会文化条件。从这一点看,即使毛泽东本人也没能摆脱成为剧中一个角色的命运。从诗作和人生境遇这种无论作为政治论还是艺术论都有些迂阔的人间关怀而言,正是在那样的历史局限上把毛及其诗作与本书中的其他诗人同等并列论之,才是可能的。不过,我所要谈的却是称其为诗人而他又过于强大的这位政治人物与诗的关系,也算是本章之所以兜着圈子题为"诗之毛泽东现象"的缘由。

毛的主要诗词在日本已有详细的介绍(武田泰淳、竹内实,《毛泽东·诗与人生》,文艺春秋社,1965年,其中收有当时已发表的37首的全译),如果就此话题而举出毛的一首诗词来的话,无论从使其诗名一跃闻名全国这一点来看,还是就实际上若非天生的革命家则不可能有这样的诗作的意义上讲,都莫过于《沁园春·雪》了。

    北国风光,
    千里冰封,
    万里雪飘。

望长城内外，
惟余莽莽，
大河上下，
顿失滔滔。
山舞银蛇，
原驰蜡象，
欲与天公试比高。
须晴日，
看红装素裹，
分外妖娆。

江山如此多娇，
引无数英雄竞折腰。
惜秦皇汉武，
略输文采，
唐宗宋祖，
稍逊风骚。
一代天骄，
成吉思汗，
只识弯弓射大雕。
俱往矣，
数风流人物，
还看今朝。

这是一篇广为人知的作品，而且就气魄的宏大与表现力之强烈来说，略去详细的注释恐怕更为适宜吧。以"红装素裹""妖娆"等艳丽的想象为媒介，从对冰雪所覆盖的西北高原（自注"秦晋高原"）的叙景，转为对仿佛为"多娇"的"江山"所魅的历代堂堂帝王之大胆而独特的评说，接下来预告新世界的主人公即将登场，这种词的铺叙展开实在无可挑剔。或许可以批评其"千里""万里"用字重复的平板，然而，就是这种用字重复亦有效地发挥了对全"风光"之理念性美化的作用（毛有一种喜以"千""万"这样的大数字入诗的倾向）。而后半部分用来述志的"文采""风骚""风流"三词，即使可以举出一些各自的出典和用例，归根结底亦不如按照作品中连用之气势而追索其所包含的艺文素养以至政治器量的人之风格。词中品评人物，在词语的使用上亦明白地反映了其与大陆特有的文人统治传统的内在联系，从而使其与毫不掩饰的争霸"江山"的意志的关系也得到了历史保证。

这些都是与该词作为传统定型诗之必然有的属性深深地关联着的形态乃至结构上的事实，我想在这方面是没有什么议论的余地的。同时亦不能不承认，这种不容置喙的正统感觉确实保证了《雪》的通俗性和巨大的成功。但是，在作者的思想、创作背景等相关联的解释与评价方面则大有议论的余地，实际上，该词公开发表的时候就曾产生过各种各样的议论，甚至作者本身也被卷入论争之中，好不热闹。

这首词问世于1945年8月末，在忧虑日本战败后再次爆发国内战争的舆论背景下，毛泽东应蒋介石的再三邀请由延安飞抵重庆,在连续四十三天的直接谈判期间,赠给旧友诗人柳亚子的词就是这一首。柳亚子小蒋介石五岁、大毛泽东六岁,是与孙文遗孀宋庆龄、廖仲恺遗孀何香凝等一起为坚守孙文"联俄容共"遗志而与蒋对立的国民党左派元老之一。第一次国共合作时期,曾于中央会议(二届二中全会)上结识了当时在国民党内以代理宣传部部长头衔从事活动的毛泽东。这次会议已是孙文死后势力变得强大的国民党内右派制定排斥共产党方针(整理党务案)并做出决议的一次会议,洞察到蒋不久将以大清洗的淋淋鲜血宣告国共合作终结的柳亚子,不满忠实于共产国际、坚持回避与蒋决裂的共产党员的态度,力劝暗杀蒋介石,结果反而遭到了责备(据其后的《叠韵答曙光老两首》自注云,此人乃恽代英)。他这种左思右想钻牛角尖的脾气,还有神经衰弱病,都不似党派政治的实际活动家。本来此人的名声在于其特别的经历,即创立"南社",于清末革命同盟会会员时代以诗鼓吹种族革命,又主持"新南社",以旧同盟会会员的特别资格加入孙文"改组"后的国民党,并于此前后鼓吹三民主义和社会主义等等,又把超越国共两党之不同的、作为近代中国正统的"革命"落实于诗与国事之传统的结合上。早年便自称"亚洲卢梭""列宁私淑弟子"的柳亚子,非常欣赏以国民党军为对手展开武装游击战的毛泽东,将毛与自己所尊崇的已故孙文称为"并世两列宁"(1929年《存殁口号六首之一》自注云指孙中山、毛润之),显示了强烈的倾向。更何况,对使第二次国共合作得以实现、登上国民抗日势力之一方顶点的毛泽东,柳亚子更是期待热烈,他在上海、香港、桂林、重庆等抗日根据地的流浪途中,亦没有忘记以诗向延安发出慰问。

有关此词的毛、柳因缘之说中,有不少互相出入的地方。现在主要根据综合诸说与物证加以考证的最新著作(萧永义,《毛泽东诗词史话》),记其大概可以确信的部分。柳早有增补亡友(林庚白)所编《民国诗选》的想法,于是在与毛再会(8月30日,柳访问中共代表团驻地,9月6日毛与周恩来等作了答谢访问)的时候,将要收入《诗选》的毛诗七律《长征》抄本交给作者祈求校订,毛不仅接受了请求,之后还在信中附了《沁园春·雪》一首。落款为10月7日的这封信,现收入《毛泽东文集》及《毛泽东书信选集》,信中可见"初到陕北看见大雪时,填过一首词,似与先生诗格略近,录呈审正"的客套话。毛赠给柳的这首词的手迹现有两种,其中一种书于印有"第十八集团军重庆办事处"的便笺上,即当时所写的。另一种写在柳的纪念本中,原来柳得到毛的"墨宝"觉得太简朴,便于10月11日又走访了就要离开重庆的毛,请其在纪念本上再次挥毫录下此词,这一种则照老套子记有"亚子先生教正"的上款和"毛泽东"的下款。纪念本中还录有柳所作次韵和词及短跋一文,曾于重庆召开的柳亚子诗作与尹瘦石画作的联合展览会上展出,这仿佛便是《沁园春·雪》被辗转抄写的原物。另一方面,柳还将毛的原词与自己的和词投给共产党的《新华日报》,可是发表出来的只是自己的和词而不见毛的词(11月11日)。关于此事,柳在应其请求将毛写于便笺上的原词加上自己的和词赠给尹的时候,于跋文(10月21日)中这样写道:"毛润之《沁园春》一阕,余推为千古绝唱,虽东坡、幼安,犹瞠乎其后,更无论南唐小令、南宋慢词矣。中共诸子,禁余流播,讳莫如深,殆以词中类帝王口吻,虑为有意者攻讦之资;实则小节出入,何伤日月之明。固哉高叟,暇当与润之详论之。余意润之豁达大度,决不以此自欺,否则又何为写余哉。情与天道,不可得而闻,恩来殆犹不免自怜以下之讥欤?余词坛跋扈,不自讳其狂,技痒效颦,以视润之,始逊一筹;殊自愧汗耳。"

柳的和词题为《沁园春 次韵毛润之初到陕北看大雪之作 不能尽如原意也》。

> 廿载重逢,
> 一阕新词,
> 意共云飘。
> 叹青梅酒滞,
> 余意悃悃,
> 黄河流浊,
> 举世滔滔。
> 邻笛山阳,
> 伯仁由我,
> 拔剑难平块垒高。
> 伤心甚,
> 哭无双国士,
> 绝代妖娆。

才华信美多娇,

看千古词人共折腰。

算黄州太守,

尤输气概,

稼轩居士,

只解牢骚。

更笑胡儿,

纳兰容若,

艳想秾情着意雕。

君与我,

要上天下地,

把握今朝。

上阕由读原词的高昂立刻转入对在重庆所积压的郁闷之情的倾诉。"青梅",乃起因于古来用作下酒菜的季节性诗语。"滔滔",形容江河流水进而也可用来强调罪恶与灾祸。"邻笛山阳"则基于以下典故:晋朝向秀在遭刑死的山阳嵇康故居,于追怀与其生前一起做"竹林之游"的《怀旧赋》中说到,正当那时由邻居传来笛子的音响。"伯仁由我",是晋朝王导因误解而对曾救自己于绝境的周颛(字伯仁)见死不救的后悔语,表示自己对友人之死有间接的责任。柳亚子在此前所作长诗(《诗翁行·哭李少石》)及序中亦用过此语,以记录自己对同乘一车而中途遭横祸的同志之死的痛恨,因而可知包括下一句的"无双国士"是对此事件所发的感叹。

惨死的李少石乃廖仲恺的女婿、共产党员,序中所记作于事件发生第二天的这篇长诗,是将此事件看作政治性谋杀的。但是,第三天则由周恩来出面公布了调查结果:此事件乃蒋介石的士兵因不满司机鲁莽驾驶而开枪误杀了李的一起事故。因此,有人考证这首和词的写作当在11日以前(萧永义《毛泽东诗词史话》)。不过,和词的这一段是否把暗杀视为前提也并非自明之事。不管怎样理解同志的死因,总之,这种怪事令人预感到国共合作再次崩溃的危险和对重庆险恶的政治气氛感到焦虑(柳担心共产党又要上蒋的圈套,曾表示反对毛来参加谈判),则是一样的。而且,"拔剑"的昂扬姿态和对此未能消解掉的"块垒"之吐露,两者的结合正源自早已作过无数哭烈士之诗的柳亚子那天生的情调类型。下阕,承毛词对历代帝王的评说,通过评点以宋为顶峰的词史上诸名家,转而礼赞毛的原词。到了结尾的最后三句,终于达到了与原词同样的高涨气势,成了多少有些勉强的豪言壮语。但即使是习惯了诗之应酬的柳,也显得有些不得手,而不得不于词的标题后附上"不能尽如原意也"的说明。

《新华日报》不顾柳亚子的要求,拒绝发表毛泽东的原词之后,主编中立派报纸《新民晚报》文艺附刊("西方夜谭")的剧作家吴祖光,则以特快消息的形式刊出了原词。据吴的回忆(《话说〈沁园春·雪〉》),他读到字句不全的抄本非常感动,经几位友人传阅辨认终于得到了完整的一首词,于是以《毛词·沁园春》为题发表出来。周围的人认为《新华日报》是"折衷"处理来自毛的不希望人们知道自己作旧体诗一事的意向,故曾有反对刊发的意见,而吴则以《新民晚报》非党报为由坚持发表出来。不过为慎重起见，吴添加了下面一段后记："毛润之先生能词，似鲜为人知。客有抄得其《沁园春·雪》一词者，风调独特，文情并茂，而气魄之大乃不可及。据毛氏自称，则游戏之作，殊不足为青年法，尤不足为人道也。"（该报11月14日）

以此为开端，稍后大报《大公报》也做了转载（据郭沫若全集注释，系11月28日），于是"山城骚然"，还出现了《新民晚报》主管受到国民党当局严重警告的一幕。仅据吴的回忆，后来包括共产党的《新华日报》和国民党的《中央日报》在内，有十数家报纸接连登载了赞否不同的和词。而据另一本详细辑录了当时一连串反响的书（孙玉坤、张树德《诗词为媒·毛泽东与柳亚子》）讲，从年底到正月，国民党机关报《中央日报》及《和平日报》（原《扫荡报》）等相继刊出共计二十来篇攻击性的评论与和词。这样一来，共产党方面亦无法保持沉默，于是以身处统一战线运动中心的党外左派代表人物郭沫若的《沁园春·和毛主席韵》（《新民报晚刊》12月11日）为开端，又陆续发表了柳亚子的再次唱和（《沁园春·叠韵赠中共代表团一阕》）及另外一些作品。当时，在华东军中的陈毅也寄了两首来唱和。

这里，我们从发表于《和平日报》的敌方唱和作中选一首嘲笑毛、柳的和词，以见这诗词风波的一斑。作者乃"慰素女士"。

十载延安，
虎视眈眈，

赤旗飘飘。
趁岛夷入寇,
胡尘滚滚,
汉奸窃柄,
浊浪滔滔。
混乱中原,
城乡分占,
跃马弯弓气焰高。
逞词笔,
讽唐宗宋祖,
炫尽风骚。

柳枝摇曳含妖,
奈西风愁上沈郎腰。
算才情纵似,
相如辞赋,
风标不类,
屈子离骚。
闯献遗徽,
李岩身世,
竹简早将姓氏雕。
功与罪,
任世人指点,

暮暮朝朝。

上阕，责难延安的共产党趁日军入侵和在南京建立对日和平政权的汪兆铭一派的变节而发展自己的势力，揶揄毛词评说帝王的"风骚"之装腔作势。下阕"柳枝""西风"二句，利用南朝梁的沈约极言自己身体衰弱的书信中表达衣带渐宽的"沈腰"典故，嘲笑柳对毛的倾倒如同落魄者充满风情的媚态。接着说柳的才情虽与司马相如不相上下，然就"风标"（此亦"风骚""风流"的同类语）来说缺乏屈原那种虽遭流放仍献忠诚于故国的气节。"闯献"指断了明朝性命的两大叛乱首领李自成与张献忠；李岩则是以举人身份投靠李自成幕下的读书人。郭沫若于明灭亡三百年纪念时写成《甲申三百年祭》，将李岩作为在李自成叛乱中促成农民革命之自觉的知识人挖掘出来加以表彰，受到人们的关注（毛亦对此给予了高度评价），这是在一年前的重庆。而反对者则认为，李自成、毛泽东一样都是"流寇""土匪"，李岩与柳亚子乃投机的追随者。

作为来自共产党及外围加以反击的例子，郭沫若作于次年批判当时《大公报》主笔王芸生的《摩登唐·吉诃德的一种手法》（上海《周报》第46期）一文，很有意思。该文指出，这个亲政府的大报直接从《新华日报》转载毛、柳的词乃是打破常规的事情，仅这样做已够让人惊讶了，可是这还不够，王又将自己题为《我对中国历史的一种看法》一文发表于重庆、天津、上海三地的《大公报》上，而且是三日连续重复刊出，据此这转载的意图已立刻昭然于世，正是"尸诸市朝"（《论语》）。从郭文可以读到王文的梗概，王文这样开头:"近见今人述怀之作,还看见'秦皇汉武''唐宗宋祖'的比量,因此觉得我这篇斥复古破迷信反帝王思想的文章,还值得拿出来与世人见面",又以"中国历史上打天下,争正统,严格讲来,皆是争统治人民,杀人流血,根本与人民的意思不相干"的旨意,号召"普通庶民"抛弃对过去历史的迷信而走向今日"民主与进步"的道路。对此予以批判的郭沫若,则首先以自己对毛词寓意的"臆测"解释说:上阕被冰雪所覆盖的"北国风光",乃是"欲与天公试比高"之凶暴的"白色恐怖"势力的隐喻,同时也是下阕中对怀抱"帝王思想"只凭武力蛮行于世的"英雄"们的嘲讽。但是,不久这些"英雄"便将会与冰雪一样消失掉。然后他说,"历代的农民革命,在起初时都能顺从民意,只有在革命成功之后,一些领导者才开始背叛人民,这本是极粗浅的历史常识",而故意将两者混在一起试图否定一般的革命,则隐藏着王芸生的政治意图。顺便附上一言,延安对于王这种中间派的态度,至少在当时比郭要宽容得多,王乃是毛重庆谈判时会见过的各界人士中的一位(《胡乔木回忆毛泽东》),不久还参加了建国时的政治协商会议。

围绕这首词发表前后的话题,我要做一些深入的介绍,因为我觉得对照这些事实也可以看出这首词的其他意义来。一个是时间问题。从发表的时机与词的内容等来看,当初一个广为流行的说法是,毛在去重庆的飞机上作了这首词。可是,现在看毛自己给柳的信上的说明,写作日期则落实在1936年2月,即长征之后红军确立了抗日统一战线,进而以打倒与日军相勾结拉开反攻架势的山西军阀阎锡山的势力为目标而开始"东征"的时候。虽然也有对当时红军的行踪和词之具体写作场面进行煞有介事的推理演绎的人，其实不难想象，这首会心之作乃是毛经过长时间不断酝酿或推敲而成的。总之值得注意的是，从词的表面上看不到其间共产党最大的政治军事课题，即以抗日统一战线来推进民族解放战争的契机。这样，不是"江山"的防御而是只集中于其"夺取"的诗之想象，不论诗体之新旧，和政治立场上之左右，在当时因日本的军事侵略而爱国主义民族感情十分昂扬的一般诗风中，毛的这首词难道不属于特异之例吗？的确有这样的印象，即对毛来说，外来的侵略不过是实现革命途中的一个战略条件而已。不过虽说如此，战争本身无疑是关系到国家存亡的危机，故对此毛又排除乐观与悲观两种论调，以提示了战争之持久性质的可谓"军事艺术"（毛泽东语）的杰出洞察力及由劣势转为最后胜利的战略展望而著成一本精心之作《论持久战》（1938）。正是在这种政治军事上冷静透彻的探究中所涌现出来的诗之感情冲动，突破了上下不定的政策性维度，乃是自然而顺理成章的。至于民族的契机，则应该说存在于立足固有的历史感觉之上的坚定信念中，只不过没有政治性地或照老套子而主题化罢了。

还有，词发表的时间仿佛精确计算过似的。抗战中曾任国民党驻美大使的胡适，作为新文化运动的旗手乃是求学时代的毛泽东私淑过的学者，他在这首词发表之前接到过毛托人转达的问候，在给毛的回电中曾建议共产党放弃武力，以"第二政党"贡献于战后的国家建设。他认为：这样才能使得"（国共第一次分裂以来）

国内十八年之纠纷一朝解决；而公等（结党以来）二十余年之努力，皆可不致因内战而完全消灭"（陈微编，《毛泽东与文化界名流》）。这首词的最终成形时间虽不好确定，但讴歌"江山"一新，其诗化的豪言壮语的发表时机，比起抗战期间来，战后则更为适宜，这恐怕也是事实吧。在一般人眼里，那时毛还只是一个被追赶到西北边陲的"土匪"头目似的存在，谣传长征途中在贵州一带用茅台酒洗脚的毛泽东，如今作为与"蒋委员长"对等谈判的另一方而初次登上了全国政治的前台。对待自己的诗词十分慎重的毛，不会不充分意识到这个时刻和场合的。因为，在中国这个国度里谁都知道，对于知识分子来说有诗文嗜好的革命家，对于大众来说仿佛很有学问的政治家，其意义是如何重大。

　　结果，职业军人出身的蒋介石，其公众印象落得个如词中成吉思汗一样的粗野。据说，蒋曾固执地向身边的文人策士陈布雷询问，毛词是否有他人伪作的可能性，艺术上的缺点如何等等，却没有得到爽快的回答，只有"帝王思想"的嫌疑可以肯定，于是命令以此为目标发动攻击宣传。我不知道这个"据说"（石玉坤、张树德，《诗词为媒·毛泽东与柳亚子》）有多少根据，不过，即使有来自反对阵营的中伤非难也要苦思凝想接连发表唱和之作，仅从这一事实来看，毛的这首词在宣告新的传说式主人公的登场方面所发挥的作用，实在有戏剧性的效果。诗的此种微妙的政治功效，毛本人在处理与党、政、军并列的革命关键——统一战线关系方面，是有着坦然自负的，而这种自负大概有不少就来自这个时刻的经验吧。关于年长蒋介石八岁的国民党元老、长年担任政府监察院院长的于右任下面的这个逸闻，一定也是在此种功效观上被谈论的。逸闻是这样的：于为飞抵重庆的毛设宴，席间对《沁园春·雪》赞不绝口，特别赞扬结尾的两句乃"激励后进的佳句"。毛则征引数年前于右任游兰州兴隆山，在成吉思汗陵观远征西洋时的遗器而作小令（《越调·天净沙》）中的"大王问我，几时收复山河"一句，笑着谦虚道不及此句（萧永义《毛泽东诗词史话》所引刘永平编《于右任年谱》）。引用者慎重地附记说，《毛泽东年谱》中于右任的招待宴会只见有9月6日（就是说根据引用者的说法，毛赠柳词的日期在这之后）的一次，不过，即使这是编造的逸闻，于这件事情的意义也没有什么影响的。另外，柳亚子相当推重于右任这位南社同人的诗才，认为共产党中有毛，国民党中就数于了（《我的诗和字》，收中国文史出版社编《柳亚子纪念文集》）。

另一个是所谓的"帝王思想"问题。《新华日报》拒绝发表毛的词当然是试探了他本人意向之后的举措，吴祖光在《后记》中将其理由归结为毛关于旧体诗之有所保留的思考，而柳在给尹的《跋文》中则透露说，"帝王思想"一事在共产党内外也仿佛认真地讨论过似的，有意思的是柳对此未必持否定的态度。在某种程度上，这乃是从词的表面自然而然产生出来的看法，并且在已经透视了毛的整个生涯的人眼中，这一点将会更暗示性地反映出来的。话虽如此，词的作者毛泽东并非那种竟敢公开表达帝王野心的疯疯癫癫的马克思主义者，词中对帝王的评说乃是要最大限度地表达超越一般王朝交替史的意识，这两点也是明明白白的。

问题从一开始便属于诗之范围内的事情，而始终重视这一点的柳亚子在《跋文》中,将孔子门人(子贡)所说"夫子之文章可得而闻也,夫子之言性与天道,不可得而闻也"(此句一般解释为孔子绝不超越"文章"而涉及"性""天道"等抽象的议论)的"性"置换为"情",认为诗这个"情"的领域与"天道"同然,存在于实践理性议论的彼岸,而对《新华日报》的政治性判断之"固"(僵硬)提出异议,唱和时则以诗人之"狂"用满腔的豪言壮语应和了毛的词。毛特意称自己的词"与先生的诗格相近",大概是注意到了柳诗那种一向有定评的慷慨激昂的调子(落款为十月四日的另一封书简中,毛评价从柳那里得来的另一诗时说:"先生诗慨当以慷,卑视陆游、陈亮,读之使人感发兴起。"),在这方面两人之间恐怕没有什么大的矛盾。进而言之,以长征后的实际势力为背景而表露出那样的气势,除了相应的胆略外还需要某种狂气的。关于柳亚子那几乎是时代错误的唱和方式(他有感于毛的那封来信而作七律也说"瑜亮同时君与我,几时煮酒论英雄"云云),有人认为那才是"帝王思想"式的"误解"之前奏呢(《以诗为媒·毛泽东与柳亚子》)。可是另一方面,又有引用建国后毛为柳提供北京居所时据那首和词而挥毫题字"上天下地之庐"这一事实提出反对意见的(《毛泽东诗词史话》),至少毛感到柳的和词反应并不坏,这恐怕没有疑问。对于国民党方面的反应,毛在给详细报告这些情况的党员来信的复函中,是这样回复的:"国民党骂人之作,鸦鸣蝉噪,可以喷饭。"

不过,建国后毛泽东的诗词作为国家盛事正式发表以后,毛本人对那些注释家们的理解似乎也多有不满意之处。在目前通行本《毛泽东诗词》(中央文献出版社,1996)的作为"作者原注"或"注释"

一部分而公开发表的解说中,关于《沁园春·雪》,毛在大字本《毛泽东诗词十九首》(文物出版社,1958)里,有他自己添写进去的这样一段批注。"雪:反封建主义,批判二千年封建主义的一个历史侧面。文采、风骚、大雕,只能如是,须知这是写诗啊!难道可以谩骂这一些人们吗?别的解释是错的。"

可以认为,这个批注针对的是下面一类的担心和疑问,即词中的帝王们被"文采""风骚""大雕"这样的词语所贬,然而有充分的根据能将最后的"风流"与"帝王思想"彻底区别开来吗?也就是说,这个争论到了建国后也还没有了结。毛批注中的"反封建主义""无产阶级"等政治用语是用来纠正那些欲正确无误地解释传统的诗词语言之政治含义却没有解释好的诸种说法,这与他在重庆说自己的词与"诗友"柳亚子的"诗格"近似时不同,他俨然是在对照革命的正史与诗的正道亲自制定正确的解释。前面提到的郭沫若那种只能说是帮倒忙的反"白色恐怖"说(果真如此,"红妆素裹"该是指反革命派的假惺惺的革命姿态了?)等,在"反封建主义"这一点上不管多么合格,作为诗之表现的处理方法,毛到底是不能接受的。

如此这般,把政治的意识形态(内容)艺术地加以表现(形式)这种议论方式固定下来以后,便成了"文艺工作者"的创作和知识分子知识全部活动的"紧箍咒"。然而,毛并不是以"文艺工作"的一环来创作那首词的!这恐怕是再明白不过的事情了。

那么,最终"帝王思想"问题到底怎样呢?我们只能将此视为这样一个事实本身的问题,即这与其说是"思想",不如说是毛以否定的或者发展的观点，总之是在与历代帝王霸业的类比中，叙述了自己对革命权力的意志，如此而已。在夺取"江山"的最后阶段，咏叹解放军一举攻下国民党首都这一历史瞬间的七律（《人民解放军占领南京》，1949）中的颈联"宜将剩勇追穷寇，不可沽名学霸王"，也是自然而有效地引用了刘邦、项羽的故事，毛诗词中的革命意象最终并没有超出这样的类比范围。这一事实，比起毛自身的批注中二元论式的抽象化的思想内容和艺术形式的任何一方来，都更借重于诗之经验的直接性。因为，实际上诗人在此是一边表达着与帝王们的力之较量（摔跤），一边在和历史相抗争。而在诗中具有这样一种革命家的"自我言及"意味的"文采""风骚""风流"等，大概也与毛一生如下的行动规范有着某种联系吧，即在其创作之外，毛早就率先实践了"枪杆子里面出政权"的一贯主张，同时又强调体现了超越文、武对立的政治理念的党要彻底掌握军队，这恐怕是毛的整个革命生涯中最为伤脑筋的难题了，而据说即使在游击生活中有一次例外，但平常他连护身用的枪支也没有携带过。

还有，要是想玩弄批注中所说的"反封建主义""无产阶级"的概念，那么，似乎首先想到的应该是终结了两千年来皇帝制度的辛亥革命及其象征孙文吧？毛在延安所构想的"新民主主义"制度，讴歌的正是通过"无产阶级"（实际上是共产党）的领导来彻底实现孙文未曾实现的"反封建主义"。而毛的词中没有提到孙文不管出于什么理由，总之，与葬送了孙文缺乏市民革命内涵的三民主义理想的因袭势力作正面交锋，其快乐（"与天奋斗其乐无穷，与地奋斗其乐无穷,与人奋斗其乐无穷",此乃青年毛泽东的座右铭)才是这首词的主眼。即使称其为诗化的气势,如上面所说这也是与支撑着皇帝制度的固有历史相关涉的正统感觉。如果再考虑到这种自信的进一步来源,我们可以想到长征途中,毛清算了多少年来支配了党中央的、使自己苦不堪言的、莫斯科派马克思主义者舶来的城市中心主义,将自己"农村包围城市"的路线提升到全党指导思想的高度。这个"毛泽东思想"不久则被正式定义为"马克思列宁主义的普遍真理与中国实际相结合的产物"。然而,此乃经过夺取政权的成功而证实了其正确性的自我评价,正如在被"结合"的"普遍真理"中亦有西欧、俄国式的要素那样,"中国实际"中也应该包含其"结合"的主体的,否则,理论上成功的条件也可能直接变成失败的条件,这一历史的讽刺是无法彻底排除掉的。而被视为问题的诗之经验本身,则可能是"反封建主义"的,也可能是"帝王思想"的。

建国后仍继续不断的毛泽东诗作,以及凭借其超级权威对那个时代诗歌观念的介入,也是值得研究的。可是,到了"文革"初期,不知为什么将自作的诗词十九首错当成毛泽东未发表作品而流传于巷间的青年(陈明远),却因"伪造毛主席诗词的骗子、野心家"之罪,背上了十来年"反革命"的黑锅。对于这种无法让人笑起来的怪事(陈明远冤案事件,其诗词和相关资料,见《劫后诗存——陈明远诗选》,世界知识出版社,1988)及其过程,我已经没有探究的余暇了。

九 孤绝中的唱和——胡风、聂绀弩

　　毛泽东与柳亚子的诗词交往还有后续的故事。柳不仅作了《沁园春·雪》的和韵，此前和此后也频繁地向毛赠诗，工作繁忙的毛泽东未能一一应和，也是可以理解的。现在，毛的诗集里有题为《和柳亚子先生》的一首七律、两首《浣溪沙》，共三首。其中的七律作于1949年春，当时共产党已在全国取得了决定性的控制权，为了建国，毛发出通电召集"人民政治协商会议"。柳为了响应并参与其事，同"国民党革命委员会"（民革）的同志们从香港来到北京。这首诗就作于其后不久。该诗所应和的柳的原诗《感事呈毛主席》（3月28日夜作）引用了后汉严光的故事。严光在老朋友光武帝即位后拒绝征召，回到家乡隐居起来，柳诗引用此事表明归隐的意向。所谓"感事"究竟是指什么？在诗、日记和其他的背景资料里虽留有种种让人猜测之处，然而不管怎样有一点是确定的，这就是与革命胜利带来的兴奋相反，他在旧政权内习惯于少数反对派运动的自尊心令他感到困惑，并因执着于"功成身退"的观念而产生了苦闷。

对此，毛特意派遣通晓诗词的田家英到柳寄寓的颐和园，毛本人也在夫人江青及女儿的陪同下访问颐和园并尽力挽留。但是对柳来说，最具决定意义的恐怕还是毛首次附于亲笔信后送来的和诗。和诗用机智与雅量进行规劝，形式上仅仅是原七律诗的蹈袭，柳则在以后的一两个月之间又作了二十多首次韵七律，由此可以察知其感激的程度。次韵的开始当然是对和诗的回应，柳很快表明了深切的感谢并撤回了隐居之意（《次韵奉和毛主席惠诗》）。另外的两首《浣溪沙》，是翌年1950年以国庆节和朝鲜战争为内容与柳的唱和，可以感觉到在毛的体制下，柳在诗词方面的作用已经得到确定。

柳于1958年病逝，从毛的诗集看，继承柳的地位的是郭沫若。原先在抗日战争时代的陕北和华中的共产党根据地里流行的诗社之风，日渐盛行于有着令人自豪经历的老干部以及从国民党统治区投奔新政权的统一战线的各派名士之间。借用一本书的标题（《诗坛盟主毛泽东》）来说，就是国家的上层隐然形成了将毛尊为盟主的高规格的诗坛。而在这诗坛上每逢国家庆典所作的庆祝诗和历次政治运动表明态度的诗，不知何时开始被圈外意识清醒的人揶揄为"台阁体"或"协商体"（源自政治协商会议）。

圈外意识之最甚者,应该是带着否定的标记而成为批判和改造对象的人们。正如黄苗子的回忆所说的那样,对这些人来讲喜好旧诗这件事本身就是"落后"的标志。然而,在与上述"诗坛"相反的场合,同样把诗作为社交上的应酬之事也并非不存在,尤其是"反革命事件"的"首犯"胡风和虽非"胡风分子"却因种种关系而受到牵连的聂绀弩之间,在一段时间里所做的诗的唱和。这一事例仅从旧诗的时代生态论来看也难以视而不见。不可思议的是,有关胡的事件及聂诗,在不乏传闻的中国,他们的唱和似乎并没有成为讨论的话题。以前,我也曾数次提及聂诗(见本书附录一:《旧诗之缘——聂绀弩与胡风、舒芜》),所以这里只集中探讨唱和的实际情况,至于作为前提的"胡风反革命事件"也不能不作最小限度的说明。

这个事件的远因,是抗日战争前夜,以国共再次合作为理由急于解散"左翼作家联盟"而提出"国防文学"策略的周扬等上海共产党文学活动家,同联盟内反对其事的鲁迅等人的争论。事实上在上海文化界,鲁迅比那些终日埋头于党的策略的人们更寄希望于在遥远的边僻之地流血流汗的党,延安的毛泽东也对具有全国声望的鲁迅的支持深为感谢。离开上海参加了长征、又从延安返回上海进行联络的党员作家冯雪峰,在三者之间发挥了微妙的作用。但是,周扬也有周扬的本领,他后来进入延安取得了毛的信任,通过党中央宣传部控制了全党,后来又在全国的文学艺术界巩固了其文化官僚的地位。另一方面,敬佩鲁迅而与周扬一伙激烈对立的胡风,在鲁迅去世后作为共产党的伙伴留在国民党地区，通过抗日战争和内战期间用自己主持的杂志聚集了有实力的作者。同时，他与要将偏僻的延安的作法强加给国民党统治下的城市的文化主流派之间的纠纷，更加严重了。建国后，延安派在文坛上取得了压倒优势，更加深了胡的孤立，但他还提倡"主观战斗精神"，继续执着于文学的主体性论。即便如此，他对毛泽东的崇拜也绝不比别人落后，在文艺理论上也不认为毛与自己是互不相容的。1954年，他最寄希望的路翎以朝鲜战争为题材的小说（《洼地上的战役》）遭到了组织的批判。以此为契机，他总结过去的信念，提出了"三十万言"的长文（《关于解放以来的文艺实践状况的报告》）。翌年，1955年，此文以《意见书》为题被公开发表。说到底，发表是为了开展批判，而且直接指示其事的不是别人，正是毛泽东。而胡风并不知道这一点。再加上曾受到他的影响而写有批判主流派的评论（《论主观》）的舒芜建国后作了自我批判，胡给舒芜的私信全部被《人民日报》文艺部记者从舒芜那里借去，进而又送到了中央宣传部。结果，以此为证据，上面一言九鼎，事情发展成为"反革命"性质，这是连周扬也没有想到的。

这样，胡风和夫人梅志立即被投入监狱，接着，有将近一百人以"胡风分子"之由而遭逮捕。与胡风一样，同鲁迅最为接近的萧军在建国以前已经被东北的左翼文化界打上了"反苏、反共、反人民"的烙印，冯雪峰不久也被文艺界打成"右派"的大头目，与鲁迅被偶像化正相并行的是亲鲁迅派的相继失势。胡本人一直否认其"反革命"罪，在北京郊外的秦城监狱度过了将近十年，到了"文化大革命"即将发生的1965年，才在事前约定的不上诉的前提下，徒具形式地判了十四年刑，并被允许回到先他出狱的梅志在等候着的市内家里，但是时间很短。翌年春天，以"监外执行"剩余的刑期为理由，马上又将夫妇俩一起送到了四川。在四川成都市内给他们分配了一处民房，但是随着"文革"的激化，他一个人被送到偏僻的劳改农场，后又因新的"反革命"罪而被关进监狱。

另一方面，聂绀弩也曾在与周扬们的争论里表达了强硬的意见，他曾同周扬发生过争论，甚至还受到过鲁迅的劝阻。他的党龄很长，是黄埔军官学校出身，由于这一经历，主要从事对国民党军队方面的工作。或许是因为天生的无政府性格，他在组织里的位置似乎有些特殊。1932年在流亡地日本，他与同是湖北人的胡风相识，共同进行反战运动并一道被强制遣送回国。又因为胡的介绍加入了左翼作家联盟，此后在生活方面双方夫妇的交往也愈益加深。建国初期，由于冯雪峰的关照，他从香港进入北京的人民文学出版社，就任副总编辑兼古典部主任的要职，后因胡风事件的牵连而被隔离审查，结果受到"留党察看"的处分而失去职务，后来又被打成"右派"而剥夺了党籍，并且被送到东北（北大荒）"劳动改造"。在胡风一度出狱又遭遣送四川的前后，碰巧聂也因为夫人周颖的努力营救而返回北京，在辽阔的中国只有这两对同病相怜的夫妇重温旧日的友情。胡风夫妇去四川后不久，聂也再次以"现行反革命"的罪名在监狱里度过了将近十年。本文所说的唱和，是留在北京的聂同在成都获得短暂安定生活的胡之间，在半年左右时间里相互应和的作品。

唱和的本文，有罗孚主编的《聂绀弩诗全编》（1992年，学林出版社）中《散宜生集外诗（拾遗草）》卷里聂给胡的赠诗十八首，及附录中胡的和诗十六首，还有牛汉、绿原编《胡风诗全编》（1992年，浙江文艺出版社）中《狱中诗草之四·流囚答赠》卷胡给聂的和诗二十九首，及附录中聂的原诗九首，这接近于现在所存诗的全部。两者对照，可以确定原诗与和诗一对一或者一对二对应关系的有十六组。"文革"结束后聂给胡的信（1979年12月7日）里这样说："赠君诗至少有廿余首，为拙作中之较好者。因无法拿出去，有的忘了，有的自用了。但总有无法挪用的，如上海某君抄去者即是。"所谓"挪用"的实际情况，可以在聂的旧体诗集《散宜生诗》里见到，是把起初赠给胡的诗原封不动或者稍稍变更字句，又转赠给别人或用以吟咏自己的生活境况。这不仅是对胡的名誉恢复久无进展的一种对应之策，也讽刺性地表明胡的特殊遭遇后来倒常常变为其他人的共同体验。"上海的某君"应指与牛汉、绿原同为"胡风分子"、编有《胡风格律诗选》（未见）的何满子。此书常被胡诗《全编》中有关聂诗的注释所引用，聂诗《全编》中与胡唱和的相关笺注也参考了此书。

另外，据梅志的回忆录《往事如烟——胡风沉冤录》记载，聂从北京寄到四川的信里常常附有诗，胡也因此深感欣慰，一一寄回和诗。可是过了不久，聂来信希望把那些诗全部烧掉，并一再催促说他自己已把他那里的诗烧掉了，这就是最后的音信。梅志还说，胡风告诉他在狱中有"默吟"的经验，所以文字的存否并不重要，虽然勉勉强强地听从了聂的烧诗要求，但却把丈夫的和诗底稿藏进了不太穿的西服口袋里。根据上述胡诗《全编》中《狱中诗草四·流囚答赠》的说明，这部分遗诗未经本人整理，大约就是以梅志所保存的那些底稿为本编辑的。非常宝贵的是，诗作断断续续地附记了时间和地点，但是要严密地追溯唱和的经过，则必须进行其他的研究。

一个显著的事实是，几乎都是聂绀弩先作七律相赠，胡风再作次韵。"劳动改造"以来，聂对作诗倾注了独特的热情。而胡在长时间内被剥夺了纸和笔，不得不在便于记忆的旧诗形式里寻求表现的生路，他主要运用"连环对"这一独有的手法（虽不太成功），对传统的固定形式始终是消极的，这可能反映了两人在内心动机上的不同。次韵的规则是完全蹈袭原诗的韵字和顺序，因此可以看出技巧才能，但由于有了制约，作起来也应该有其容易的一面（在胡的狱中诗作里，吟咏境况的律体诗同正统最接近的是《怀春室杂诗·狱中诗草之一》二十一首，及《怀春室感怀·狱中诗草之三》二十四首，都是以次韵鲁迅七律诗各一首的形式作的）。以下，选读几组两人的唱和。那些在特殊情况下有时类似暗号的语词背后的真意，是怎么猜测也难以弄明白的，因而在稍微不同的意义上不得不套用陶渊明这位通达之人的读书法，即"不求甚解"。

聂绀弩：赠胡风五首之一

十载寒窗铁屋居，

归来气息已残余。

慨乎住宅恩公论，

难以搬家惠子书。
草草杯盘重配备，
翩翩裙屐早稀疏。
一冬园圃光葵秆，
瘦硬枯高懒未除。

·

聂后来出狱，夫人在家里迎接他归来，于是这首诗"挪用"为代夫人咏的形式，收于《散宜生诗》中（《赠答草·代周婆答》）。本诗作为《赠胡风》五首之一，应是《全编》编者的"拾遗"之功，但为了方便，诗题均从《全编》。此诗吟咏到胡家访问出狱归来的胡风一事，首联先描写主人的悲惨情况。颔联"恩公"的"恩"是音译恩格斯之略。恩格斯写过有关德意志工人阶级住宅问题的论文，对以《庄子·天下篇》中惠施因博学而有五车书的故事，从现实上触及困窘的住宅状况和堆积如山的书给遣送四川的夫妻带来的烦恼。"恩公""惠子"式的异种对偶，在聂的多姿多彩的对句游戏里是极为初步的。颈联，虽为现成的却也是难得预备的酒菜，而与此相配的飒爽地摆动着"裙屐"（裙子和木鞋，古代男子的服饰）的潇洒男人显然没有了。这在当时是并非笑话的笑话，《沉冤录》里记载，虽准备了竹叶青酒，但是过去经常痛饮的两个人已完全衰老，对酌也不痛快，传达出知识分子彻底改造后的寂寞。尾联，收获之后向日葵高高的茎秆应是劳动改造农场中聂高瘦身躯的写照，正如许多劳改难友都异口同声说到的那样。《散宜生诗》里吟咏劳动农场向日葵的同样姿态的作品也道："孤高傲岸逗风流"

(《北荒草·过刈后向日葵地》)。向日葵秆枯立在冬天的地里，虽说"懒未除"，其用意倒显而易见。总之，这不会是北京市内的景物。

胡风：次韵答今度四首之一

> 负曝披风大索居，
> 是非功过总多余。
> 横眉默读埋名信，
> 剖腹珍藏没字书。
> 知命不愁高客访，
> 铸情难觉故人疏。
> 闲花小草皆生意，
> 绿满阶前莫剪除。

"次韵答今度"的"今度"是将绀弩两字的日语读音换成日语常用词汇（即"这一次"之意）的小把戏，这一点日本人一眼就会看出来。聂本人过去曾用以作为笔名之一。胡诗《全编》的这个诗题尽管是根据本人的底稿定的，将几首一起编在此诗下面则应是编者的意图，但胡诗的诗题也均从《全编》。诗的首联，并不是因聂诗原诗的开头部分回忆北京监狱，而是指夫妻移居到成都市内的民房后，起初一段时间比较平稳的生活现实。"索居"即"离群索居"。胡经常与当地公安局的有关干部见面，除了每个月写思想汇报而外也无事可做，所以把在北京狱中"默吟"的大量诗作一一忆出誊清，以此度日。聂劳动改造回来，得到了"全国政协文史资料委员会文史专员"这个闲职,他家成了喜欢诗而政治上不得志的人的开"沙龙"的场所。可是孕育着"文革"的首都的气氛毕竟难以忍受,他们在北京相见的时候已预先羡慕过胡风夫妇被流放到边远地方之后的日子,此后的信里也说到夫妇俩想干脆搬去做邻居。颔联上句,说读到聂的匿名来信的快乐。"横眉"是怒目的样子。这里应该有鲁迅名句"横眉冷对千夫指"(《自嘲》)的意思。下句,依据古时西域胡商在中国买到美珠便剖开自己的肚子珍藏其中的故事,意谓将暗号似的信或诗当作无字书,将其保存在记忆里。颈联"知命"指五十岁(当时,胡五十四岁,聂五十三岁),"高客"大概是指上述有关干部。总而言之,作为一个充分认识到严酷命运的人,事到如今已用不着恐惧了。而且,感情好像已经被铸型固定住,所以对于老朋友躲避自己的事心中毫不介意。不仅如此,出狱后同样在北京的萧军曾希望再会时,胡风这一方倒怕牵累他而躲避不见。尾联"闲花小草",是无名的野生花草。《沉冤录》有一段写道,北京监狱院子中生长的杂草其"生命力"让胡风感动不已,并告诉了梅志,此处大概是更意识到因自己的事件受牵连的许多年轻人,故特别提到"剪除"的吧。对胡来说,比什么都痛苦的是他们的事。

聂绀弩:风怀十首之一

人在至忧心白发,
诗经大厄句长城。
十年暌隔先生面,

> 一夕仓皇万里行。
> 最是风云龙虎日,
> 不胜儿女古今情。
> 手提肝胆轮囷血,
> 呆对车窗站到明。

"风怀"意味着志向、抱负、男女相爱之情等,但此处反过来用,暗示着"怀风"(怀胡风)。整首诗从首联起就是对偶句,开始说忧苦与灾难使人身心衰弱,但是应该历经锻炼而坚强起来。梅志写道,胡风出狱后见聂绀弩面时,诗就成了相互间最热心谈论的话题。颔联,写在狱中隔离了十年的胡风,又不得不仓仓皇皇地到四川去。颈联,表现外界的严酷气氛与内心的温情。此诗后来在《散宜生诗》中"挪用"来以描写"文革"之后自己出狱及夫妇再见的场面,而"儿女古今情"这一句改作"天地古今情"(《南山草·对镜》三首之一)。从普遍的感觉来说,"儿女"和"天地"的用法似应该是相反的,然而我想这是聂诗独特的有意识的颠倒。而且此诗中"风云气"和"儿女情"正好加强了对偶句的对立意义,进而引出尾联车站上送行的不同寻常的措辞。"轮囷"是表现屈曲状态的叠韵拟态词,古代用以形容因节疤或树瘤而扭曲的树木。唐代的韩愈曾以此和"肝胆"相配,吟咏贬谪时心情的郁闷(《赠别元十八协律六首之四》),后来宋代的陆游等人也曾袭用,但这一句更加上了"提"和"血",把文人士大夫之流的感伤"牢骚"变为切身的痛觉,让人觉得思想在流血。据《沉冤录》,他们在来自四川的两个公安人员的押送下从北京站出发,除了子女而外(当局起初曾要求其全家去四川),聂不可能来送行,因此这一联也可以看作诗歌上的虚构。

胡风:次原韵报阿度兄十二首之一

竟挟万言流万里,
敢擎孤胆守孤城。
愚忠不怕迎刀笑,
巨犯何妨带铐行?
假理既然装有理,
真情岂肯学无情?
花临破晓由衷放,
月到残宵分外明。

"次原韵报阿度兄"的"阿度",是在"今度"的"度"字上加上接头词"阿"而成。和诗更进一步从首联到尾联,均由对偶句构成。在胡风看来,与捕捉一件事物的两面相比,对偶句更便于反复强调经过深思熟虑的事(上述连环对就是其实验)。例如此诗的颈联,就一再破坏律体诗的同一首诗中避免重复使用同样字眼的规则,故意在一句中反复使用同一个字,这是胡所偏爱的句法。首联的"万言"即前述"三十万言意见书","孤城"借用了聂另一赠诗的句子"百年奇遇千夫指,一片孤城万仞山"(《风怀》十首之二。上句"千夫指"出于鲁迅《自嘲》诗,下句是完整引用王之涣《凉州词》)来指成都。颔联不必注释。颈联写两人对伪装革命而强词夺理的世态之共同认识,在此,是从反面回答原诗的"儿女情"。这里"真情"的反面是不近人情的"无情",来自于和鲁迅的同感。鲁迅的七绝诗回答郁达夫嘲笑自己溺爱孩子而说:"无情未必真豪杰。"(《答客诮》)尾联是孤立中的孤芳、孤明之心。

聂绀弩:赠胡风五首之四

> 天上神仙一念遥,
> 人间蝼蚁有倾巢。
> 风前短褐凌晨舞,
> 雨后长虹到晚销。
> 我辈余生中国土,
> 儿歌动地外婆桥。
> 从来猴耍金箍棒,
> 怎犯天庭任一条?

此诗正面叙述对胡风事件的感受。首联说天上的权威心血来潮的一个念头,有时把地上的蚂蚁、蟪蛄之类的全部生活都翻了过来。可见聂已经嗅出了毛泽东关于胡风事件直接指示的真意。尾联借用《西游记》,说孙悟空虽然挥舞着如意棒,但是并没有违反天宫或者朝廷的任何规定。首联与尾联前后呼应,关于胡风"反革命"事件,当时能如此明白地留下异议文字的例子并不多。最后一句的"怎"字,异文或作"总"(侯井天注释《聂绀弩旧体诗全编·拾遗草》)。若是那样,则意味着无论如何不能不惩罚,那似乎更具聂的特色。不管怎样,有异议的说法里没有暧昧之处。与此相比,中间的两联稍微难解一些。颔联仅从字面上看,则工整得仿佛是对偶句的标本一样,上句中的"短褐"是古代平民穿的粗布衣服,危如风前之烛的野人不合时宜的独舞(风流的独舞至少是在夜半月下),其形象正与事件中的胡风有相通之处。至于下句,不知是与上句共同构成更为全面的形象,还是要表达其对立者之形象。我则倾向于后者(虹比喻气焰,更进一步是指不吉之兆),但不能保证没有别的含义。颈联的"外婆桥",根据侯注是来自江南童谣,其中唱道:"摇啊摇,摇到外婆桥,外婆对我眯眯笑。"唱的是小儿把船摇到在桥头笑眯眯的外婆那里(江南一带类似的摇篮曲广为流行,苏州郊外还有同名桥存在)。由于使用了这一出乎意料的"僻典",就将政治上的孤立者的最后归属,从概念上的"中国土"导向生命的幼小时期的记忆深处。说到"儿歌"时夸张使用的"动地"一词,因"摇"和"动"的关联而读后引人发笑。

胡风:次韵答今度四首之四

心交万里不愁遥,
耻笑睢鸠占鹊巢。
铁树有花还有果,
玉山能碎不能销。
舍声誓保连城璧,
迈步羞登独木桥。
矛盾既然皆物理,

敢从两点解天条！

首联，上句是说遥远隔绝也不能妨碍相互间的友谊，下句用《诗经·国风》中"维鹊有巢，维鸠居之"（《召南·鹊巢》）。"雎鸠"是和"鸠"不同的鸟，因为又见于《国风》开卷第一首（《周南·关雎》），所以为了字数之合而用。本来这是诗歌中托物兴辞的手法，即因鹊善于建巢，用以引起准备好了新居要迎接新娘的联想，然而依据旧注则为笨拙的鸠占据了鹊巢为己家，因此这一词汇成为窥伺他人地位的成语。之所以"耻笑"这一行为，是由于狱中的审讯者认为胡风等人批评周扬是为了窃取文化部，这成了"反革命"的证据。这种粗劣的论证方式（非党员不可能具有这种能力），使胡风等人受到了严厉的谴责。诗句大概是指此事。颔联，"铁树有花"意谓难得开花的苏铁开了花。正如禅语所谓"铁树开花，雄鸡生卵"那样，这里比喻不可能发生的事。但是不仅开花，还结了果实，这指的是什么呢？下句"玉山""碎"，出于北齐元景安"玉碎瓦全"和魏嵇康"玉山倾倒"的典故，都是关于魏晋南北朝贵族美学伦理观的成语。此句是说精神的自尊不可侵犯。这样一来，上句是说即使在前一联只知"鸠占鹊巢"的人眼里只能是笑话的"铁树开花"式的梦想，也可能产生出相应于高尚动机的良好结果。颈联"连城璧"，指从前秦王不惜以十五座城池交换的"和氏璧"，比喻极为珍贵的东西。"独木桥"典出鲁迅《扣丝杂感》（《而已集》）："现在在南边，只剩了一条'革命文学'的独木桥，所以外来的许多刊物，便通不过，扑通！扑通！都掉下去了。"这是对北伐国民革命分裂后,以"革命"的名义杀害共产主义者的讽刺,党虽然变了,可排斥异端的"独木桥"仍然存在。与前一句合起来,说心中暗自发誓,保卫应该保卫的东西,对于倚仗声势的打击决不屈服。尾联的"天条"是针对原诗"天上""天庭"的,毛在《矛盾论》里主张矛盾才是唯物辩证法的核心,此处似以其人之道反诸其人之身,而强调应该从多角度关注中央的意图。此诗记有日期(1966.4.4—4.5),从诗的题材和意境两方面来看,我在上文提到的诸篇的确可以看作是此篇以前所作。据《沉冤录》记述,胡出狱后再次见面的时候,"文革"的前兆,即后来所谓"四人帮"之一的姚文元对北京市副市长吴晗的攻击已经闹得沸沸扬扬(《评〈海瑞罢官〉》。该文认为吴以明代清正廉洁的官员罢官为题材的戏曲,影射"庐山会议"彭德怀被罢免一事,以此诽谤毛),至此为止的诗里还没有涉及"文革"。

聂绀弩:风怀十首之四

> 察察为明爱颂歌,
> 先生哪得不随和?
> 日之夕兮归何处?
> 天有头乎想什么?
> 肺腑忠言多郁勃,
> 江山间气入银河。
> 行踪处处潇湘水,
> 怕尔投诗沉汨罗。

这一首和前面的"十载寒窗……"诗一样，作为"挪用"的诗而收录在《散宜生诗》中（《代周婆答》三首之二）。聂诗《全编》在《风怀》的诗题下重复收录了此诗，但首联的全部以及其他一部分作了改动，此处所引用的是胡诗《全编》附录所收接近原初形态的作品。首联上句的"察察"出自《老子》，意谓对任何事都要以细致审查的态度对待，后来有"察察为明"的熟语，指以此为真正聪明的想法。在这种非宽容的另一面，有专门以"颂歌"权威为能事的，毫无疑问这是指无以复加的毛泽东崇拜及相应的打倒一切的"文革"态势。下句忠告说，你也似不得不暂且将就这一状况。颔联"日之夕兮"是《诗经》的一句（《王风·君子于役》），"天有头乎"是《三国志》里有名的对答中的一句（《蜀志·秦宓传》）。担心政治的疯狂结局而诘问天道，这虽是传统的做法，可是在用典的意外性以及"想什么"这种现代口语的用法里，却回响着难以言说的绝望。颈联是对胡风的赞词，称赞那些发自肺腑的忠言多郁积于心底，以致说凝为罕见的杰出人物的江山精气（间气）贯穿长天。接下来的尾联，用屈原对楚王心怀忠诚却遭谗言被流放而自沉于汨罗江的故事，宛如笑谈似的表现了自己的担忧。"投诗"云云，来自杜甫遥思李白时所寄的诗句"应共冤魂语，投诗赠汨罗"（《天末怀李白》）。

胡风：次原韵报阿垅兄十二首之四

无妨默笑代高歌，
好博人缘取物和。

> 堵鼠轰鸦驱小丑,
> 扑蝇捉虱灭妖魔。
> 聊将此日高升巷,
> 当作当年大渡河。
> 十殿终于非马列,
> 放心学舌骂阎罗。

首联是对"随和"忠告的回应,说在立场上虽无可"高歌",但至少要保持"默笑",稳重地注视事态。颔联好像没什么情趣,但是内心似乎对"文革"打击大小官僚喽啰的行为感到痛快。虽然不明白事态的来由,但眼下被打击的正是自己的宿敌,对于这一点不会无动于衷。颈联"高升巷"是当时所住的成都市内的上升街,为了符合平仄而改。"大渡河"是四川省的河流,长征途中红军突破这条河上的吊桥(泸定桥)的激战,在革命史上很著名。之所以把现在的寓居比作长征的著名场面,是由于意识到还有长期的战斗,这或许同对于当时"文革"的形势认识有关。尾联,清楚地反映了"文革"一个阶段的形势。"十殿"指十王殿,即主管地狱的十阎王的住处。这年3月末,毛曾说:"中央宣传部是阎王殿。要打倒阎王,解放小鬼。"诗意说以夺权的矛头已从吴晗及其背后的北京市委转到党中央机关为前提,自己也可以学着众人的说法,痛骂已经和马克思、列宁"无缘"的周扬一伙了。实际上事态非常难以捉摸,据《沉冤录》记载,胡风此时还被要求以响应中央的新动向、揭发被攻击的对象来作为悔改的证明。接着,

4月份全国人民代表大会副委员长郭沫若说自己的旧著应该全部烧掉，胡把这有名的自我批判"当作榜样"，交出了一篇《表态书》，其中有"感谢文艺领导早在十年前就烧掉了我的同样无价值的文章"这种尖锐的讽刺话，同时他却又说："我几年前就感到在文艺战线上必须在中央的直接领导下，进行打开缺口清除毒素的重大斗争。"而由于这个理由他又写道："从心里支持这次革命运动。"这大概就不仅是一味违心的学舌了吧。即使如此，该表态书也清楚地表明，他即便在周扬等人的事情上也拒绝揭发任何特定的个人之特定言行，这是由他自身的痛苦经验而来的严峻的伦理观念。

聂绀弩：风怀十首之八

一事是非三十年，
十余年又事迁延。
诸公衮衮专台省，
天下滔滔几圣贤？
自信罡风临毒草，
不疑眢井仅微天。
于今获得真消息，
尔案犹须廿载悬。

虽说是隐秘的诗的唱和，也带有一些白热的议论，这是因为在写作此诗的前后，在新的事态下重新讨论了胡风事件。首联说左翼作家联盟内部的纠纷问题，经过三十年才有了结论，由此看来，

"反革命事件"虽过了十余年,但还会拖延下去。在别的诗里,聂也说过半死半生的出狱已是意料外的幸运、必须完全抛弃所剩无几的幻想这种严峻的话(《风怀》十首之二,颔联"得半生还应大乐,无多幻想待全删")。颔联上句是杜甫"诸公衮衮登台省"诗句的变化,"衮衮"谓连续不断的状态,"台省"用现在的话来说就是中央官府。这句与下句合在一起,表现权力志向和人格见识的反比例状态。颈联,"罡风"是道教所说的天上刮的强风,"毒草"是当时流行的政治运动用语,指具备有害影响力的一切打击对象。这一联讽刺"文革"运动毫不留情的攻击性,和极端的井底之蛙的作风。尾联,不知从何处得到的"真消息",反正同首联的类推想法有别,断言胡风案件还要悬置二十年。事实上,"文革"结束后又拖延了几年,胡风事件才得以正式解决。这个推测,从结果来看是正确的预见。

胡风:次原韵报阿垄兄十二首之十二

> 再待何须二十年?
> 山崩势已不可延。
> 应难去恶还留恶,
> 岂可唯贤又忌贤!
> 为报恩仇羞失地,
> 学分昼夜敢观天。
> 吴宫旧恨消无迹,
> 不必东门把目悬。

首联，见到周扬一伙失去权势而提出了与原诗悬置二十年说法不同的见解。颔联更进一步从道理上说对"恶"的排除、对"贤"的尊重都会有其必然的方向，周扬一伙之所以被打倒，是由于他们无中生有的捏造必然会引起对我们事件的纠正。颈联上句说要承担起对因恩仇与共而被判罪的朋友们的责任，不应白白放过这个机会。下句与上述"敢从两点解天条"大致相同，意谓无论任何事情都像昼和夜那样相互矛盾又相辅相成，要学习并用这种眼光关注"最高权威"的最终解决。这部分实际上只能说是很悲惨的，而胡风在对同情者的责任上可以说连绝望的权利都被剥夺了，而且即便是有希望，事实上也只能是全都在"中央"的吧。但是之所以说"敢"，就在于经过这种事情的反复，所谓"解"和"观"已与无条件的信仰有所不同。关于这种希望与怀疑的微妙交叉，我们可以听听专门考察胡风及其事件的近藤龙哉的见解。他认为胡风所说的中央内，除了毛泽东以外还有周恩来这样特别值得信赖的人，这或许是希望所在。这样，虽说基本上想通了，可是悲惨却更加深切了。尾联用春秋时代与吴越斗争有关的复仇故事，说自己的事情与感情用事的报仇不同。"东门悬目"指吴越争霸最激烈的时候，吴国忠臣伍子胥因遭谗言而被吴王夫差赐死，他怨恨地说宁可看到吴国被越国灭亡，他告诉别人，在自己死后把眼睛挂在东门上。这一首有"5月26日在成都"的注记。

聂绀弩：赠胡风五首之五

文章注脚今天下，

思想核心旧鲁公。
千手观音千管笔,
一行和尚一声钟。
宋唐秦汉人揩眼,
嵩衡泰华尔荡胸。
底事流离兼坎坷,
万原上党又雪风。

"文革"在批判中央宣传部后又直接点了周扬的名,几乎把1930年代以来的左翼文艺运动全面否定了,这首诗表现的就是这一事态的发展。这一年的7月,党中央理论杂志《红旗》(第9期)发表文章,宣告了周扬等人通过《鲁迅全集》(1958年版第6卷)的注释篡改历史的罪行(阮铭、阮若瑛《一条颠倒历史的注释》)。该条注释说,鲁迅批判周扬等人的论文(《答徐懋庸并关于抗日统一战线问题》)实际上是冯雪峰欺骗了病床上的鲁迅而自己写的。虽然在当时看来,把争执的原因转嫁给失去权势的党员这种用意是显而易见的,但是党中央机关杂志的公开揭发,却预告着异常的事态。诗的首联说,无论此事的公开化和冯的参与有多大关系,论文的思想终究是鲁迅的。颔联中与"千手观音"相对的"一行和尚",并非固有名词。侯井天的注释引用"当一天和尚撞一天钟"这一俗语,又援用舒芜的《读诗笔记》,谓如同千手观音每只手都拿着笔,可把一件事写得各不相同那样,撞钟的和尚也是各有自己的撞法。总之,即便意在责难为所欲为的虚伪言语,但在这种蛊惑人的修辞偏好里，却有着在同虚伪本身的蛊惑性嬉戏似的奋不顾身之技法，只能让人感到在对歪曲的揭露中又有新的肆意歪曲。事实上，这次揭发由于权力斗争已波及文艺界，江青一伙早已把目标定在了1930年代，因此周把责任转嫁给冯的事即使暴露了，但是同把所有的材料公布于众重新追究真相也还是两回事。颈联列举主要朝代以及古代山岳信仰中的"五岳"（颠倒和省略是因为考虑到诗律），从历史鉴戒和人的气度这两点出发，再次对胡风表示支持。尾联的上句是对胡的"流离""坎坷"遭遇的愤慨。下句罗注和侯注都说万原（？）、上党（山西）是和胡风没有任何关系的地名，句意不明。然而如果"雪风"立刻让人联想到同音的"（冯）雪峰"，那么即使地名本身是信手所写，也不妨用这些地名暗示别的人（比如萧军、丁玲等）而表明除了胡风之外还有他们，进而包括冯雪峰。顺便说一句，这首诗在侯注《旧体诗全编·拾遗草》中又收在《赠冯雪峰二首》的题目下，可知写给胡以后，又"挪用"于赠冯了。

胡风：次原韵报阿垅十二首之十

何勘不假还无信，
岂可无私又不公？
装雅文官胡盖印，
吃荤和尚乱敲钟。
骄声刽子凶挥手，
媚态奴才怕挺胸。
害理何勘伸正义，

伤情岂可整歪风？

由于胡诗《全编》未收此诗，标题且从聂诗《全编》的附录。这首也是全诗对偶，与前三联对偶的原诗相应。首联责难那些标榜"不假""无私"，同时却反其道而行之的事，正和尾联对标榜为"文革"而相反却实行暴力表示怀疑相同。中间的两联也是谈卑屈和傲慢所交织的怪现象。本诗虽然没有日期，但从聂的原诗的题材来看肯定是在七月以后。与前一首相比，对于"文革"的看法也有了很大的不同。

聂绀弩：血压三首之一

川西逐客更西征，
还尔头颅代尔行。
方诩心期秋水阔，
忽惊血压海潮声。
戚忧贫贱平生事，
衰病流徙未死情。
三十万言书大笑，
一行一句一天刑。

这年9月上旬，胡风从成都被送到更西部的芦山县苗溪茶场，很快因血压异常而住院。听到这一消息，聂写了这三首《血压》诗寄去，以为慰问。茶场也是劳改农场的别名（潘汉年夫妇先后逝世的地方也是茶场），胡风是自己一个人被带走的，梅志则留在成都。诗的首联写胡被送到茶场的事。下句虽然比较难解，但《血压》三首之三有"尔身虽在尔头亡"的句子，是说胡风在精神上如同被处决了一样。联系起来考虑，是说此次简直像专门为让他受苦而归还给他精神，使其替代原本衰弱已极的身体前行。此句侯注本作"只有头颅代尔行"，意义与句形都更加机警，大概是推敲的结果吧。颔联写胡"心期"的澄清广阔，和自己听说血压突变后的惊讶。颈联的"未死情"，三首之三有"哀莫大于心不死"一句，与难解的第二句相呼应，可以参考。尾联"三十万言"后忽然有"大笑"，似乎显得唐突，然而也可以理解为聂诗的谐谑中偶尔发出的激烈愤慨之一例。结句的"一天刑"有两种读法，其一读为"一""天刑"，意谓天罚是"最高权威"直接下达的处罚，其二读作口语中的"一天""刑"，是说以三十万言的行数句数计算究竟每天要受多少刑？我采用后一种解释。

没有发现与《血压》三首应和的胡诗。可以推测三首诗是在这年秋天或接近年末的时候寄到的，茶场的胡风身心都已疲惫不堪。而翌年的1967年1月，"文革"派公开发表了他们的见解，认为不论是周扬还是胡风归根结底是"一丘之貉"（姚文元《评反革命两面派周扬》），胡风这才认识到"文革"运动不过是党内的权力斗争。此前，聂曾向他讲过红卫兵的抄家行为和作家老舍的"成佛"（作为直接原因的批斗和自杀都发生在1966年8月），上文所说的他要求把书信和诗烧掉，也是那段时间的事。

十 斜阳红一点——沈祖棻

古往今来，女性在中国诗坛上都不怎么活跃。特别是士大夫的文学，在以特权性文人及其候补者乃至落伍者的或积极或消极的感怀为有限动机的正统诗方面，少有女性作家出现也是没有办法的事情。即使是在"声色歌舞之间"开拓了近世缠绵私情领域的词（填词）之世界中，宋代李清照那样的烁星也只是例外中的例外，而且不要说她的《李易安集》十二卷（或七卷、十三卷）不知去向，她最重要的词集《漱玉集》（六卷或五卷）如今也只流传下来六十首左右而已。以"诗国"自称的这个国家，女性在诗歌方面的身影真是少得可怜，这与流淌着"女官文学"或"女歌"血脉的日本诗歌大有不同。

本来，身处彻底的文人优先之政治文化下的中国诗界，男性的活跃自然与日本武士支配下的世界不可同日而语。而在多以与妓女之间拟态恋爱为重要源泉而非其正业、不常显露的技艺方面，能使男人变得高雅的词这一形式，就其性质来说，其"婉约"（与之相对的是"豪放"）艺术尤有特色。近代以来，虽说限定在一定的范围之内，但在男女平等的知识领域的公开活动中，的确有由女性之手继承了这种"婉约"特长的倾向，虽然在一般的文学领域有什么著名的例子，我们并不怎么知道。这里，有一位据称是"李清照以来唯一的"，且不限于词而是代表了在旧体诗词整个领域中达到卓越成就的女词人。

我最初听到这种高度评价，是在与新旧体诗都擅长的诗人邵燕祥会面的时候。我试探着问他何以要写旧诗，他说是因为容易发牢骚。这个当然不难理解。我又问如今认真做旧诗的正统派中有哪些值得一看，他便给我展示了一本刚刚出版的《沈祖棻诗词集》（江苏古籍出版社，1994）。说到沈祖棻的名字，我只知道她是《宋诗评析》（香港翻刻版）这本非常好的诗词启蒙书的作者。也就是在这个时候，我第一次了解到这位女词人与著名的古典文学教授程千帆之间哀婉的夫妻故事，而且这故事还是她词作中重要的主题之一。程千帆这位纯粹的大学者很罕见地与我本书中列举的人物多有交友关系，在经历了被贴上"右派分子"标签而痛苦不堪的过程之后，如今令人欣喜地成了母校南京大学的名牌教授，且声望日渐高涨。我知道了这一层关系后，想起了积压在书房里的书籍中确有一本程千帆、沈祖棻合著的论集（《古典诗词论丛》，1954），不过即使读过了，在这本书中也见不到他们夫妇那漫长的故事，因为该书出版时他们的经历还没到一半呢。

我立刻去书店买了《沈祖棻诗词集》。该书是丈夫为了纪念亡妻而编，包括全部旧体诗遗作（词人自编的《涉江词稿》五卷三百八十首之外，又有《涉江词外集》一卷一百零八首，《涉江词》四卷四百零二首。"涉江"为见于《楚辞》的古代楚地歌曲名），包括笺注和序跋，以及诸名家的题咏和老师对集中一些词作的评语。书的装帧虽然简朴，却是饱含着深情厚谊且格式整饬的诗集。我大致地翻阅一过，感觉其中多词人喜好的瑰丽词语，很是难懂，且有千篇一律的倾向。但在有关作品的"本事"，即对这些词之背景的种种事实的详细笺注中，却有意想不到的解说，这一切都需要有时间来慢慢细读。总之，它让我至少产生了日后再读的兴趣。

之后，终于有了阅读全部诗词的机会，并弄清楚了它是以大时代为背景的，而其诗词及诗学又缠绕着夫妇的因缘关系，实在是值得珍视的诗集。还有一个让我感兴趣的地方是，这位词人年轻的时候也写过新诗和小说，我则有幸从舒芜老先生那里借到由程千帆所编的收录了这些作品的《沈祖棻创作选集》（人民文学出版社，1985）一读。我注意到，有着古典修养和新文学实践经验的舒芜，最近成了当今旧体诗词和一般读书界的中介而受到期待，他为这本选集写了序，推重精通新旧两体的沈祖棻。此外，他还作有详细介绍《沈祖棻诗词集》中"程笺"的文章（《前无古人的笺注》，收《未免有情》），可见他们是超出一般安徽同乡关系的好友。中国新文学史给《沈祖棻创作选集》预留了怎样的地位，暂且不论，其特征大概可以简要地归结为下面两点：于恋爱诗中追求柔和的温情世界，和寄托于历史小说之古典文明赞美中的昂扬的爱国情怀。自那时算起，已经过去数年的时光，如今夫妇两位分别有了全集（程的全集共十四卷，沈的全集为四卷）的出版，还有弟子们汇集各家评论和回忆纪念文的《程千帆沈祖棻学记》（巩本栋编）等，可以说参考资料已经相当充分了。可是，我的有关沈祖棻的文章却迟迟不能写就。倒并非在等着什么机会，主要是因为词的翻译很难处理。现在，终于想到可以放弃日译而采用旨在注释的训读法，且来试试看。

据《涉江词稿》末尾附录的程千帆"跋"，词人的履历可以概述如下：沈祖棻，字子苾，1909年生于苏州。1934年毕业于南京中央大学中国文学系，1936年毕业于金陵大学国学特别研究班。1937年与程千帆结婚。1942年后始教授诗律，历任于金陵大学、武汉大学等。1976年退休，次年遭车祸逝世。

下面结合她的词作，对其经历再做补充。古都南京与新文学的北京和左翼文学运动的上海不同，有一种保持着古典文学传统的强烈倾向。她通过国立中央大学和教会系统的金陵大学，得以在吴梅（瞿安）和汪东（旭初）等著名专家手下，走上读书和实际写作浑然一体的传统诗词之路，这同时又和她原本的读书人家庭背景以及游学之地的南京，深有因缘关系。不过，在理念上激励着男女青年艺术热情的还是新文学，她参加取名自魏尔伦《土星人诗集》而设立的"土星笔会"这一当地学生的文学团体，并写有新诗和小说，这可以说是源自与时代的关系。据说程千帆也参加了这个同仁文学团体，时而也写些小说，夫妻开始亲近是因她在相当于研究生院的特别研究班中，被誉为才色兼具却逾过了婚期，而正当此时，本科生程千帆因成绩优异得以参加研究班的学习，从而结下了缘分（程千帆：《桑榆忆往》）。

《涉江词稿》开卷的第一首，是大学二年级时的习作。

> （甲稿）浣溪沙
>
> 芳草年年记胜游，
> 江山依旧豁吟眸。
> 鼓鼙声里思悠悠。
>
> 三月莺花谁作赋？
> 一天风絮独登楼。
> 有斜阳处有春愁。

百花缭乱之春，这在大陆中国的诗之感伤中多成为对斗转星移的慨叹的种子，而"芳草""春草"等诗语，则因"王孙游兮不归，春草生兮萋萋"（《楚辞·招隐士》）这样的招魂呼唤等众多典故，越发与忧愁结下深深的渊源（前野直彬：《春草考》）。"吟眸"，乃表示以诗心眺望风景的诗语。"鼓鼙"，如白居易《长恨歌》"渔阳鼙鼓动地来"那样，也可以颠倒字的顺序表示在马上擂起进攻的大鼓。词的上片，与每年游乐的记忆连接在一起，可如今虽说这依然是引人眺望的诗兴的春天，或者正因为是如此的春天，那军鼓的鸣响才越发不断地刺激起悠远的兴亡之思。下片，言莺啼花开，胸中作诗的兴味仿佛与时局聊不相干，然而说到独上高楼观望那纷飞的柳絮，则引出这首词的结句。这首词，是1932年即"九一八"事件爆发的第二年，于中央大学汪东课上提交的作业（乔以钢《有斜阳处有春愁》，收《沈祖棻学记》），而笺注有"末句喻日寇进迫，国难日深"的说明。这样来解读末句，当然是有上片"鼓鼙"一语作为前提，也是诗歌史上曾有的语义。这样，此首词的形态就有了相当的拟古性，且末句又因显示出十分微妙的清新而受到周围的赞赏。"笺注"也记道"世人服其工妙，或遂戏称为沈斜阳"。另外，其师汪东的"评语"也有"后半佳绝，遂近少游"的极力推崇。据"笺注"讲，因这首词受到汪先生的肯定，沈祖棻始专心于词作，因此编辑这部诗词集时将此列于卷首，以明渊源所在。

这首置于卷首的词作的风格，也可以说代表了《涉江词》整体的倾向。因为，仅就用语而言，与"斜阳"类似的就有"斜日""斜照""夕阳""残阳""晚照""残照"等词语不断出现；而异国的军队鸣"鼓鼙"这样的事态，虽说早有"胡尘""胡马""胡骑"等被历史化了的词语来表现，但在《涉江词》中则是一贯地用作对现实之认识的基本形式的。此外，"吟眸""登高"等词语也是表现人物诗化的动作姿态时不可缺少的；至于和"愁"相同的"忧""悲""伤""叹""恨""泪"等词语，则更是让人感到在每一首中都有出现。

然而，仅止于此的话，《涉江词》也只能是局限在浸染于古典之中的女学生爱国感伤的范围内了。但实际情况并非如此，例证之一，便是她的新体诗集《微波辞》（标题取自魏曹植叙写与洛水女神梦里交欢的《洛神赋》"托微波以通辞"一句）中的恋爱主题，在《涉江词》中转变成反映结婚后生活的变化，及因战况各自辗转于工作之地而加重了离别之悲哀的夫妻爱，她的诗作由此获得了成熟感。《涉江词》跟随着新体诗无法比拟的传统诗词之历史年轮而写就，又与在连续的内忧外患中反复歌颂的战火主题相结合，使传统主题的表现得到成倍的强化。不过另一方面，虽说是对战火的传统化表现，却因二十世纪民族战争特有的复杂政治因素，而不能不浸透着具有强烈时代性的现实。于是，因试图以纤细优美的"婉约"风格的词来表现这古典化和现代化的对立抗争，《涉江词》的语言有时甚至意外地显示出其激进的实验性。在这一方面，从当初觉得有些千篇一律的文字渐渐读进去，会有一种相当沁人心脾的经验。

（甲稿）菩萨蛮 四之一

丁丑之秋，倭祸既作，南京震动。避地屯溪，遂与千帆结缡逆旅。适印唐先在，让舍以居。惊魂少定，赋兹四阕。

罗衣尘浣难频换，
鬓云几度临风乱。
何处系征车？
满街烟柳斜。

危楼欹水上，
杯酒愁相向。
孤烛影成双，
驿庭秋夜长。

　　词题的大意是，7月7日日中战争爆发那一年的秋天，继北京之后南京也面临被占领的危机，他们逃到安徽省的屯溪避难，在先到此投宿的友人让出的一间客房里，他们开始了婚后生活，总算得以再次获得安顿的心情，并于此写下这四首词。印唐是国学特别研究班的同窗萧奚荎的字，开战的时候是屯溪中学的教员，给他们以很大帮助。"缡"是古时候母亲给出嫁女儿的佩巾，而"结缡"则用于表示结婚。"阕"表示事物的终结，转而为称音曲告一段落或言词曲的一节。这首词为四首中的第一首，以"罗"修饰"衣裳"，用"云"比喻"鬓发"，这些都是词人爱用的美称。"征车"以远征的车拟喻颠沛流离之身。"危楼"与"高楼"同，二层楼的旅馆大概是建在水边的吧。"驿"是旅店的古称。通篇四首，与其说是表达结婚的喜悦，不如说更在于展现流离的悲伤，仅有的表现新娘化妆的言辞亦是"徘徊莺镜下，愁极眉难画"的调子。而且接下来便是"何日得还乡？倚楼空断肠"（第三首）。对于落入侵略军手中的故乡苏州家人的思念，亦是《涉江词》重要的主题之一。

（甲稿）临江仙 八首之一

　　昨夜西风波乍急，

故园霜叶辞枝。
琼楼消息至今疑。
不逢云外信,
空绝月中梯。

转尽轻雷车辙远,
天涯独自行迟。
临歧心事转凄迷。
千山愁日暮,
时有鹧鸪啼。

之四

画舫春灯桃叶渡,
秦淮旧事难论。
斜阳故国易销魂。
露盘空贮泪,
锦瑟暗生尘。

消尽蓼香留月小,
苦辛相待千春。
当年轻怨总成恩。
天涯芳草遍,
第一忆王孙。

之七

碧栏瑶梯楼十二,
骄骢嘶过铜铺。
天涯相望日相疏。
汉皋遗玉佩,
南海失明珠。

衔石精禽空有恨,
惊波还满江湖。
飞琼颜色近如何?
不辞宽带眼,
重读寄来书。

首先解释字面的意思。第一首的上片,猎猎的秋风中隐含着故乡萧条的影像,转而用升仙之理想难以实现的慨叹,暗示好像与恋人音讯不通的哀苦("云外"和"月中"均言仙境)。下片,说的是在咕噜咕噜的车声中旅途的孤独、不安、留恋。"鹧鸪"乃是比鹌鹑稍大的鸟,自古以来其啼叫声被比拟为"行不得也哥哥",即"哥哥你不要走"。

第四首的上片,慨叹古都南京繁华梦的败落。"秦淮"是象征南京繁华的河流,"桃叶渡"为河上的渡口,据传因书圣王羲之的弟弟献之在此送别自己的爱妾而得名。"露盘"是汉武帝建于建章宫的欲承天之露的铜制"承露盘",唐李贺的《金铜仙人辞汉歌》"序"传有这样的奇闻:魏明帝要将此移到自己的前殿时,捧盘的铜制仙人"潸然泪下"。"锦瑟"即瑟的美称,"生尘"则言空空放置的状态。下片,写期待与恋人再会的殷切愿望,以及过去的口角随水流去如今却唯有对其人的思念。"消尽"两句,是对李商隐《河内》"入门暗数一千春,愿去闰年留月小。栀子交加香蓼繁,停辛伫苦留待君"四句的缩写,誓言要遍尝辛草、尽选小月、忍耐辛苦直到最后,即使等待千年亦望再相会。"天涯"两句,则借前面引用过的楚辞《招隐士》中的"王孙游兮不归,春草生兮萋萋",来表达比谁都更期待着那人。

第七首的上片,写剽悍的马队掠过繁华的都城民居,在这样的世上拖着每日渐与故乡疏远的流浪之身,不知不觉间沁入到对那已经丧失了的有缘的土地的思念之中。下片,拟写神话中勇敢、坚强、奋不顾身的神鸟,于其无限仇恨和溢满江湖般的颤栗中,追溯着仙女般的人之身影,而不顾消瘦地反复耽读着来书。"碧栏"和"瑶梯",分别是栏杆、楼梯的美称。"楼十二"则言楼阁的林立。"铜铺"即供敲门用的带兽首衔环的铜制"铺首",这里是家门的换喻。"衔石精禽",即溺死于东海的炎帝女儿化作精卫鸟衔西山木石以填东海的神话。"飞琼"是《汉武内传》中的仙女许飞琼,后泛指一般的仙女。"宽带眼"指消瘦得腰带扣也宽松了。

如上所示,这些词设想了种种境况,似乎可以作为一味咏叹艳情的作品来解读,但又有对某种现实性的东西的暗示隐含其中。而据"笺注"说,八首词均为1938年秋入四川后不久时所作,历叙自南京经屯溪、安庆（安徽），武汉（湖北），长沙、益阳（湖南）到重庆之途中的种种事项，正所谓"极征行离别之情"。第一首的"波""叶"隐喻日军的侵略和民众的流亡，"琼楼……"三句言前线的消息中断而战况无以判断。下片，讲两人一起在安徽的中学执教，可不久南京沦陷，屯溪也处于危机之下，首先是沈祖棻带领四名学生逃往安庆，其新婚离别的思绪寄托于"独行""临歧"等语词中，我想这样的理解也顺理成章。可是关于第四首，我刚才介绍过说是套用李商隐《河内》诗，而笺注则进而说"当年"三句表现了沈祖棻对当时国民党政府及蒋介石的看法，即谓其过去行为虽颇不合于众口，然若能坚持抗战，有补于国，则昔日之怨固可转为今日之恩也。因此"王孙"说的乃是蒋介石。读到这里，我不觉有些惊呆了。进而，第七首的上片"碧栏"三句，则喻沿海沿江的历史名城接连沦陷，敌军长驱直入，流亡至后方的人民与故乡相距愈远也；"骄骢"指"寇骑"，而所谓"汉皋"（湖北古代山名）、"南海"（广东古代县名）分别指武汉和广东的失守。看了这些注释，我开始有了"原来如此"的感觉。至于"精禽"为"精卫鸟"的另一种说法比较好理解，所以联想到汪精卫也并不困难，然而，说下片都是以由重庆逃亡到河内的汪精卫响应日本所谓"近卫三原则"而发表建立"和平政权"宣言这一事件为主题的，我便想在当时有谁会这样来解读此词呢？按给出说明的"笺注"之诚恳的解释，大意为：汪少时从事民族民主革命，尝自比神话中欲衔木石以填沧海之精卫鸟，以示至死不渝之意；然晚节不终，竟堕落为汉奸，故曰"空有恨"也。"飞琼"一句则是：虑蒋介石难以承受此挫折,并望其不变抗战到底之初衷也。"飞琼"指蒋,颜色喻心情。"寄来书",指1937年8月13日日本进犯上海,全面抗战开始后,国民党政府发表的自卫宣言。此件发表已年余故曰重读。另外,有关这首词特别是上片,汪东先生的评语为"身世家国之恨打成一片",就是说自身的境遇和家庭乃至国家的命运是被作为同一个不幸而糅合为整体来描写的。这与沈祖棻的另一首词《丁稿·八声甘州》题记所谓"汪师寄庵(汪东的别号)敦敦以民族大义相诰谕"正相合,我想这生动地说明了抗日战争时期旧体诗词呈一时昂扬之势的理由和意义。

(外集)金缕曲

余病八阅月矣。印唐始约养疴白沙,素秋复邀就医渝州,皆不果行,而两君者顷亦多疾苦。余既谱金缕曲以寄素秋,言之不足,因再用此调分寄。词成自歌,不知涕之无从也。

寂寞人世间。
论游交、死生患难,
如君能几?
辛苦分金怜管叔,
知我平生鲍子。
更莫说、文章信美。
不见相如亲卖酒,
算从来、词赋工何味?

> 心血尽、几人会?
>
> 重逢待诉凄凉意。
> 且休教、等闲飘尽,
> 天涯涕泪。
> 我亦万金轻掷者,
> 今日难谋斗米。
> 空料理、年年归计。
> 一样关山多病日,
> 未能忘、尚有中原事。
> 堪共语,
> 儿和姊。

　　这首词收入《涉江词外集》,对作者来说即是没有选入正集的一首,而为了解从作者和读者两方面规定了涉江词世界的诗词活动起见,我在此略作赏析。

　　如词题所示,前一篇同词调的作品有欲言未尽者,因此才又有了这一首的写作。前一篇的"金缕曲"也是放在《外集》中的,其词题曰:"乙卯秋,扶病西迁雅州,得浣溪沙十阕,分呈寄庵师及素秋。师既损书远问,秋嗣笺来,复举梁汾我亦飘零久之语,用相慰藉。秋固泪书,余亦泣诵。盖万人如海,诚鲜能共哀乐如秋与余者也。"由此可以表明,这些乃是流亡中的师友之间陆续往来的诗信。后一篇的"金缕曲"题记中所见友人之一的印唐,已在咏结婚的作品里出现过，而阅其"笺注"可以明白，他后来转任"国立女子师范学院"教授，曾劝沈祖棻来这所女师学院所在地的四川省江津县白沙镇疗养。另一位叫"素秋"的姓尉，是在中央大学时一起于汪东门下学作词的伙伴，如前一首"金缕曲"题记中强调的那样彼此有着特别亲近的关系，是《涉江词》词题中出现最频繁的一人。大概这尉素秋也在重庆，故劝沈祖棻来此疗养的吧。这首词的词题最后所谓"不知涕之无从也"，是模仿孔子的"予恶夫涕之无从也"（《礼记》）。孔子为哭某死者，曾将自己马车上的副马解下来作为奠仪，弟子们愤愤不平地表示这太过分了，而孔子则作出上述回答。孔子以为只流悲哀的泪水而无具体的物赋予其形式的话，则不免空泛且无所适从，表明他重视繁文缛节的形式。沈祖棻将"恶"改成"不知"，表示在心情上不管礼之形式如何，总之是断不了流泪的。

选这首词，我主要是考虑其散文化的表达容易理解，但上片中所用的典故还是有说明一下的必要。这里说到春秋时代帮助齐桓公完成霸业的管仲，曾因好友鲍叔牙的推荐当上了宰相，后忆起鲍叔牙，慨叹往昔两人都贫穷时，曾与其一起做生意，分财分利之际自己多取，鲍叔牙却不以为贪，因为知道自己贫穷。所谓"管鲍分金"的故事，用以比喻友人之间深深的信赖和理解。另一个说的是两人于漫漫作诗途中同病相怜时所引的汉文章家司马相如与相爱的卓文君一起出逃、开小酒店勉强糊口的故事。还有下片中慨叹战时物价高腾的生活之苦和同样的病魔缠身，但同时相互激励不要忘记抗战大义时所说的"中原之计"，与对一生顾念着恢复被金所夺的中原而闻名的南宋"爱国诗人"陆游等人的记忆，深深重叠在一起。

　　作为题外话，我想说说自己一个小小的发现。前面以毛泽东的《沁园春·雪》为话题时，提到重庆国民党系统的报纸上，在毛的原词和柳亚子次韵之后还有一个作次韵以讽刺毛与柳的投稿词人，其名字正是"尉素秋女士"。有关这位在其他词中也常出现的女性，"笺注"曰"现居台湾"，我理解这大概是与其词的内容相符合的政治选择的必然结果吧。而且，这位尉素秋女士在"文革"结束后两岸关系缓和时，于台湾发表的回忆文章也收到了《沈祖棻学记》中，更具体传神地展现了她们作词活动的环境气氛。这篇题为《词林旧侣》（最初发表在1984年4月《中国国学》第11期）的文章记道，受吴梅和汪东熏陶的女学生在校期间组织了名为"梅社"的词社，她们将各自钻研的成果结集成卷时各自署的笔名，是从字面能够表现本人特征的词牌中选出的，而平常大家互以《红楼梦》中的美女名作为绰号，等等。顺便一提，配给沈祖棻的词牌为"点绛唇"，这是因身为"苏州美人"的她令人瞩目的容貌和服饰，还因她使用颇为引人注目的在当时学生中很少见的口红。然而，《涉江词稿》中到处可见的沈祖棻所披露的特殊个人友情，在这篇文章中却没有些许流露。这是不是因为此回忆文章另有自己的写作动机或角度呢？我不知道。

　　　　　（乙稿）宴清都

　　庚辰四月，余以腹中生瘤，自雅州移成都割治。未痊而医院午夜忽告失慎。奔命濒危,尽乃获免。千帆方由旅馆驰赴火场,四觅不获,迨晓始知余尚在。相见持泣,经过似梦,不可无词。

未了伤心语。
回廊转、绿云深隔朱户。
罗茵比雪,
并刀似水,
素纱轻护。
凭教剪断柔肠,
剪不断相思一缕。
甚更仗、寸寸情丝,
殷勤为系魂往。

迷离梦回朱馆,
谁扶病骨,
愁认归路。
烟横锦榭,
霞飞画栋,
劫灰红舞。
长街月沉风急,
翠袖薄、难禁夜露。
喜晓窗,

> 泪眼相看,
> 褰帷乍遇。

一如长长的词题所言,这首词吟诵的是入院准备做肿瘤手术的医院发生火灾,避难后与赶来的程千帆失之交臂,等到终于见面后两人相见持泣的经过。有趣的地方,在于作者特意选择词不易表现的慌慌张张的刺激性气氛为题材并下了工夫。

第一句,是以唐突的方式抛出两人终得相会而伤心话难以尽说的情思,如悬在空中一般。接下来,仿佛要再一次确认其记忆似的追述住院当时的情景。"回廊"两句,大概在说医院的绿荫深处有别于权贵和富豪之庭园的另一番景象。"罗茵"三句,写的是清洁的被单、锐利的手术刀和白衣护士。这里,沈祖棻借用自己反复研习过的作为"慢词"长调词范本的宋代周邦彦的词,将医院的现代设备巧妙地写入词中。周邦彦的词句"并刀如水,吴盐胜雪,纤手破新橙"(《少年游》,"并""吴"均为源自地名的修饰美丽的语词),传神地捕捉到用女子白玉般手指切开橙子的动作。"凭教"四句,如自注"割瘤时并去盲肠"所言,以"柔肠"代指盲肠,歌咏夫妻之爱,隐含着机智的幽默。下片,"迷离"三句写从火灾现场被救出的自己忽然醒来;"烟横"三句是在回忆火灾时的情景。不过,与上片的充满机智相比,下片反而不禁让人感到作者把偶然发生的火灾过于涂脂抹粉地诗化了。这好像要暗示或诱导人们,从火灾现场逃出来的记忆中再"梦回"到让词人更关注的游学地南京乃至故乡苏州沦陷之灾的想象中似的。这样,才能深切体会到"愁""归"的用词法乃至接下来的把"锦榭""画栋"之华丽与"劫灰"(佛家所谓"劫灰"指世界末日的大火灾乃至劫余)之空虚相结合的一种不祥之美。最后的"长街"三句,始生动回想起昨夜的避难,极度寒冷和不安中迎来了欢喜的邂逅,场面回归到开头的"未了伤心语",余情往复回荡(参见《程千帆沈祖棻学记》所收陈望衡《沈祖棻〈涉江词〉的美学特色》)。

这样读来,足以推测作者在生活和写作两方面历经数年的磨难后,《涉江词》从学生时代拟古式的习作而达到了如何成熟的境界。实际上,在婉约词固有的修辞法基本未改的情况下,其作风的变化却渐渐明朗起来,正如汪东师评所言,这种变化指向的是更平淡、更强有力的词境。汪东曾对前面提到的《菩萨蛮》《临江仙》评论道:"皆风格高华,声韵沉咽。韦冯遗响,如在人间,一千年无此作矣。"(据说汪东本人甚至对自己的词作多所保留而极其佩服这位弟子的才能)另有:"寻常语,翻进一层,便尔深刻"(《乙稿·燕山亭》)、"自此以下,词境又一变矣。……弥淡弥雅,几于无下圈点处。境界高艳。然再过一步,恐成枯槁"(《乙稿·点绛唇》)、"此以下格又变,易绵丽为清刚"(《乙稿·河西》)、"善以新名词入词,自然熨帖"(《乙稿·浣溪沙》三首)、"随笔写来,此境殊不易到"(《乙稿·浣溪沙》)等等。这些评语主要针对的是沈祖棻1940年夏至1942年所作词,而与这些变化并行的是最早见于《临江仙八首》中咏叹时事的词,以及更为具体的讽刺世情与激烈批判政治的比重的增加,到了抗日战争胜利后的国共内战时期,这种倾向甚至占据了《涉江词》关注的首要方面。

我注意到了这种变化，又选了一些作品来解读。结果，发现这些作品从题材和面对题材所显示的姿态两方面都更突出了政治性，不过这里的政治性从前提上讲，和通过铅字媒体面对不确定的公众来宣讲自己的信仰或者试图作启蒙宣传这种意义上的政治性不同。而且，在《涉江词》中于固有的柔美的内部语言或文体之上，更存在着涉及政治时自己独特的手法。所谓独特的手法，指刚才提到的《临江仙八首》中尝试过的暗示法，并在后来的《乙稿·浣溪沙十首》那长长的词题一段中有所说明：余"每爱昔人游仙之诗，旨隐辞微，若显若晦。因效其体制，次近时闻见为令词十章"。进而，在其续篇《丙稿·浣溪沙三首》词题中，更直接称前面的十首为"游仙词"，特意强调："事非一时，语皆有托。虽或乘列仙之趣，亦庶几风人之旨（古代民谣的反映民风。——引用者）。"这里所说的"游仙"，大概指《文选》卷二十一所收晋郭璞《游仙》七首等以飘渺的诗风寄托对世俗政事的交涉那样一种仙界逍遥诗。而再往后的《戊稿·鹧鸪天》之程千帆"笺注"，则以"大抵作者东归后所为美人香草之词皆寄托其对国族人民命运之关注"，来解释《涉江词》中愈发频繁出现的此种手法，并说明这是继承了屈原之后以"美人香草"式男女关系的隐喻，来寄托因谗言而遭君主冷落之慨叹的传统。在正统的诗歌中，确实常有拟妇女的口吻来叹息君主的不当行为或遭庇护者冷遇之例，这乃是传统中原本存在的。而本来与或大或小的政治性了无关涉的婉约词中，对此种"寄托"的强调，则始于清代"常州词派"的张惠言批评晚唐温庭筠的艳词为"感士之不遇"。(《词选》)程千帆的"笺注"接着说：

沈祖棻"尝谓张皋文求之于温飞卿者,温或未然,我则庶几"。就是说,张惠言有硬要在温庭筠那里发掘他本所没有的东西的倾向,而沈祖棻自己则正好呼应了张惠言的要求。在此,从张惠言到程千帆、沈祖棻那里,有一个共同的思想,即词作终归也要秉承士大夫读书人的传统的。由于这种思想的存在,《涉江词》获得了高度的评价,其道理自然不难理解(就连李清照终归也是如此)。不过,我想这里也隐含着中国诗之女性创作不发达的一个原因吧。当然,只能说任何事情总有弊有利,正是因此才有的政治性毫无疑问也是历来诗之一要素。

(乙稿)浣溪沙十首之四

昙誓终怜一笑轻,
云軿不向阆门停。
空劳珰札寄瑶京。

娲氏石成天又裂,
麻姑鬓改海难清。
彤弓彤矢总无情。

这首是所谓"游仙诗"的一个例子,作于1942年。

"昙誓"指千载难逢的约定,"軿"为女子专用的以帘子遮盖的车,"云"乃美之修饰语。"瑶京"是繁华都市乃至天上街市的美称,"珰札"是形容书信的美称。"娲氏"即女娲,神话中以五色石修补因英雄们争战而裂开的天的女神。"麻姑"亦是神话中年轻美丽的女仙。"彤弓""彤矢"均为古代天子赐予诸侯和大臣的涂有朱色的弓矢。这首词责难对方将恋爱的誓约书付之一笑而毁弃,慨叹相互之间的鸿沟之深难以填平。据程千帆的"笺注"所言,这是在非难1941年春于重庆召开国共合作下之国民参政会时共产党当初答应参加终而拒绝的事。所以,"阆门"指抗战首都重庆,"瑶京"是远在边境的共产党根据地延安,而结句的"彤矢"亦是指共产党系统的势力。《浣溪沙十首》之一中依然把蒋介石比作"天人",不足以说明作者对共产党的态度有了变化。而"笺注"则解释说,这是出于当时认识上的误会,"后作者认识上有进步,拟改彤弓彤矢为庐弓彤矢,但终未能变更全词之倾向性,故词集初版时删去此首未刊",作了详详细细的说明。总之,这是《涉江词》首次谈到共产党的动向。

之八

一夕惊雷海变田,
群龙何处驾瑶轩?
素云黄鹤拥飞仙。

周穆虫沙空历劫,
淮南鸡犬亦升天。
忍传消息到人间。

"海变田",更确切地说是"沧海变桑田",比喻世情的激烈转变。在这种激烈变化的惊雷轰鸣之中,只有坐拥白云和黄鹤而飞行的仙人于群龙疯抢交通工具的惊慌失措中升上了天空。"周穆虫沙"是借传说以喻兵卒,相传随周穆王南征的一军之中,君子都化为猿鹤,小人则变成虫沙。"淮南鸡犬"则出自汉淮南王刘安因谋反罪而被逼自杀,传言却说是喝了仙药与家禽一起升天,后世称此为"一人得道,鸡犬升天",比喻一人做官一族富贵腾达。就是说,士兵们辛苦作战,有人却巧妙地登上了仙界,结句言不忍把这样的消息传给下界。如果了解当时的新闻消息的话,这首词所"寄托"的东西是非常容易明白的。据"笺注"言,1941年日军攻占香港,众多显贵纷纷逃难,国民党系统的财阀巨头孔祥熙次女乘专用飞机逃出时,不仅携家人仆婢同行,且爱犬也带上飞机,于是全国舆论哗然。沈祖棻这一系列作品持续地以下列时事动向为题材:从拥护蒋介石而非难汪兆铭一派,到陷入无法自拔状态的日本的前途,到日军偷袭珍珠港为止美国的踌躇逡巡乃至苏联难以理解的动向,还有对印度参加抗日阵营的期待,以至于德国国家社会党副党魁赫斯以空降方式突然对英国的访问等。而前面提到的相当于此十首续篇的《丙稿·浣溪沙三首》,则以抗战末期的1944年宋美龄愤慨于蒋介石私通绯闻而出走美国的事件为讽刺对象。还有稍早写作的《丙稿·鹧鸪天四首》,吟咏的是夫妻一起在暂时疏散到成都的金陵大学获得教职,但因向教育部揭发当局贪污配给教职员及家属的"平价米"又遭解雇的事件。作品后面则附有程千帆基于共同经历所作的详细"笺注"。

《涉江词丁稿》和《戊稿》的词，作于抗日战争结束到人民共和国成立前夕的时期。而抗战之后的《涉江词》最大的关心事项，如《丁稿》开篇的《声声慢·闻倭寇败降有作》所示，与其说是胜利的喜悦，不如说更表现了当时中国人所说的"惨胜"之悲哀。即对在本国领土上长达八年的使自己的故乡遭到毁坏的战争伤痕的痛心，以及对不久国共两党内战再起的令人心寒的时局之忧虑。就这样，沈祖棻的词以不亚于抗战时期的战后的紧张生活为背景，内容上虽异曲同工，但由于每一首都在定型的模式下获得了语言自如表达的强度，所以有不少读起来效果极佳的长篇词作。另一方面，与这位词人的古典感觉互为表里的那一种爱国情怀，曾以拟古的方式得以寄托于"蒋委员长"这一偶像上，如今因幻灭于国民党政府而产生的愤慨，则突破了柔弱的慢词或"游仙词"式的韬晦，甚至表现出以往不曾有过的坦荡直率的调子。这方面的例子，我们最后再选两三首。

(戊稿)浣溪沙六首之一

何处秋坟哭鬼雄？
尽收关洛付新烽。
凯歌凄咽鼓鼙中。

谁料柱经千劫后，
翻怜及见九州同。
夕阳还似靖康红。

第一句，是将唐代李贺的"秋坟鬼唱鲍家诗,恨血千年土中碧"（《秋来》）中的"鬼"换成了见于楚辞《国殇》的"鬼雄"（鬼中雄杰、战死者）。"关洛"，即关中和洛阳，泛指中国北方。上片，写付出巨大牺牲而终于收复的故土却再燃战火，其中交错着凯歌和呜咽。下片的第二句，拟南宋陆游不见国土北半部分的收复而写给儿子表达遗恨的临终诗"死去元知万事空，但悲不见九州同"（《示儿》），以言勉强的获胜反而令人感到可哀。抗战胜利了，反而出现如此令人苦闷的事态，讽刺性的思绪在战后的《涉江词》里变换着语词多次得到咏叹。关于结句，程千帆的"笺注"引《宋史五行志》"靖康元年润十一月庚申，日赤如火，无光"，指出此句言"盖亡征也"。

（戊稿）谒金门二首之一
丁亥六月一日，珞珈山纪事。

> 山月黑，
> 枝上杜鹃低泣。
> 残夜敲门传唤急，
> 暗尘愁去客。
>
> 驰道雷车转疾，
> 欲挽飙轮无力。
> 填海冤禽无片石，
> 血花空化碧。

据"笺注"说，这首词咏的是词题中"丁亥六月一日"凌晨，国民党特务数千人包围武汉大学，用国际法禁用的达姆弹枪杀学生(死者三人、轻重伤十九人)及教职员二十人的事件。上片末句的"去客"，指的就是遭逮捕的同僚们。"暗尘"，如前面的词所言"锦瑟生尘"等，是对已无弹琴之人的乐器上尘土的感情移入，以强化其空疏感，这也是词人喜用的词。下片第二句的"飙"原为状写狗奔跑的样子，转而表示疾走、疾风，与"轮"合为一词写前句"雷车"急转弯的车轮，以喻狂奔不止的暴力。第三句的"怨禽"（怨鸟，惨遭灾祸的鸟）乃是精卫鸟的别名，作者以填海而不停劳作的鸟之故事来申诉反对内战的人们令人绝望的困境。这同时又与上面引用的李贺诗中忠臣烈士之血化成碧玉的另一个典故相连接，而将思绪凝聚于有为青年无益流淌的鲜血上。"笺注"特别记道，"自经此现实教训，知识分子思想变化之进程遂以加速，作者亦不外也"，指出了这一事件的历史意义和作者其人政治自觉终将到来的大转变。

（戊稿）鹧鸪天四首之三

满目丘虚百战场，
更忧胡马待窥江。
当年深恐真亡国，
此日翻羞说受降。

盟反复，

血玄黄。

乾坤一掷独夫狂。

中原逐鹿英雄事，

成败何心论寇王。

上片，状写"惨胜"后的废墟又处处成了国共两党势力冲突的场域，进而忧虑自南北而来的美苏两国侵入的可能事态，于此，抗战中亡国的恐怖反成了真实迫近的感觉，而胜利后的今天却羞言胜利，这是上面一词也曾出现过的对战后悲惨境况的讽刺性表现。下片，慨叹国共两党之间停战协定的反反复复，期间每次都伴随着不断的流血（"玄黄"为黑与黄，即天和地的颜色，其转义相当复杂。这里取义《易》之"龙战于野，其血玄黄"的古老成语），尤其是把以铲除共产党势力为目标而不惜挑起全面内战的蒋介石称为独夫狂，而困惑于争夺国家权力的国共两党已失去论正邪的根据这样一种局面。作此词的前后，还有一些言男女间"决绝"的词比较显眼（如《戊稿·洞仙歌》《戊稿·玉楼香二首》等），似乎也与对蒋的彻底幻灭有关。不过，说她对蒋已然放弃了期待，却也并非意味着马上转为对共产党有所期待了，正如这四首词的"笺注"所言："由反对内战转而进行解放战争，尤非祖棻当时所能解，故有英雄逐鹿、霸图未分之叹。"

到此，有关《涉江词》部分作品的解释就结束了。沈祖棻自编《涉江词稿》是在 1949 年春（见程千帆《涉江词外集跋》。不过这篇跋文中提到的"乙丑春"当是误记或误排，现从汪东《涉江词稿序》的落款"己丑四月"改之），此时正是新中国建国的前夜，沈本人也年届四十，这以后作词戛然中断（参见程千帆《涉江词稿跋》）。下面，依据程千帆《沈祖棻小传》（见《沈祖棻创作选集》，后又收入《沈祖棻学记》），略记其建国以后的情况："解放以后，和绝大多数的旧知识分子一样，她看清了祖国复兴的期望和自己的前途，基本上放弃了创作而集中精力从事教学。"但是，1957年丈夫被划为"右派分子"，进而至九年后"文化大革命"爆发，这对夫妇又上演了一段苦难的故事。而"1972年以后，她忽然拈起多年不用的笔，写起旧诗来，为自己和亲友在十年浩劫中的生活和心灵留下了一些真实而生动的记录"。她去世后，程千帆将这些诗结集为《涉江诗》（四卷四百零二首）出版（1985年）。关于这些以完全有别于词的形式保存下来的诗，我想有机会另文再谈[补注]。

[补注] 我的这个计划还没有实行。仅就沈祖棻而言,其以近乎专业的精神而创作的上述词作,毫无疑问其比重远远超过建国以后的诗作。另外,从诗史的鸟瞰这一角度来考虑,这里讨论的沈祖棻词作,或者可以弥补本书第七章没有涉及扬帆抗战时期的词作这一不足吧。

附录一

旧诗之缘
——聂绀弩与胡风、舒芜

去年（1993年）暑假在久违的北京度过了悠闲的一个月。动身的时候我曾带上刚刚从书店寄来的《聂绀弩诗全编》（学林出版社，1992）一书，为的是客中消遣，而患感冒睡在床上的时候，这还真是一个好的消遣慰藉呢。不过，对于这本书我感到有一点儿因缘在，这也是个事实。

对聂绀弩这位作家并不曾有什么特别的关心。回想学生时代，除了脑子里有这样的记忆：在鲁迅晚年的那场"国防文学论争"中，聂绀弩和胡风一起决然站在鲁迅一边，建国后虽聂的名字没有划到"胡风反革命集团"中去，可还是被打成了"右派"分子；再就是虽然对于他的《水浒》研究有过一些兴趣，而从如今他的被称为鲁迅之后最高峰的"本行"杂文创作的十几册旧作中选辑而成的唯一一本选集《聂绀弩文选》（1955），我好像也未曾专心致志地读过。

可是，不久前从鲁迅博物馆姚锡佩女士那里寄来了一册她参与编辑的纪念文集《聂绀弩还活着》（1990），我拣其中诸家的回忆浏览一过，对这位众人均称"怪人"的作者的形象及建国后的受难实情等等，产生了新的兴趣。得知这位"右派"分子因劳动改造被送到有名的东北北大荒，最后于"文革"中作为"现行反革命"分子被投入狱中，而就是在这种处境里，他竟至热衷于旧体诗的创作，并且诸家回忆文章中所引的作品也确实证实了人们对其诗作所谓"奇诗"的评价，这也是使我感兴趣的一个因素。故在书店的征订书目中见到了上述《聂绀弩诗全编》时，便马上预订了一本。我还注意到，《聂绀弩还活着》一书中所收的胡风遗孀梅志的文章中谈到，在仿佛大患一样展开的"批判""斗争"之后，"文革"前的一个时期里，胡、聂两人之间曾有过秘密的诗之唱和，这是同好之间的相互信赖仍留存下来的表现。而且没想到的是，这本书中还收录了舒芜涉及与聂绀弩频繁往来书信的内容的文章，这些书信有的谈到了旧体诗问题。

"胡风集团"与党的文学主流之间长年积累下来的争执一朝变成了"反革命"事件，对于其间舒芜所采取的行动，胡风等人绝不会饶恕的吧，这恐怕不必在胡风集团"骨干分子"贾植芳门下的李辉所著事件始末记《文坛悲歌》（1988）中去到处征引材料，也会容易想象得到的。上次，即1986年夏天，我偶尔逗留北京期间，被拉去参加鲁迅博物馆主持的"敌伪时期周作人思想、创作研讨会",就在那个会上得以与舒芜相识,后来时而得到他寄赠的论著等,有时还间接地得到指教,我却一直没有问候致谢呢,而那次回国后在所写报告研讨会情况的文章中,我曾这样写道:

> 此人于五十年代中期前后"胡风反革命集团"事件的时候,曾扮演了将盟友胡风的私信披露出来的角色,其详细情况依然不甚明了,而至今沉重的记忆仍沉淀在我们的脑海里。就此思考起来,这位恐怕承担了比胡风更为难堪的伤痕的老理论家,如今与周作人发生瓜葛,大概不会是普通的偶然之事。不过,眼下这也只能是我的一种推测而已。

我没能及时答谢,完全在于我自己的不慎,因此,这回即使为了情理也得去拜访他,顺便也想进一步请教一些问题。对舒芜这位先生,无论如何也想提出上面这段评语中的问题,这在我们这一代人是非常自然的事。然而作为外国人之间的交往,不要介入这种已经过去的往事大概是一种礼节吧。何止外国人,在"文革"之后的人们眼里,胡风事件也好,反右派斗争也好,已然成了一个整体,而且说不定这样观之更容易接触到问题的本质。然而,胡风事件相关者的证言终于得以相继公布出来,甚至出版了李辉那样的专著。这个时候通过聂绀弩而凸现出舒芜来,我心里又一次想起与这个名字难以分开的那些过往的问题,也是没有法子的事。我于是拿出捆成一捆的事件当时的材料翻看,几乎已经全都忘记了，不过可以看出，在一度曾想考察一番的痕迹里，有我自己的困惑残存其中。

大概姚锡佩也曾有过与我相似的想法吧。《聂绀弩还活着》所收姚的一篇文章中专为此设了一个章节，她引用因惊讶于晚年聂与舒的亲切交往而自己直接询问聂本人所得到的回答，以及聂给舒的其他信件，在文章中表示终于理解了聂那种并非单是"惜才"的深入谅解和"交友之道"。另外，该书还收录了触及一件繁难复杂事情的文章，即与事件直接有牵连的耿庸提出的一连串疑问：如此与胡风深有关系的聂为什么没有被打成胡风分子（据附录的年谱所载，肃反运动时"隔离调查"的结果是给予"党内观察"及"撤职"处分，后来在确定为"右派"的同时又剥夺了党籍）？他是不是也参与了对胡风的揭露与批判？对于前一个疑问，耿以自己非胡风门下为由未予回答；关于后一个疑问，则指出胡风将舒芜的《论主观》发表于自己主编的杂志《希望》上，以此为理由，党组织曾在解放前夜的香港部署过党员集体的批判运动，其时聂也作为党员写了批判胡的所谓"主观战斗精神"论的文章，这是事实。但是，耿以被视为"反革命"文书的胡之"三十万言意见书"，只有聂在"文革"之中仍再三吟咏这一事实为例，赞扬了被称为"吊儿郎当""自由散漫"的聂之"严谨、热烈、勇敢"的一生。进而，在诸家的回忆文章中还透露出聂下面这样的身影，如在港期间从桂林方面不断传来胡风投降日本的谣言，对此聂曾敲着桌子表示愤慨；又如在建国后的某次胡风批判会上，聂公言自己没有发言的准备而愤然离席退场，致使会场内为之"愕然"。据说聂还得到过周恩来

"大自由主义者"等有趣的命名。不过,对看来好像只因自己少有幻想才获得自由的这个聂绀弩,其对舒芜的谅解,我虽为外人也觉得没有什么不好的感觉。

我该怎样来写这篇"随想"(此文最初发表于《中国——文化与社会》杂志的"随想"栏)呢?聂绀弩那样的杂文家在被剥夺了一切之后所写的旧体诗,确实为我所珍重喜欢。可是,若要专论这些诗,我还没有完全消化好那些讲究的诗词修辞技巧,而且这里也不是作专论的地方。总之,我这里谈到的只是将《聂绀弩诗全编》这个适宜的旅行伴侣,连同一些深入关注的问题带到了北京。先说结果吧,我在北京按预定计划走访了舒芜老,又以这本书为媒介二次造访添麻烦,我感到从舒芜那里所得到的是郑重诚挚的交往,其中还包含了对上述问题并不介意的直率回答。这都是托聂绀弩的福了。还有,因了上述关系,我还买到了本不会去注意的《胡风诗全编》、胡风女儿晓风所编厚厚的一册《我与胡风——胡风事件三十七人回忆》等,回到日本后又开始了已长时间疏远的这方面的学习。总之,因了这些情况,我想到要杂谈一下围绕聂诗的一些事情。

《聂绀弩诗全编》乃新旧两体诗的总集,新诗部分只选了作者于1983年以《山呼》为总题所自选的长短十八首。与之相比,旧体诗方面收有已刊的《散宜生诗》(1982)中的四草(北荒草、赠答草、南山草、第四草)共计二百六十二首,又附有集外佚诗一百六十四首(拾遗草),而且全部作品都追加了相当详细的笺注,如书名所示,真可谓一本全部诗作的集成。进而,作为附录一共收入包括作者本身在内的十九人二十七篇有关聂诗的文献，其中一部分与上面提到的《聂绀弩还活着》有所重叠，两书合在一起构成了有关聂绀弩的一生和文学，特别是晚年诗作的丰富资料。《全编》一书署有：罗孚编，侯井天、罗孚辑，朱正、侯井天、郭隽杰、罗孚笺注。这些人物都值得介绍一番。主编罗孚原名罗承勋，另有史复等笔名，一直在《大公报》做事，据说与同为辗转于新闻界的聂有三十来年的交往。其实，我看到这个名字的时候便感到有些惊讶，因为前不久有香港《大公报》副总编辑头衔的此人，曾以柳苏的笔名写过一本《香港、香港……》，而香港的友人介绍说，此人因"美国特务"的嫌疑被中国政府逮捕，十年刑期结束后最近刚返回香港。另外，也是在不久前翻阅《明报月刊》时，发现题为《燕山诗话》的连载中相继举出了周作人、胡风、聂绀弩、舒芜等名人，使我产生了兴趣，而这个连载的作者程雪野也即是罗孚。就是说，虽说是遭逮捕，但也只是不准回香港罢了，而本人则出入于北京老文人的沙龙聚会，仿佛玩得很优雅潇洒，这种奇妙的政治处分用专门术语讲好像就是所谓的"保外就医"了。

相当于《散宜生诗》之前身的《三草》(1981)由高旅作序在香港出版，这也主要是罗孚尽力的结果。另外，在香港成书出版的周作人《知堂回想录》(1970)，如卷末曹聚仁的"校读小记"所言："此稿，正如老人所再三说的，乃是我所建议，却是罗兄所大力成全的。"我直到最近才知道这"罗兄"即罗孚[补注一]。侯井天似乎更是奇特的人物。此人系家居山东的退休老干部，曾从事党史资料方面的工作，同是"右派"分子，有着备尝辛酸的经历，也许是这个缘故对聂的生存方式甚为关注，一个人完成了聂全部诗作的详细注释并编成《聂绀弩旧体诗全编》（1990）及其"续编"（1992），投入一万元自费出版。这两册书已无法买到，我从别人那里借来阅之，其注释实在是彻底而翔实，辞书式的字句解释和典故出处的笺注之外，还网罗诸家的注释解说以至全诗句的逐字释读，虽然其中难免有好些问题，但对我等才疏学浅者也还是多有帮助的。不过，说到此人的最大贡献，大概还在于如附录中他自己的文章所说的，乃是向无数有关人员发信咨询查对，全力挖掘诗的"今典""本事"这一点上吧[补注二]。

朱正作为鲁迅研究者，了解其业绩的人不少吧。因共鸣于聂的诗，他曾在《散宜生诗》出版增订本（1985，未见）时主动承担了以检索典故为主的最初的注释工作。他那种特殊的共鸣，其背景在于建国初期于湖南作新闻记者时，曾因年轻气盛的大胆言论而被定罪为"反革命"投入监狱的"前科"。郭隽杰据说是陈迩冬的女婿，陈乃人民出版社编辑同人之一，是个将聂与民俗学界长老钟敬文一并视为自己的旧诗先生的人。笺注中时常引用的舒芜《读诗笔记》，仿佛是私人的笔记。诗人聂绀弩，包括其诗的一部分也是如此，好像在某种程度上拒绝人们的理解，而且对于诸家的注释也显示出让他有为难之感似的。《聂绀弩诗全编》的笺注亦尊重这种意向，注意到适当的节制。之所以叫他为难，理由之一是说诗的注释与为政治性告发而牵强附会的做法有类似之处，这既非玩笑亦非真正的拒绝，实在是一种沉痛。总之，应该说有这些人自发的劳动支持，几次改版重印的聂诗还是逢到了好运的。这里还有一人，是在长安街民族饭店对面的楼房二层开设了带有整洁的茶廊而名为"三味书屋"的书店老板李少强。他那出色的回忆文章也载于《聂绀弩还活着》一书中。原来李曾在山西的监狱里和开始埋头阅读《资本论》的聂绀弩一起生活过，受到聂的许多指导如读书辅导等，据说当他先一步出狱时曾将聂的诗稿缝在衣服里带出来，又为慎重起见全部背了下来。当时他二十四岁，是个铁道学院出身的青年。出狱后在北京木材公司工作，故聂狱中诗的题目里出现过小李、李四和李木匠的名字。而开办书店不也是很有趣的后话嘛。

下面应该对诗本身作些介绍，否则诗周围的事情也不好谈的。据罗孚《聂绀弩诗全编》后记讲，《三草》还有更长的前史呢。最早的集子是聂从北大荒回到北京的1962年编成的收有四十首七律的手抄本《马山集》。第二年又将其中与北大荒有关的诗作抽出来，加上补作的七律共计四十三首改编为手抄本《北大荒吟草》。把"三草"分别誊写印刷成册，则是"文革"后的1979年的事了，两年后于香港最终出了铅字印刷本。据说，现行的《散宜生诗》卷首的《北大荒草》七律五十三首几乎都是在当地创作的，但并非没有改动。按照自序的说法，1959年某月，为了响应全国开展的社会主义诗歌运动（"大跃进"之下的民歌运动），北大荒营地也"强制"人们作起诗来，聂以此为契机所作的旧诗以长短不一的七言古风为主。回京后他觉得"对对子很好玩，且有低回咏叹之致，于是改做律诗"，结果全部变成了七律。毫无疑问，就聂诗杰出的对句技巧和充满机谋应变这一点来说，当然是七律的形式最合适了。

这与黏着性格的胡风狱中诗之以凝重的五言韵律为主,形成了鲜明的对照。占据中心地位的题材是在严寒的营地以年近六十岁的身体所承担的原始劳动:搓绳、推磨、担水、拾麦穗、掏粪等等。而彻底推敲的结果,虽如传统旧诗一般均是即事之作,然结晶度很高,人说聂诗之奇以《北荒草》最为超绝,这当是没有疑问的。仅举一诗为例观之。

挑水

这头高便那头低,
片木能平桶面漪。
一担乾坤肩上下,
双悬日月臂东西。
汲前古镜人留影,
行后征鸿爪印泥。
任重途修坡又陡,
鹧鸪偏向井边啼。

第二句,讲的是为使水不至于溅出来而放木片于水桶中。第三四句则巧妙地利用古人的类句使之脱胎换骨,第六句戏仿苏轼诗中用渡鸟于雪泥上留下爪迹来比喻人生的不可信赖,第八句则仿佛蹈袭了韩愈诗说鹧鸪的啼鸣愈使亲情难堪之意。然而据聂在此诗的自注中说,这只借了该诗啼鸣"行不得也哥哥"的俗语之意,并非北大荒实有鹧鸪。那么,"征鸿"也似可以作同样的理解了。

这种作诗法充分显示了聂诗不论雅俗多用典故的戏谑式（parodic）的意图。而于平仄和对偶整齐的同时，聂作敢于在诗之想象和用语上大胆地摆脱藩篱，以"打油"为能事却于关键处不落滑稽的俗套，对这一点好像越是懂得旧诗制约的老行家越是佩服不已。

以这样的调子吟咏的劳动改造现场，人们可以从中读出各种各样的东西来，如对主义和革命未来之终极信念或者如柳枝随风一般万事超脱的达观，乃至政治的媚态以至激愤等等，这种容得多意解释的作品其独立性才可谓更强吧。不过，《散宜生诗》后记中，诗人自己举出将悲哀的劳动改造巧言为肩扛天地的此诗第三句为例，坦白说自己是以"阿Q精神"勉强地赞颂劳动，这种"阿Q气"乃是奴隶性的变种，当然是不好的东西，但人能以它为精神依靠从某种状况下活过来，那么，它又是个好东西。我们倾耳听听这个主张，也觉得不错。因为，聂的这种说法也仿佛可以用来说明一连串劳改诗中尤为明显的游戏性的缘由。既然以游戏的无代价性承受住劳动中缠绕着的虽谓"矫正"实为"惩罚"的虚伪，那么共产主义者之"生产"的意识形态性亦难免受到损伤，不过由此却可以将还原到单纯劳作中的生之幽默那样一种可爱的东西勉强搭救出来。如在开卷第一篇诗中，连搓绳这种劳动，也可以升华为"一双两好缠绵久，万转千回缱绻多"这样带有性爱色调的游戏之词。人生在世的悲哀亦可把玩不已的文人者流之低回趣味，与可谓彻悟到这种文人癖性后而形成的故意逞能和专心致志，确实给聂诗带来了史无前例的诗境。他的诗友之一老文学史家程千帆称《北荒草》为"一读滑稽，二读辛酸，三读振奋"，便是在这个意义上加以肯首的。

　　《北荒草》实在是奇特的作品群,而《赠答草》以下的"三草"不论有什么显著的特色,如题目"赠答"所示,大都是建立在旧诗社交性之上的作品。再回到这些诗写作的缘起上来看,《聂绀弩诗全编》中包括编者收集到的《拾遗草》在内,赠舒芜的诗计六首,附录除了收有《聂绀弩还活着》中上述那篇舒芜之文外,还有源自以诗交友的两人各两篇文章,可见交情之深。在这些诗文中引起我注目者,首先还是与胡风事件有关的,即纪念舒芜六十寿辰的七律三首《重禹六十》(舒芜原名方重禹)之三的"错从耶弟方犹大,何不纣廷咒恶来"这一联,以及就此联聂回答舒的疑问后自己所公开的一封信。姚锡佩引用的也正是这封信。信中所示聂对舒的谅解,其前提在于"一个卅来岁的青年,面前摆着一架天平,一边是中共和毛公,一边是胡风,会看出谁轻谁重?我那时已五十多了,我是以为胡风这边轻的"。关于当时舒芜公开胡风私信一事,聂向姚锡佩所讲的谅解内容如下:事件发生之前,聂曾带着已经表明皈依毛泽东的《在延安文艺座谈会上的讲话》而与胡风绝缘、从南宁乡下转到北京人民文学出版社成为同事的舒芜,和偶尔由四川来京的胡风老友何剑勋一起去胡风家,结果胡指着舒愤然不已而拒之于门外。因了这一段事实,当时舒的愤懑不久演变为书信公开事件,这虽说不对,却不是不可理解之事。可是舒芜本人则仿佛认为当时是何剑勋与胡风激烈争吵起来的,至少自己披露私信与被胡风拒之门外一事没有任何关系。我在这里举舒芜私人谈话的意图只在说明,虽说单是为了好意,但聂的谅解终究也不过是一个臆测而已。然而，据书信中的说明，上面这首诗提到犹的名字，是因为有人将舒芜的行为视为犹大，这种说法使聂很生气，他奇怪为什么人们只恨犹大却不去憎恶送耶稣上十字架的人物。而信中作为与"恶来"相当的人物列举出来的"某某"，好像谁都知道是指林默涵（当时为政府文化部和党中央宣传部副部长）。

而林默涵，也终于在"胡风分子"之一的诗人牛汉所主编的《新文学史料》（1989年第3期）上就此事件发表了长篇访谈。对于"反革命"冤狱及自己服从下此决断的毛泽东，他虽然自认有责任，但仍然坚持那是因为自己的认识与当时党的利害及要求相一致才那样做的，故没有必要向谁去"忏悔"。对此做出反应的梅志则在该杂志后一期（1990年第1期）上指出，林的态度起码违背了党关于恢复胡风名誉的决定，并作了详细的分析。同一期上根据林的证言，舒芜也接受了采访，第一次讲出与林默涵所谓舒芜自发地拿出胡风书信这一说法略有不同的事情经过。

不过，比起这些细节的争议来，使我产生更大关心的乃是《我与胡风》中用大量篇幅来谈舒芜一事的绿原的长篇回忆中的议论。这位诗人也是"胡风分子"的一员，和舒芜有很大的隔阂，但这隔阂与称舒为犹大略异其趣。刚才提到的聂的书信里谈到，与凭自己几十年来的党员经历也没有完全预料到"文革"一样，对胡风的批判发展为"反革命"事件，这是谁也没有预料到的事情。而绿原听了当事者舒芜事后满不在乎地讲一样的话，则反复逼问说，那么你是预想到了怎样的事态发展而把矛头指向胡风的呢？绿原虽然没有像同是伙伴的路翎那样受到舒芜指名的公开召请，但也是为舒芜所直接期待过的。然而他说，自我批判之后再向自己以外的人施加攻击，这是我所不为的。而在个人关系上与舒芜决裂的绿原，感到不能不对自己的自我批判心理以及这种"舒芜方式"的根源加以"研究"。通过"研究"所描画出来的舒芜像是这样的：这是因为他甘愿沉寂而天生才学十分丰厚，且又对时代潮流具有一定敏感，结果形成了一种天真而聪明圆滑的性格类型。绿原还追溯到反右派斗争和"文革"的初发阶段，展示了这种性格的表现。

怎样谅解当然都反应了谅解者自己的经历和立场，我觉得聂的谅解也好，绿原的谅解也好，都是诚实的。可是，我曾经写到"老理论家如今与周作人发生瓜葛"，这大概是不准确的。《论主观》中散见着卡尔（马克思）主义的伊里奇（列宁）阶段、约索夫（斯大林）阶段等词句，攻击着与胡风共同的敌人"教条——主观主义"，然而这位二十岁才子的论文中又散发着一种宇宙意志论色彩的主观哲学，今天读来，印象也与一般的左翼理论家的调子有所不同。另外，读路翎的回忆和书信也会了解到，于安徽桐城读书人家中长大的舒芜在胡风群体中被视为特别的书生，有人批评他一面崇拜周作人、胡适，一面投机性地转向左倾，又依然推重成了"汉奸"的周作人，等等。不过反过来看，舒芜今天的周作人研究，又可以说比起年轻一代开始在周的个人主义或自由主义中发现其先驱性来，则更灵活更具前瞻性地论述了周的经由与左翼分化后的1930年代作品的文学价值，以至其一贯的女性主义和早熟的颓废主义。以上这些，是我的自己理解和谅察。

关于舒芜，另一个深有意味的地方是他比任何人都更强调旧诗在今天的局限，站在这种立场上他共鸣于聂的诗及诗观。舒芜说："聂老在自序中反复申说他如何不会做诗，不以为自己所做的真是诗，不相信别人赞美他的诗是真话，……等等。有些读者以为都只是谦词，有些读者以为只是杂文家的反话，我却自以为能了解他的真意，干脆一句话就是，他是根本不赞成写旧体诗的。"舒芜还介绍了聂绀弩关于旧诗有各种各样陷阱的严厉意见。而诸家对聂诗的评价也从各种角度讨论了现代旧体诗问题，这些议论包括极其乐观的新旧两体共存论，以及认为聂以旧体诗达到了自身文学的最后高峰这个事实乃是一个巨大的不幸，等等。聂、舒两人的旧诗观则与这后者的见解略有不同，然而可以说是在同一方向上的最高见解。在日本，"俳句第二艺术论"（参见本书"附录二"。——译者）或短歌的圆寂等问题曾得到认真的议论，这是与正冈子规短歌改革以来用旧体诗型实现现代诗的运动不绝于后互为表里的，而中国的新文学作为运动却始终拒绝这种尝试。即使是从清末种族革命到抗日战争在政治性的慷慨激昂之土壤上一直生存下来的南社系统，其代表诗人柳亚子也认为旧诗只能与作为其"生命线"的平仄一起灭亡，对自己来说旧诗是如同"癖好"乃至"惰性"一样的东西。陈毅那种有作诗热情的革命家当然不会为新文学的问题烦恼的，那是一种天真志士的作风。同代的革命家中，毛泽东抱有对包括文学在内的文化整体进行指导与统治的志向，他一面极认真地写作诗词，一面又不忘强调传统的固定形式对思想的束缚会给年轻一代增添不必要的负担，这是人所共知的。

另一方面，新文学作家中的旧体诗创作，郁达夫、俞平伯不必说了，我想若详细调查，实际上数量会远远超过想象的，而且，大家未必都像周作人那样自觉地"打油"。即使聂绀弩、胡风等也有若干的旧诗之作。闻一多那样古典诗造诣极深的新诗人不肯作旧体诗，或许出自洁癖，或许与他将不亚于律诗的形式美认真尝试于新诗有关。作为新文学史论，与实际情况相应的讨论将来说不定会出现的，那时候，认真思考而伴随着严厉批评意识的聂绀弩的旧诗观当会给讨论提供一个范例的。

聂绀弩和胡风那样的作家因本来的创作活动为权力所禁止而不得不着力于旧体诗，这无疑是一种不正常的现象。不过，正如人在绝境中不期然地展现出其本性乃是常见的事情一样，在异常的现象下旧的表现形式重新复活起来，这本身并不能算是不正常之例。本来新文学的反传统是与此结合在一起的中国世界总变革梦想的一部分，而且假如归根结底变革的主体与对象是一个的话，那么，根据现实的变革走向，其文化形态上的新旧、内外等区别会发生各种各样的颠倒与交错，也就并非什么新鲜事了。相反，作为融合涉及这些关系之整体过程的传统与现代、固有与外来、生活与艺术、政治与文学等二元对立观念的线索，我觉得本来与二元性无缘的这种旧诗不合时宜的复活现象，倒也值得考察一下。如果是这样的话，那么，我以聂的旧诗为契机，觉得自己对一向束之高阁的革命文学运动的历史似乎又开始恢复了兴趣，也就不奇怪了。

舒芜介绍说，对旧诗持严厉批评态度的聂也常常对他的诗给予"体无完肤"的酷烈批评，还举出聂所批评的一些例子来。一个是对舒很得意的"身家荣悴枝头露，邦国经纶坝上军"一联，聂却指出"身家荣悴，何等大事，岂能以枝头露视之？"观程雪野即罗孚上述《燕山诗话·舒芜篇》就会知道，这一联是其中所介绍的一首七律之颈联。而诗作者自注云"亡妻陈沅芷十年前（1966）惨死于北京市第二十五中学红卫兵之手，而被诬为'现行反革命分子顽抗自杀'，家属不得领骨灰"。此外，将绝望于病苦的女儿之自杀也拿来作诗的舒芜其经验自然沉痛，而根据这样的材料谈论修辞问题尤让人惊讶。那么，聂是以怎样的方法作诗的呢？例如，他也曾有完全变了个人似的从狱中出来时，不得不接受独生女儿已自杀的事实这样的经验，而他在咏叹此事的诗作中则将难以忍受的痛苦转为对老伴儿的安慰。老伴儿"周婆"即周颖，如聂1940年代题为《周婆》的散文所叙，乃是北伐革命分裂后聂在国民党中央党务学校当教师时的学生，这位老同志亦是聂诗中常出现的一个重要人物。

作为聂诗的赠答和纪念的对象，引人注目的是于建国初期将难以对付的聂从香港《文汇报》总编的地位提拔到北京人民文学出版社古典部主任的冯雪峰。不过冯雪峰数第二位，实际上最多的还是胡风。《聂绀弩诗全编》收录了二十余首给胡的诗，而且半数以上附有胡的和诗。本文开始的部分已提到聂、胡之间的诗之唱和，现在具体说来，在已经有了"文革"迹象的1965年，中央对在狱中蹲了十年而"反革命罪"算是否定掉了的胡风，事先以不再上告为约，只为自圆其说而宣告了刑期十四年的裁判结果，并允许他们夫妇在北京家里团聚，余下刑期"监外执行"，之后又采取了将胡风夫妇遣送四川的措施。这一时期，能安慰孤苦零丁的梅志的只有周颖一人，最先来看望出狱的胡风的也是聂绀弩夫妇。梅志《胡风沉冤录》(1989)中亦引了临别时聂赠胡的七绝条幅。后来在聂的书信中也总是挟着诗的，而于得不到笔和纸的独房中已将所作的大量旧诗记在脑中的胡风，则每次都作了和诗。可是，"文革"渐渐激烈起来，聂突然在来信中要胡风把自己的信和诗都烧掉，并附言说胡风寄来的诗与信这边已经烧了。梅志觉得可惜，将那些信纸一张张分开，用它们来包卷筷子以备随时带走，可是几天之后聂在最后一封来信中又再次叮嘱，没办法只好听从了。那时胡风开口道，反正聂绀弩也会记住自己的诗的，烧了也没什么了不起的。而和诗中的"横眉默读埋名信，剖腹珍藏没字书"一联，便是以此事为背景的。两人间的诗之表现当然会很晦涩，现从这些唱和诗中引一组比较简明平实且有历史意味的。

风怀十首之七

三十年前口号提，
今方定案敢嫌迟！
国防一派争曾烈，
鲁迅先生病正危。
当日万言名论在，
凌烟诸将首功谁？
介推焚死呵呵笑，
思考世真脚底皮。

胡风和诗

沉冤大案定重提,
可早虽然也可迟。
敢任权威诬托特,
羞凭势利寄安危。
凌烟绣像羞加我,
蹈水销形敢让谁!
永谢先师垂大训,
坚持韧性学青皮。

"文革"初期,三十年前关于"国防文学"还是"民族革命战争的大众文学"之抗战口号的论争被重新提出来,那是为了打击推举鲁迅的周扬等文化官僚,而这里的唱和则是以那种本来就别有用心的旧事重提为背景的。

"万言名论",指鲁迅反驳"国防派"的文章《答徐懋庸兼论抗日统一战线问题》,"凌烟"乃唐太宗让人在其内描摹了功臣像的阁楼名。春秋晋时的介之推跟随公子重耳(后来的文公)逃亡吃尽劳苦,而重耳即位后论功行赏时却漏掉了他,他为表示没有不满而逃进深山,结果连同山林一起被火烧死的这个故事,大概与胡风的心事和处境有重叠的地方。接着,借用鲁迅上述文章中的"如果人不用脚底皮去思想,而是用过一点脑子"云云的警句,来"大笑"世人不求思考,聂绀弩自己仿佛也移入诗中来了。胡风唱和诗中的"托特"是指被贴在身上的"托派分子"和"特务"的标签,"蹈水销形"比喻要像介之推那样避功名而隐其身。七八两句强调战斗的坚韧不拔,而服膺于鲁迅的教诲——甚至有必要学习流氓那纠缠不休的劲头儿。两人在首联中所说口号问题之三十年后的转败为胜,聂并不觉得三十年为迟,而胡风则一面认为"可早",一面却又觉得"可迟",这未必只是为了次韵的关系。就是说,聂在另外的场合也常说只要活着回来就可喜可贺,或者折腾了十年的事件说不定还要花二十年的时间才能解决等,仿佛给胡的愤懑与希望泼冷水似的。而胡风则与错以为毛泽东就红楼梦研究向《文艺报》编辑部发起批判运动是好时机的到来而提出"意见书"时一样,对"文革"亦曾抱过幻想,故对聂的再过二十年之说,和以"再待何须二十年,山崩势已不能延"。从结果来看,聂绀弩对时间的预见很准确,不过胡风那坚韧的意志力与他充满希望的主观性乃是互为表里的。

梅志说,"四人帮"倒台后在别人那里所见数首聂怀念胡风的诗中,将胡的肥胖和本姓为张反其道而用之题为《怀瘦弛兄》的,好像正是这《风怀十首》,这个题目也确实是前后颠倒着而读成怀胡风的。本来,这些与胡风有关的诗作,直到在《散宜生诗》"赠答草"里收入了纪念胡八十诞辰的一首七律之前,聂仿佛一直不敢收入集中。然而,以前的《三草》,"赠答草"中实际上也有一首,即他代夫人回答自己的《代周婆答》三首中混入了一首给胡风的诗。"十载寒窗居铁屋,归来举足要人扶"这首诗,本是咏胡风最早那次出狱的,可聂没有想到后来也成了自况诗。随着"文革"的发展两人又都被投入狱中,聂因诽谤林彪和江青之罪被判无期徒刑;应该已服满十四年刑期的胡风,也因在印有毛泽东照片的报纸上写了反动的诗句而同样被处以无期徒刑。如此被播弄的胡,只有这回才被逼无奈地开始了伴随着自杀未遂和精神错乱的惨淡的狱中生活,这段经历在《胡风沉冤录》中有详细的记载。胡在1979年比聂晚三年出狱,1983年虽然正式为"反革命"事件恢复了名誉,可是上面的态度仍然暧昧,直到胡1985年逝世时,因家属不同意文化部拟定的悼辞,遗体不得不搁置在医院的太平间里。在人们仍然没有决定自己态度的时候,聂最先于《光明日报》《团结报》上面发表了悼诗。这首七言古风的定稿诗中有这么一联:

死无青蝇为吊客,
尸藏太平冰箱里。

青蝇,取自三国时期吴国的虞翻因过于憨直得罪了君王,慨叹死时只有蝇子会来送终的故事。太平间、冰箱乃当代用语。

以上事例足以说明聂、胡之间关系深厚,以及聂的带有侠气之情谊,这是没有问题的,而赠诗中如聂对"三十万言三十年"之"奇狱"的看法,也一点不错。或者说要将对胡风的思念铸成诗歌,本身如果没有深厚情谊也是不可能的事情,不过,诗的基调并不在被逼无奈者的悲怆或怨恨,而是在另外的地方。聂诗中常夹杂着日常对胡风的意见,明显的例子就有"精神奴役人谁有,战斗主观论未端"(《杂诗》三首之一,有赠)这么一联,赞扬胡风遭到议论的观点中有对数千年来的奴役使人民遭受精神创伤的洞察,另一方面则不同意他的主观战斗精神之论。这里侯井天注所引舒芜《读诗笔记》中,引用了聂的来信,有"他的全部思想,除了精神奴役一点以外,无甚可取。与题材搏斗说大谬,不过要人写非生活经验的东西而已"一段。而《聂绀弩诗全编》所附聂致舒芜的另一封信里,有这么一节:"鲁迅说,口号是我提的,文章是我叫胡风写的。胡公说,当日失察云云,这正是两人的分别处。"鲁迅的说明在《答徐懋庸并关于抗日统一战线问题》一文中,胡风所言则见对发表舒芜《论主观》的责任进行自我批判时的辩解中。"失察",一般有近似于监督不够的意思。这里的"当日失察"一句,是不是在胡风遭舒芜揭发而被逼入穷地时提出的《关于舒芜与"论主观"的报告》(未见)中也存在呢?我们无法确认最初作如此辩解是在什么时候,而胡在被释放后所写的《我的小传》(1979年10月)中也提到"由于失察并想引起论争而扩大整风影响,我发表了舒芜的带唯心论倾向并寄寓反党情绪的哲学论文《论主观》等"。不管怎么说,如果这辩解是在舒芜的揭发之后,我觉得聂信中的说法则有点儿太残酷了,不过,这里仅以考察聂的着眼点和表现的特征为止吧。

关于聂对胡的意见,诸人的回忆里也有诸如不懂得"淡泊明志""藏晦"以及"太天真"等一类说法。另一方面,梅志回忆说,胡有时对聂的生活态度表示皱眉头,有时责备其不管家庭、没有责任感等,而同样的事情在周健强依靠从晚年的聂那里得到的不少资料所作的《聂绀弩传》中,也有记载。如聂将照顾女儿的事全交给周颖,并把她们丢在兵灾将临的乡下不管而招来夫妻不和时,撂下胡所委托的《七月》编辑事务,致使当局的出版许可过期作废而引起胡的愤怒,聂则与胡疏远起来等。如果就这两人的对立再加上严峻的党组织关系来考虑的话,友谊能超越逆境而延续下来是多么值得庆幸啊!从根本上观之,可以说两个人分别以自己的方式坚守了各自的最大限度的真实,才得以维持住相互的尊重。不过,说到这各自的最大限度到底是什么?则是一个很难回答的问题。我离开北京到上海时,正巧遇上了参加"胡风展"开幕式的机会,开幕式那天,胡风集团成员仿佛都来了。恐怕就是在今天也未必容易举办的这个展览里,主办者写了这样的前言:"党虽然犯了一定错误,但胡风还是一个坚信党和社会主义的人物。"我那时以复杂的心情看了这个前言。不管该前言的真意如何,狱中的胡风其执着的信念集中于释明冤罪及对党和社会主义的忠诚则是事实,他出狱后精力充沛的执笔活动中也贯穿着这一意旨,这在刚才引用过的自传中有关舒芜的一节里,也是清晰可见的。比起聂来,胡的关押时间更长,而且他是在孤绝的单人牢房生活中写下了数千首的旧诗。在后来一篇把这些旧诗内容散文化的文章《怀春堂感怀》的系统自注里,也充满了让人感到了如被强迫的"思想报告"之延续的自我批判和赤胆忠心的披露。虽说如此,然而以现实的党和社会主义的、甚至他自身的理论构架,能否托起他那浑身沾满鲜血的战斗的全部呢?我不是在说什么高深的话,我只是在考虑,比如将他的狱中诗作为刚才提到的那个中国总的变革梦想之走向的一部分,能轻易地唤起细心阅读的兴趣吗?更不要说聂绀弩了,作为老资格的党员,他最初感染了庄子和无政府主义的习性而渐渐难以适应党的组织生活,文笔活动之外主要是以所谓的"单线联系"的方式更多地承担了与国民党有关的工作。因此,从这种关系出发,只有对其过去进行彻底追究之后,方能对他只相信自己的诚意而奔放不羁的行动果真不是"右派"或"反革命"放弃怀疑(《聂绀弩传》)。比起胡风的彻底相信党和自己来,聂则有索性自愿选择劳改营和监狱生活的倾向。这种战斗方式,如给舒芜的信中所说"在北京碰见你时,曾对你说,某种人把人不当人看。当时你不理解,现在该饱有经验了",我们大概只能称其为要走一条极单纯的人的道路。在写此信的1982年的当时,他自己将此名之为"把人当人看,是民主思想,现在还普遍地做不到"。这不过是那个梦想的一个名称而已。可以有各种各样名称的那个总变革被否定性的现实所证实,这使得他虽然在从出狱到死去的一段时期里就像"卧佛"一样没能离开病床,而仍得以意气轩昂的道理吧。然而,这样的聂绀弩被无以名状的感慨所驱动而另有一段论及胡风的话。

在绿原、牛汉所编《胡风诗全编》卷末所附"编余对谈录"中,有一段讲到牛汉于聂出狱后第二天去看望他时的情景。说到胡风,腿和腰难以伸展的聂慢慢站起来,以演说似的言辞称赞胡风的文章是"真正的大手笔""有令人胆战心惊的风骨",并说:

> 文章能通顺并不难,我聂绀弩的文章就很通顺,我可以当一名要人的文案,但我不能和胡风相比。胡风当不了文案。

他那文章,他那诗,连他那拙重的字,都没有一点媚的味道。因为他和他的文章都不附属于谁,是他自己的,云云。胡风的文字所以让人感到艰涩、不顺,甚至难以理解,因为他是一个探索者,而且探索的是险境,是谁都没有去过也不敢去的地方,云云。是的,他单枪匹马,不顾死活,必然会弄得头破血流,遍体鳞伤,云云。可他自己却已经沉浸在开拓者的狂奋和欢乐之中了,云云。我可是当今世界上最了解胡风的一个人!

"文案"指从旧时代的所谓幕僚到新时代的秘书,一代代以文笔服务于权力者的一种知识分子。牛汉虽然承认这个演说有聂的说极端话的癖性,但认为对理解胡风的诗风文风会有帮助。不过,我读聂的这个演说,觉得在批评胡的不知韬晦的固执的同时,他也展现了自己那迷失了真面目与假面孔的区别甚至断了执着于那种区别之念头的一幅讽刺画。画家黄永玉在回忆中说聂绀弩有"一对狡猾的小眼睛,天生嘲弄的嘴角",并且写道"我相信他那对眼睛和那张嘴巴,即使在正常状态,也会在与人正常相处中给自己带来负担和麻烦",这也给我很深的印象。我说很难全部消化掉聂诗之过剩的修辞,其根源可能也就在这里。

[补注一] 后来得到罗孚亲自惠赠的《燕山诗话》(香港牛津出版社,1997)的时候,我曾当面确认其名字。他说"本名史复"是自己写错了,应该是本名罗承勋,从北京回到香港后才用罗孚作为笔名。此外还有一些笔名,如史复、程雪野、柳苏、封建余等。

[补注二] 后又有一卷本,为侯井天句解、详注、集评的《聂绀弩旧体诗全编》(济南,1993)再版,进而出版了增补的第三版(济南,1996),均为侯氏自费出版。

当代中国旧体诗词问题
——以日本为角度

今天我讲的题目是当代旧体诗词问题。为什么要我来做这样一个难以处理的课题呢？这恐怕是由于我在日本的文学杂志上连续发表过有关当代中国旧体诗词的文章的缘故吧。不过，我所做的选择和那种在了解了今日与旧体诗词相关的整体状况后，从中选取值得关注的作家作品来议论的工作是完全不同的。这只要看看如下的名单就会明白我的选择实在是有所偏重的，他们是聂绀弩、杨宪益、黄苗子、荒芜、启功、郑超麟、李锐、扬帆、毛泽东、胡风等人，从今天的角度观之，他们都是在革命与建国的过程中遭受过某种冤罪的人物。当然，毛泽东是个例外。然而，他作为可以左右这些人物的权力顶峰与之大有关系，其自身亦是诗人和诗评论家并深深介入了当代诗史，就这一点而言，毛泽东也还是不能忽略不谈的。

　　首先简单谈谈既非专门研究旧体诗词，也不是搞当代政治史的我做这一工作的理由吧。我选择中国近现代文学而不是古典文学作为我的专业，其理由在于对中国革命的共鸣，这是事实。然而很难说这种共鸣同时在文学中也得到了满足。而是相反，我知道鲁迅早在上世纪二十年代参考俄国革命的经验，对有关革命与文学关系的问题，曾表明过极为悲观的看法。尽管他甚至觉得仿佛只有诗人的死才能确保革命与文学之间的真实关系，并根据这样的悖论式逻辑，以文学家之鲁迅的精神危机为代价而表示过对真正的革命之渴望。可是，革命一旦成功，革命家成了政治家而开始行使权力，对于这之后的文学，鲁迅的预测仍然是悲观的。因此，当我们目睹在革命成功后的中国，仿佛与鲁迅的声望极度上升正好成反比一般，和生前的鲁迅最为亲密的人们都相继沉默下去这一矛盾现象的时候，已经有了不去大惊小怪的思想准备。而且，既然共鸣于革命和建国的理想，就有这样考虑的余地：某种程度上文学的牺牲也是不得已的。不用说，从被迫沉默下去的作家方面深入挖掘其问题所在，这样一种欲望也曾经有过。可是很清楚，为此所需要的客观性资料又无从得到。另一方面，在排除了这些人之后所发展起来的人民文学，即使承担起革命政权教化民众的使命而获得了一定的新鲜成果，但越来越严重的僵化倾向，又让人感到无可如何。总之，我虽然选择了近现代文学专业，却无法在中国当代文学中获得作为同时代人的深切共鸣，这实在是苦闷寂寞的事情。

对于多年抱有上述遗憾的我来说,"文革"结束以后,当了解到聂绀弩建国后那充满苦难的经历,知道他留下了与此经历密不可分的大量旧体诗遗作时,感慨实在是很深很深的。而且,通过这些旧体诗,曾经遭受到与聂绀弩同样苦难的已知及未知的知识分子也接连浮出水面。诗之外,与这些人相关的事件资料也渐渐公之于世。这样,我终于有了倾听年龄上虽然属于我的上一代,但亲身体验到我曾经共鸣过的革命理想与现实的、可谓革命同时代人之"心声"的机会。对我来说,这无论如何都是最主要的,文学的问题即使放在次要地位也没有关系。事实上不也是如此吗?例如,聂绀弩及胡风那样的专业作家,他们的旧体诗乃是正常的文学活动被剥夺之后的产物,这样的诗作难道能当作普通的文学来阅读吗?不过,我同时对下面这个事实亦不能不感到特殊的兴趣:即那时他们所仅有的表现方法是作为个人素养而被排除在公共文学活动之外的旧体诗,但事实上,诗不论形式的新旧乃是文学中的文学,加之传统的诗歌形式如何在现代维持其生命力,也不可能是文学以外的问题。因此,我刚才虽然说文学问题放在次要位置也没有关系,但选择这些对象之际,不仅注意到了政治性事件和境况的特别,而且也自然考虑到了所作之诗其本身的文学魅力。我的说法好像有点儿矛盾似的。不过我想,面对象征着二十世纪这一时代的此种悲剧,如果能用不含矛盾的话语来谈论,那才是奇怪的事情呢。这也是在谈论一般的现代诗歌时所无法回避的问题。

不过，我今天却不想以这些诗人为主要的话题。北大的朋友好像是觉得我的这项工作很新奇有趣而让我来讲讲的。我的旧体诗谈让中国的文学研究者也感到很新奇，这是我略觉有些意外的。于是我想，如果把这种情况也作为一个问题包括在内而在更普遍的方向上来展开我的话题，或许会更好。对于中国当代旧体诗词，我从前就有过一些关注。这种关注，一个是来自学生时代看到发表于《诗刊》的毛泽东的十八首诗词而感到的惊讶。我的惊讶在两方面，即毛泽东诗的形式内容，和革命导师的作诗与发表成了国家的大事件，而不论哪一种情况都足以使我对马克思主义与革命相关的常识性理解发生混乱。然而再一想，中国革命使得我们有关新旧事物的一般观念发生混乱，这种事例多得很呢，这本身也便成了我关注的对象。当然也可以认为，这正是毛泽东的革命深深植根于亚洲的历史与现实之中的证据。另一个是，毛泽东在发表诗作时也强烈地意识到的新诗与旧诗并存，即不独文学，包括音乐、戏剧、绘画领域，同时存在着的"一国两诗"的状况，这也正是亚洲近现代所特有的现象，亦是日本人面对的切实问题。

当代旧体诗词，以及现在所说的"一国两诗"现象，实在是很难处理的问题，中国似乎也一向在重复着没有结论的讨论。面对这样的问题，我这个非诗歌专业的人怎么会有从外行的见地来插嘴的余地呢？不过，我又感到，过分顾虑学术专业范围也未必贤明。如果真的顾虑起来，那我发表那种文章也就成了非常欠考虑的行为了。然而，实际上研究中国古典诗词的日本同行未必关心当代，即使有所关心也很难保证他们的理解能力就一定绝对比我正确。果真如此，那么像我这样"学无根底"的，即使出些丑，恐怕也只能自己来解决自己所关注的问题。我觉得，今天在此与同学们一起来思考我长期以来的关注，即使不免献丑，也会是很有意义的。当然，下面我要讲的只是一个外国人的门外谈而已。后面我还要讲到，新诗也好旧诗也罢，极端地讲，有一种成为封闭在作者同行之间、彼此互为读者的狭窄专门世界的倾向，而且这种倾向还有不断增强之势。我想自己虽说无论从哪方面讲都是门外汉，但对两方来说，公平而直率的诗歌读者的意见也是需要的。另外，作为外国人，我在自己所属的日本文学与中国文学不同的经验之比较方面有所思考。日本文学，可以说至少在这种"一国两诗"问题上积累了比中国更为深刻的经验教训。因为那甚至是"洋"的"诗（汉诗）"与"土"的"歌（和歌）"并行的自古就有的问题。

当我们研究当代旧体诗词问题的时候，谁都会认为有必要从"五四"文学革命潮流中那近乎全面否定的论调开始我们的思考。"文学革命"到底在中国社会的哪些文化层面产生了影响，对此我们的估计不可过高，但至少这场运动所确立起来的新文学诗坛上没有了旧体诗词的位置，乃是一个事实。当然，越是新文学早期的作家越具有深厚的旧文学素养，因此他们并非作不了旧诗，而是自己拒绝将旧诗纳入新文学中来。对于这一历史现象进行否定性的反省，近年来仿佛有不断增强之势，而从日本文学的经验观之，这也的确属于相当特异的现象。在日本19世纪末开始的文学近代化运动中，取代传统诗歌形式而尝试"新体诗"的同时，由正冈子规发起的短歌与俳句的改革却取得了巨大成果。子规对短歌和俳句的基本态度是这样的：即传统的格律不作改变，而将它们在以各种形式追求"美"的现代艺术诸领域中重新定位。在此基础上，他一面对旧时代的大量作品进行分类和批判，一面自己也创造了不少清新的作品。这样，就给长久以来于旧习性中苟延残喘的旧诗歌形式注入了新的生命。子规的文学理念一般被理解为"写生"，他的后继者们则对这一具有丰富内涵的理念作了不同的解释而予以继承，无论在短歌还是在俳句方面，都构筑起了此后百余年间生生不息的全国性社团的基础。这些短歌俳句社团的功过如何，是个复杂的问题，更何况围绕短歌俳句本身"旧瓶装新酒"的问题，论争也不曾间断。不过，改革后的短歌在日本现代文学中的确立，虽然只是一时的现象，但也曾有过走在整个文坛最前线的时候（与谢野晶子、石川啄木、齐藤茂吉等）。这种情况在中国新文学中是绝没有出现过的。

两国间这种显著的对照，其中还隐含着一些深有意味的事情。像大家早就感觉到的那样，"五四"新文学对旧体诗词的过激排斥，反过来想，也可以视为旧体诗词社会势力之强大所使然。而且，绝非仅仅是敌人强大，不是几乎所有的中国人都认为诗才是中国文化最值得骄傲的遗产吗？诚然，作为旧体诗词基础的文言文文化之支柱的诸种制度，随着王朝的崩溃已然成为过去，这一事实的确具有决定性的意义，其效果更会随着时间的流逝而不断增加。然而，不论从军事、科学技术到法制、国体乃至道德和国民性方面的自我批判的波涛如何汹涌，文学，特别是诗歌传统方面，其自身的否定性，却很难让人实际感受得到。正因此，新文学家想要打倒旧体诗词，正是一个时代的必然趋势，胡适将其称为"要害中的要害"。新诗派排斥旧诗是事实，而旧诗派压根儿就不承认新诗为诗，也是一个事实。在这样一种关系中，旧体诗词本身要转变成现代之诗的强烈欲望不曾出现过，这亦是可以理解的。

在这一点上，日本文学经历了相反的经验。日本的短歌和俳句，其形式过于短小而朴素，以此来创作现代之诗极为困难，这个问题曾多次讨论过。日本人不仅将这种情况与西方相比，还拿来和中国的古典诗词形式的丰富、完美比较，并深深感到自己的不足。不过也可以说，对短歌、俳句的绝望反而又成了契机，激励人们进行包括诗歌形式变革在内的现代化尝试。作为其中最具有危机性意义的事例，我想简单地介绍一下那场大战失败后发生的"第二艺术论"问题。所谓"第二艺术论"的提法，是在以军国主义的失败为契机对文化作整体反思的倾向中，来自一位研究法国文学的评论家否定俳句有作为真正艺术之资格的文章的标题。不久，这个提法便成了怀疑用包括短歌在内的传统诗歌形式所作的诗歌能否有现代意义之议论的总称，而短歌俳句的作者们也便受到了这种来自内部和外部的批评，苦不堪言。当然，上面提到的正冈子规之改革以后的短歌、俳句经历了各种各样的考验，虽在1930年代中，和其他艺术领域一起受到现代主义和左翼文学的渗透，但最终在整体上却屈从了"总体战"的国家体制。这样，按照广义的"第二艺术论"，区区短歌、俳句的诗歌形式，大有要承担各种各样负面责任的趋势，如支持战争、屈从体制，乃至日本社会和文化的东方式落后性、岛国封闭性等等。其中，将短歌的韵律称为"奴隶的韵律"而加以彻底批判的观点，给年轻作者以特别强烈的冲击，因为它印证了把日本文学的感伤性作为自身的问题而予以持久激烈批判的一位现代诗人的实践。面对这种状况，也有少数大家和中坚的短歌俳句作家默默地专心于创作，有力地证实了传统及改革以来将近半个世纪之锤炼的力量。一部分年轻作者很大程度上同感于上述批判，同时又割舍不下传统诗歌形式那难以名状的魔力，忍受着这种矛盾痛苦，不断认真地努力实践。从这些年轻作者当中出现了有意识吸收1930年代现代主义和左翼文学的失败教训而走向前卫的短歌俳句作家，他们与基本上是追随西方诗歌手法却也对此有一定清醒意识的一部分现代派诗人之间，形成了战前所不曾有过的讨论与交流的场域。经历了这样长久的尝试，形式本身的改革最终没有成为主流，相反却证明了适应日语的特性在历史上得到定型化的旧形式事实上具有不可思议的生命力，甚至很多人认为诗歌形式的短小朴素未必就与诗之现代性相背驰。

从与上述日本文学经验相比较的角度观之，我感觉到中国文学中对于旧体诗词形式上的丰富和完美的信赖，似乎反倒削弱了将旧诗转化为现代诗的欲望和动机。这不仅仅是诗的问题，或许具备传统固有的庞大体系的文明在根本性变革方面比起规模较小的文明来，需要更多的时间，诗不过是其中的一个例子而已。然而，本来具有强烈自尊心的文明，其对待自身的可谓传统精华的诗，一百年来不得不抱有一种二重的态度，心灵的抑郁曲折大概是相当严重的。而近些年来在经济发展的背景下产生出对此的反动，增强了对视"五四"以来压抑排斥旧体诗词为不当的议论，这在某种意义上也是很自然的。

这里所说的二重性，在毛泽东那极大影响了新诗旧诗议论的诗观中也可以看出。1957年，毛泽东将十八首自作诗词初刊于《诗刊》创刊号上时，给编辑部写了一封信，在这封著名的信中有这样一段话："诗当然以新诗为主体，旧体诗可以写一些，但不宜在青年中提倡，因为这种体裁束缚思想，又不易学。"对此，在旧诗爱好者当中，好像至今仍有两种看法。一种看法重视"以新诗为主"，认为毛泽东推动了旧诗走向衰退；另一种重视"旧诗可以写"，认为多亏毛泽东，旧诗的命脉才得以维持下来。然而，前者的主张视中国共产党的事业为对"五四"新文化运动的正统继承，这正是毛泽东本来立场的公式化表示。多年之后，据说他本人却这样讲过："那是针对当时的青年说的，""我冒叫一声，旧体诗词要发展，要改造，一万年也打不倒。"而且，1958年这一年是极其微妙的年份，即面临国际共产主义运动的危机，他开始明显地表示出把"五四"传统看作有产阶级思想的渊源而需予以排斥的倾向。在公开场合，如1958年3月成都会议上的长篇讲话，他已经明确地提出了不同的看法："中国诗的出路，第一是民歌，第二是古典。在这个基础上产生出新诗来。形式是民族的，内容应该是现实主义与浪漫主义的对立统一。太现实了就不能写诗了。现代的新诗不成形，不引人注意，谁去读那个新诗，除非给我一百块大洋。"

根据毛泽东的这次发言，立即展开了那场"全民写诗"的"大跃进"民歌运动,其中,"新诗应该在古典诗词的基础上发展"成为一个公式而普及开来。这里所谓的"新诗"单是指今后将诞生的诗,作为与"旧诗"相对而言的"新诗",即"'五四'以来的新诗"事实上已经失去了地位。在当时的讨论中,只有何其芳一人,强调跟旧诗一样多采用五七言的民歌音律与两音节词语居多的现代口语基本上是不合拍的。他那抵抗时代大趋势而孤立无援的姿态,给我留下了深刻的印象。中国的文学研究者是不是已经对这场破天荒的大运动之理想与现实没有什么研究兴趣了呢?几年前,我曾经在香港的杂志上读到一篇讨论该运动的文章。文章的主旨在于要重新思考与当前市场经济之下大众文化有关的问题,这是颇有见地的思考。因为,眼下兴起的消费者之大众文化,与毛泽东时代政治运动下的大众文化,特别是在运动当时的理念方面,恐怕完全不同吧。但大众的喜好本身是不会有根本变化的。如果那场运动单是用大众喜闻乐见的形式承载了社会主义的内容而试图提高政治教化的效果,那么对大众的喜好来说,两者几乎没有差异的。从作品的实例来看,我感觉在当时甚至被称为"新国风"的"大跃进"民歌,其中也很难找到与所有诗歌之母体的古代歌谣之原始性相连通的东西。顺便插一句,在这一点上,绝望于现代这个时代,憧憬于原始生命和诗之起源时的充实性,于想象中试图感触其一端的各种尝试,比起"五四"以来的新诗来,更为先锋的现代诗则尤为显著,这难道不是很有讽刺意味的事态吗?

这个问题暂且不论。总之,毛泽东对旧诗的信赖和对新诗的蔑视不是已经很明显了吗?于是,仰仗毛泽东为其"盟主"的旧诗"诗坛"形成于社会的上层,他们的诗私下里被称为"新台阁体"或者"协商体";另一方面,如黄苗子诗集(《牛油集》)的后记所示,带着右派等帽子的知识分子则担心"四旧"之罪,不敢随便去作什么旧诗。这也可以说是旧体诗词观的二重性的负面表现吧。

下面,让我来谈谈最近的状况。新诗从新民歌运动算起在沉默二十余年之后,通过以《今天》为核心的无名青年诗人之手,得到了迅速的复活,其盛况我们依然记忆犹新。而实际上从那时起至今又过去了二十余年。与那时兴起的1980年代新诗的盛况和之前的新诗之沉默大有关系一样,我所关注的一批旧体诗词也是以作者们的另一种意义上的沉默为前提的,其绝大部分同样是于1980年代相继问世的。在这个意义上也可以说,1980年代的诗之盛况同时出现在新诗和旧诗两个方面。可是,又经历了二十余年至今,据说新诗的核心刊物《诗刊》的订户急剧下降,相反,旧诗的全国性组织中华诗词学会机关刊物的读者却在增加,各地的诗社活动也十分活跃,"旧诗热"这个字眼儿也早就引人注目了。这里,我所关心的是,以聂绀弩为代表的那批人的旧诗和今天所谓的"旧诗热"究竟有怎样的关系。关于这个问题,我偶然被一篇论文附注所引用的下面一段话吸引住了:

> 陕西师大霍松林教授,在《闭幕词》中说:"'五四'以来的诗词创作出现了超唐迈宋,前无古人的杰作","毛泽东诗词,当然是千古绝唱;其他如唐玉述、钱仲联等的大量抗战诗,激昂慷慨,气壮山河,是历史上任何抗击外来侵略的

名篇佳什（包括陆游代表作）无法比拟的；又如聂绀弩等的'文革'诗，也和所反映的'文革'一样'史无前例'。诗如此，词亦如此，试把夏承焘、沈祖棻的代表作与宋词名家的代表作相比较，便不难作出公允的结论。由此可见，先入为主的'荣古虐今'的偏见是有害的；好诗已被唐人作完，好词已被宋人作完，以及彻底否定'五四'以来诗词创作的种种论调，都是毫无根据的。"（黄修己《旧体诗词与现代文学的啼笑因缘》，载2002年《中国现代文学研究丛刊》第2期）

在老教授有关旧体诗词现状和未来的如此毫无顾忌的乐观背后，有着不同寻常的回归中华诗词传统的心愿。面对此种高论，我这个东海的夷人不禁踌躇起来。然而，令我觉得意外的，是自己偏于一端的关切仿佛与老教授的评价并没有什么大的不同。就是说，这里他列出的实例中，沈祖棻的词都是抗战中的作品，建国后，不知为何她中断一切词作，仅仅留下了一些包括霍先生所谓的"文革诗"在内的诗作。既然如此，除了极其特殊的毛泽东和词学教授夏承焘而外，建国后的杰作也就只有"聂绀弩等的'文革'诗"了。这对因偶然的机缘对他们发生兴趣的我来说，实在是备受鼓舞的评论了。可是，另一方面，霍松林的评论调子又与我从聂绀弩等人的诗中所感到的东西有些不同。根据聂绀弩其人的诗与诗观的实际来思考，那充满了矛盾和悖论的意识，在霍松林的评价里却一点也没有。现在没有时间详细谈聂绀弩的这种意识，不过，在杨宪益及黄苗子的打油诗，乃至启功那种穿越打油几乎达到了自我漫画化程度的奇异的自嘲热情中,还有荒芜的讽刺之使命感里,可以窥见当时深知旧诗机微的人们对作旧诗这一行为本身的清醒意识,或者说自我批评的意识。而比起任何人来都更知其深刻的矛盾、同时更热心于写诗的聂绀弩,其诗给当代旧诗带来一种不单单是题材和境遇之特殊性的显著"突破",这恐怕正是很多人所感觉到的地方。

顺便再举一个与此有反面关系的事例。如刚才所言,学生时代我读到毛泽东的诗词,引起了复杂的感想和兴趣。而对《诗刊》编辑特别是臧克家关于毛泽东信的议论,则感到很大的不满。因为,毛泽东一面作旧诗一面讲"诗当然以新诗为主体"、"不宜在青年中提倡",这里有刚才所说的其旧诗观的二重性,而且是自己身处"五四"新文化运动之必然后果的共产主义运动最前线,时常有作旧诗的热情袭来的矛盾意识。但臧克家根本就没有去理会这种意识,却把毛泽东的话作为不会有任何矛盾的最高指示,按字面意思翻来覆去地解释。但要是按字面意思作为指示来阅读,那么,与青年对比的所谓"旧诗也可以作些",就成了指中老年的意思。这样,在中老年当中,毛泽东的诗词为何一定要是旧体的必然性问题就无法成为问题了。论毛泽东旧诗的独特性而只抬出年龄辈分来,还有比这更无聊的吗?当然,我这里并不是没有体察《诗刊》主编的处境而一味讲我自己过去的不满。这实在不只是过去的问题。在此,我要公平地引用一段最近读到的《臧克家旧体诗稿》(第二次增订版,2002)序言中的一段。

以前，新诗人对旧体诗看法有点偏执，认为新诗人写旧体诗是一种倒退，是"反动"。对郭沫若同志写旧诗，新诗友们私下议论纷纷。到了五十年代，由于毛泽东、朱德、叶剑英、陈毅诸革命前辈的旧体诗作成就大，影响深，风气为之一变。……于是，旧体诗作者日众，抬头挺胸，跃跃与新诗抗衡。形势激人，我也振奋精神，尝试起来。……当然，我个人并没有放弃新诗，专写旧体诗。由于年龄关系，接触沸腾的现实生活关系的可能性小了，写新诗的劲头小了，新诗产量少了。反之，对旧体诗的兴趣越来越浓。

从这段引文我们可以知道，这位曾经身为新诗人代表，在新诗将要失却其地位的关头，一味标榜"新诗旧诗我都爱"的诗人，始终把作新诗还是作旧诗的选择理解为年龄的问题，由此回避了其矛盾和对立。他虽然极其忠实而热烈地拥护毛泽东的诗词，但至少在关于新诗旧诗的问题上却完全忽视了差异就是矛盾，有矛盾就有对立的毛泽东哲学。从当代文学语言或者文学生活的水平来说，用传统格律写诗，此事本身不会没有矛盾，而且在采用传统格律与采用普通口语为基础的诗型之间也不会没有矛盾。在这一点上，与他的经历很不相同的现代主义诗人穆旦，正好为我们提供了相反的实例。穆旦大概是因为有在国民党军队中参加抗战的经历而被贴上了"历史反革命"的标签。据传，就在连何其芳也于干校中利用劳改的余暇开始写旧诗的"文革"后期，他仍然在认真探讨新旧诗结合的可能性问题，据说最后的结论依然是"旧瓶装新酒有困难"。不管结论倾向于哪一边,重要的是这种洁癖式的态度。而在同一时期,他以原来的方法写了将自己的时代经验内面化的二十几首诗。这在当时,作为老诗人,恐怕是只有穆旦一人才能作出来的新诗吧。顺便一提,穆旦1940年所写的题为《五月》的诗,是一首把吟咏田园式浪漫情绪的民谣风的诗节和描述城市青年那刻有复杂反抗心理的欧化语法之诗节,相间地排列起来,表达乡愁与决绝交织在一起的作品。这也是有洁癖的诗人根据自己的方法,不回避矛盾和对立而追求与传统结合之路的实例之一。

我们再回到近来的"旧诗热"这个话题上来。如果比起霍松林教授所说的"文革诗",我们更期待于其后的旧诗"杰作"的话,就得关注比聂绀弩年轻的那代作者,不过,与此有关的材料,我手头只有一本汇合各地诗社"中青年"活动成果的《海岳风华集》(1998),其卷首也有霍松林教授的序文。对于这本诗集,舒芜先生曾给予善意的评介,却立刻招来了动机不明的激烈反驳,热闹一番之后又不了了之了。在诗社的内部当然会有更具体的评价方法吧。然而实际的情况是,一方面,如果从体裁到用语、文风都竭力模仿传统诗论诗话,那实在是很拘谨的批评手法;而另一方面,在一般的媒体领域中还没有建立起有关旧诗创作的批评场域。即使我的胆量大些,恐怕也是没有对此插嘴品评的勇气的。就是舒芜先生本人,也只是承认那些纯粹而热心学旧诗、写的分外"像样"的下一代确实存在,并借这个机会对自己谨慎的旧体诗词观略作调整而已。问题在于待到能写得略微"像样"一点儿之后,旧诗该向何处发展。

最后,讲一讲与舒芜先生题为《另有一个诗坛在》一文相关的文学史问题。几年前,我从北京的友人那里听说,曾有过旧体诗词是否应该写入现代文学史的论争,反对派的代表是我所敬重的王瑶先生和唐弢先生等。那时我正在思考聂绀弩等人的诗作,因此,记得曾对友人说:"五四"新文学史不得而知,若是现代文学史,当没有不能纳入旧体诗词的理由吧。后来,又看到几篇有关的论文,论争还在继续,我了解到近几年坚持反对意见最强烈的仿佛是鲁迅研究家王富仁先生。不过,他的反对论我是不曾预料到的,他乃是为针对海外华人所倡导的新儒家说的流行,使大学中现当代文学学科受到威胁的那种反"五四"新文化革命、反文学革命的思潮予以反击而提出的。他的危机意识很急切,甚至承认在此种状况下的反对论,确有对旧体诗词的"文化压迫的意义"(《当前中国现代文学研究中的若干问题》,载1996年《中国现代文学研究丛刊》第2期)。对于王先生的看法,我是没有资格说什么的,不过,如果要作这样的议论,我觉得不能不触及在重视现代史的革命政权之下专门讲究讴歌革命的文学史之现代文学学科的特权性问题。当然,这不过是我作为局外人的一种形式逻辑而已。而他的下面一段议论,却使我拍案叫绝起来:

> 现当代格律诗词一旦纳入现代文学史,我们的文学史就不再主要是现当代作家创造的文学史,大量的党政干部、画家书法家、学院派教授、宗教界人士将占据我们现当代文学

史的半壁江山。(王富仁:《关于中国现代文学史编写问题的几点思考》,载《文学评论》2000年第5期)

顺便再引用一段对此的反驳意见:

> 这种观点显然让人无法苟同,能否进入文学史的主要依据不应当是作者的身份,而是其创作实绩与文学主张,……现当代文学史应当是全民的现当代文学史,而不是专业作家的现当代文学史。(淮茗:《要宽容,还是要霸权?》,载《粤海风》,2001年第5期)

从理论上讲,反驳一方大概是正确的。特别是反驳意见最后所说的旧诗之非专业性,乃是无法忽视的问题。在日本的俳句和短歌中,也有中国的旧体诗词无法比拟的庞大的非专业作者存在。其实,中国诗文化传统中,不仅只有朋友之间应酬的作品,还有上至先秦时代诸侯国之间的外交手段,下至出于现代诸党派之间的统战作用而深深与政治相关联的侧面,问题十分复杂。而且,有关诗的纯艺术的观点,事实上只是极其有限的某一时代的历史产物而已。不过,尽管如此,作为文学或文学史的议论,既然诗的精神创造性成了核心,那么,也就不能不承认王先生那看似激愤之辞的说法中,有所谓诗之真实性存在的。早在1980年代,荒芜亦从诗人的立场出发,以"诗官"这样的字眼儿一再对同一种现象表示了不满。这个问题还令我们联想起日本每年正月"歌会始"的例行活动。根据战败后的新宪法,皇室已不得进行实质性的政治活动,而这种"歌会始"作为天皇一族传统的文化活动,则会如今年的"幸福"那样,设置一些不疼不痒的歌题而征集题咏,入选作品则与天皇家族的歌作一起用独特的古式朗诵法加以发表,入选者以此为一生的荣耀。推动了战后当代短歌发展的前卫作家们,不知不觉中成了大家而担任评选者。今年,曾经与前卫歌人们有过论争,在短歌、俳句和现代诗之间架起桥梁而贡献卓著的现代诗人中的理论家,被推选为"召人"(每年从专业歌人之外被"召"的一人),参加了"歌会始",并发表了一首据本人报告是故意混进"色情味"的幽默短歌,成了一个话题。其实,这对已经两代实践了恋爱结婚的皇家来说,可能是相当周到的服务精神。这些正可以说是日本社会上下一致的"太平气象",而在所谓的传统艺术当中都会有这种非艺术的现象附带着的。

这里,我们思考一下论争的关键点。为了将旧体诗词写入文学史,需要的是有一个能够容纳旧体诗词的现代文学史。为此,首先作为现代文学,必须确立起评价旧体诗词的基本标准,这好像并非那么容易。但即使不容易,既然要主张纳入,就只有各自去实践了。比较容易的例子,谁都会一下子举出鲁迅和毛泽东的旧诗来。对这两个人共同的评价标准,其成立的背景实在太特殊,与另外的情况几乎无法比较。不过,即便如此,他们的旧诗本身也确实超越了一般旧诗作者和爱好者的狭窄世界,得以成为在公共领域经得起鉴赏的东西,这一事实还是重要的。就是说,首先需要的是把旧体诗词放入现代文学这一公共空间的行动,或者相反需要可以容纳旧体诗词的公共空间，而批评或文学史应该是推动这种空间形成的东西。问题不仅仅在于旧体诗词。如果新诗在文学公共空间里始终处于孤立的地位，那么也会有同样的问题。我以为，现代先锋性的新诗也好，以传统格律挑战当今的旧体诗词也好，重要的是能有一个愿意公平且直率地欣赏诗本身的读者存在，两方面的诗人也应该超越诗人同行的范围而进入一种为这样的读者写诗的开放状态。新诗与旧诗相互竞争而共存，进而"一国两诗"的状态或许在遥远的未来消解，那不也是需要有这样的读者群为前提才有可能吗？当然，这不过是一个离现状太远的假设。但作为一个读者或者研究者，自己首先这样来做却是可能的。我的讲话就只能以这样平凡的结论来结束了，谢谢大家倾听！（2004年10月27日讲于北京大学中文系）

后记

关于本书各章断断续续写就的时期,正所谓十年一段历史,已在"代序"中作了交代。而这十年也正是经过"文化大革命"失败,逐渐由市场理论取代社会主义意识形态、又在1989年之后猛然加速并将社会主义的中国提升到世界资本主义体系中新兴国之最高位置上的历史过程。加之有关这种力量走向的种种反应,使中国问题呈现出不曾有过的样态。在这样的时刻问世的这本书中,我仍执着于即使在其本国有关的记忆亦急速淡薄下来的两三代前的同时代史,自己也不能不多少有点儿感到不合时宜。而且,如果有偶尔关注到本书标题乃至副标题的读者,喜欢汉诗之风月趣味的或者会感到被蒙骗了;喜欢/讨厌革命或毛泽东的也许不免感到焦急,总之,恐怕会使读者扫兴的。不过,我转而又想,这种种的意见分歧里不正有着独特的意义吗?即使事件经过了二十年三十年,其过去的历史亦难以埋没,这不必去引证六十年前日本那场失败的战争尤其是与亚洲民众和各国相关的战后处理依然未得到解决,也会明白的。不过,已经成了铅字的本书,其语言文字若能改变,那也是要经由人们的阅读才可实现的。既然如此,我这作者也就没有对其意义说三道四的权利了。所需要的大概只是这样一种自觉吧:对于无论怎样的解读法,我都要承担一定的责任。

果真如此,我也就没有再附加说明的必要了。于是,在此我产生了一个愚蠢可笑的想法。即,在开篇叙述本书书名由来时根本不曾想到的:自己虽没学过什么对句游戏,却也作成一首律诗,不如就把这诗用在后记里好了。按照自己平素的风格,这个想法无疑是愚蠢可笑的。不过,在观赏我这歪诗时,或许会觉得有什么说中了,而我竟敢絮絮叨叨地讲对于自己并非专业的诗,也算真有胆量,那么就请多多包涵啦。写作这首歪诗的前提,应该在书中的什么地方说过的。

> 选释当代诗词迄今,所选诨体(游戏体)不少,因而搔痒效颦,聊玩对对子。不料对来对去,终成歪诗一首。兹发妄念,录诸卷末,以代跋语。

> 跃进高潮落伍渊,
> 人歌人哭大旗前。
> 异花才放凋茶场,
> 列柱俄摇挫少年。
> 独逞风流穷白辩,
> 众撑山路火红船。

今朝往矣将何数，
宜有诗篇间或颠。

最后，对本书的完成给予种种帮助的国内外知友，就所想到的列举如下，以致谢忱：舒芜、王得后、邵燕祥、王风、严峰、伊藤虎丸（已故）、佐藤保、高田淳、釜屋修、丸山昇、丸尾常喜、尾崎文昭、坂井洋史、近藤龙哉、长堀祐造、刈间文俊、是永骏、村田忠禧、村田雄二郎、佐藤普美子。出版方面，得到了岩波书店《文学》杂志编辑部星野纮一郎、本书责编米滨泰英两位的大力协助。星野先生已经退休，米滨先生亦快要离开自己的岗位。旧知友各方相继退役了，而我今年也终于离开了所执教的学校。

2005 年 7 月

译后记

日本中国文学研究家木山英雄先生的著作由我迻译成中文，这已经是第三部了。与前两部《文学复古与文学革命》和《北京苦住庵记》分别为论文集与作家传记研究不同，这第三部不仅角度特别，而且讨论的问题重大，可以说是作者集大半生的知识积蓄和思考力量，通过现代旧体诗（**大都为狱中吟**）这一特殊的文学形式，来观察二十世纪中国革命经验与教训的力透纸背之作。换言之，这是作者在晚年为自己设定的一个非同一般的文学研究课题，更是作者思考关于中国革命和亚洲同时代史问题的一个结晶。因此，这本著作已然超越了一般文学（**新旧文学、新诗与旧体诗等**）研究的范畴，逼近到二十世纪革命政治和思想变迁史的深层，为一般读者提供了思考现代中国的崭新视域。

本书 2005 年由日本岩波书店出版，中译本也便根据这个版本。作者以十余位现代中国文人、政治家所写旧体诗为研究对象，这些人大都在上世纪五十年代前后政治大变动中经历了人生坎坷，于艰苦环境下的革命内部遭遇到残酷斗争和无情打击，有的矢志革命忠贞不渝，有的则感伤幻灭冷眼面世，结果以中国最古老的文学形式——旧体诗，吟唱出自己冤屈无告的心声。木山英雄先生在亲手收集到的材料和直接与那时还健在的当事人密切接触基础上，通过分析其在狱中或追求革命的道路上有意无意间创作的旧体诗，来细细体察诗人们的精神苦闷、心理变动、对革命的不懈追求乃至理想的幻灭，以及由此折射出来的体制内外之种种问题，并试图通过这种体察来理解几十年革命中国的经验教训，这无疑是一般日本从事中国文学研究的学者所不曾想到的观察视角。何论日本，即使在革命所发生的中国，又有谁以这样的视角、如此细致地品味了那段不同一般的革命史呢？

因此，本书出版之后，便得到日本学术界的高度评价。鲁迅研究专家中岛长文认为，该书以弄潮于现代中国同时也被时代所播弄的"诗人"们之旧体诗为材料，认真追究旧体诗本身的问题以及"诗人"与时代的关系，其观察问题的视角之新颖令人惊叹。而书中所讨论的诗人们虽程度有所不同，但都以一己之身承担了中国现代的思想和文化，可谓是鲁迅死后的鲁迅们。他们在苦难的生活中，或者偶得余生的小清闲时寄托于旧体诗的感情和思想，被木山英雄用从容不迫的笔致一首一首细致入微地作了解读，使鲁迅死后的鲁迅们之身影和时代得以鲜明地呈现出来。这部著作无疑是矗立在超越了战后日本鲁迅研究的新境地上的一座丰碑（《〈中国小说史略考证〉跋文》，2007）。

中岛长文的评价相当妥帖，"鲁迅死后的鲁迅们之身影和时代"也是一个独特的角度和评价方式。而我更想到有关中国革命那一段历史的记忆问题。前事不忘后事之师，这是中国人信奉的一句老话。然而，历史无时无刻不在有意无意间被遗忘和流失着。我在拜读、翻译这部著作的过程中，甚至感到作者仿佛与历史记忆作有意识的抗争一般，要以文字记录下那"无数人们"于"无穷远方"所践行的那段革命历史。虽然中国革命对于他这位日本学者来说是"身外之物"，但或者正因为如此他可以取一种"了解之同情"的态度和旁观者的立场，讲述一个曲折迂回有声有色的故事。

二十世纪中国革命的那段历史不应遗忘。它作为二十一世纪中国人实现新梦想和社会发展蓝图的政治认同基础与文化思想基因，理应得到认真的清理、总结和不断反思。不如此，无数为革命牺牲者的鲜血将白白流淌，他们的魂灵将成为无告的鬼魂，尤其是在记着这些死者的那一代人也将死去之后。而中国革命的传承，在一般的历史记录等方法之外，还需要"故事"化的文学叙述，因为这将更生动逼真地传达前辈们在正史中无法被传达的声音，以有力地抵抗人们对历史的遗忘。正是在这个意义上，我特别关注本书的内容并勉力将其翻译介绍到中国来，希望关注革命历史的普通中国人乃至文人学者们能够从本书中得到各自不同的启发。

本书的大部分章节最初作为连载文章发表于岩波书店的《文学》杂志上，因此，我的翻译甚至比成书的时间还早，如今算来其过程已有十年之长。其中的《生老病死的戏谑——启功》《庐山真面目——李锐》和《旧诗之缘——聂绀弩与胡风、舒芜》三篇最早译出，曾收录到论文集《文学复古与文学革命》（北京大学出版社，2004）中；《〈沁园春·雪〉的故事——诗之毛泽东现象》一章，则刊载于《中国现代文学研究丛刊》(2003年第4期)；《当代中国旧体诗词问题》是作者在北京大学中文系的讲演(2004)，后由我翻译成中文发表于《东亚人文》第一辑(三联书店，2008)。这次翻译全书，虽然对上述章节作了重新修改和校订，但依然留下了不同时期译笔语调上的差异，还请读者谅察。此外，书中的第五章《老托洛茨基派的狱中吟——郑超麟》和第七章《冤狱连环记——扬帆，附潘汉年》，曾由蔡春华先生翻译并刊载于上海的文学杂志上，这为我的翻译提供了参考，特此致谢。而第九章《孤绝中的唱和——胡风、聂绀弩》则曾由王建先生译成中文，收录于《中日学者中国学论文集——中岛敏夫教授汉学研究五十年纪念文集》(复旦大学出版社，2006)中。该译文尽可能忠实于原文，译笔风格也与我的接近，故在征得《论文集》责任人的同意后，基本上按原样收入这个译本中。据悉，王建先生已经辞世，我希望以这样的方式表达对他的敬意。

在翻译过程中，由于某种原因，对原作个别词句作了调整。

最后，感谢木山英雄先生以一以贯之的严谨态度校阅了全部译文初稿，并寄来中文版序言。同时也感谢三联书店的叶彤先生对本书出版所给予的大力支持和帮助。

译者
2014年5月25日
于北京太阳宫寓所